Saskia Dreßler und Karl-Heinz Zimmer (Hrsg.)

Sonnen-Erwachen

Facetten des Aufbruchs

Sonnen-Erwachen: Facetten des Aufbruchs

Nach Abwendung einer weltweiten Krise entsteht eine utopische Gesellschaft. Neue Werte, Abwendung vom Kapitalismus, Leben im Einklang mit der Natur sind nun die Ideale.

Jahre später fragt die nächste Generation die Älteren: Wieso wandelte sich die Welt vom rücksichtslosen Profitdenken hin zu Solidarität und gemeinsamer Zuversicht?

16 Autor*innen schildern globalen Wandel und Einzelschicksale: Widerstand der alten Systeme weicht neuen Ideen.

Mit einem Essay von Alex Rump.

Die Münchner Schreiberlinge e.V.

sind ein Verein von engagierten, aufgeschlossenen Autor*innen.
Kennengelernt haben wir uns in Schreibkursen, Leserunden, Buchveranstaltungen und treffen uns seit Anfang 2017 regelmäßig einmal die Woche zum gemeinsamen Austausch, Schreiben und Lesen.

Einige von uns haben bereits Bücher veröffentlicht, andere schreiben nur für sich und genauso vielfältig wie wir sind auch unsere Texte und Genres.
Mehr zu uns und unseren Aktivitäten findest du in den Social Media.
Hast du einen Bezug zu München und möchtest dich uns anschließen oder uns unterstützen? Hier findest du alle Informationen zu unserem Verein:
www.muenchner-schreiberlinge.de

Saskia Dreßler und Karl-Heinz Zimmer (Hrsg.)

Sonnen-Erwachen

Facetten des Aufbruchs

Anthologie der Münchner Schreiberlinge

Bibliografische Information der Deutschen Nationalbibliothek:
Die Deutsche Nationalbibliothek verzeichnet diese Publikation
in der Deutschen Nationalbibliografie; detaillierte bibliografische
Daten sind im Internet über *http://dnb.dnb.de* abrufbar.

Lektorat: Saskia Dreßler, Marina K. Wolf, Kornelia Schmid, Linda Sack,
Bernhard Schmidt

Sensitivity Reading: Victoria Linnea, Katherina Ushachov, Saskia Dreßler

Korrektorat: Karl-Heinz Zimmer

Cover: Giuseppa Lo Coco, https://www.magicalcover.de
unter Verwendung eine Werkes des Künstlers
grandfailure, https://tithi-luadthong.pixels.com

Buchsatz: Karl-Heinz Zimmer
gesetzt aus der EB Garamond
erstellt mit *SPBuchsatz*

Verlag: BoD · Books on Demand GmbH, In de Tarpen 42,
22848 Norderstedt
Druck: Libri Plureos GmbH, Friedensallee 273, 22763 Hamburg

ISBN: 978-3-7693-0851-8

Gewidmet allen Menschen,
die eine positive Zukunft herbeisehnen.

Dieses Buch enthält Inhaltshinweise / Content Notes
auf der letzten Seite gegenüber der Deckel-Innenseite.

Siehe auch:

www.muenchner-schreiberlinge.de

Inhaltsverzeichnis

Vorwort

Wie schaffen es Menschen nach einer weltweiten Katastrophe, sich zusammenzureißen und eine neue Gesellschaft aufzubauen? Wie funktioniert es, dass die Gesellschaft am Ende noch besser ist als die vorherige? Diese Fragen haben wir uns in der 12. Anthologie der Münchner Schreiberlinge gestellt.

Am Beginn stand die Frage: Wie würde eine gesellschaftliche Veränderung hin zu einer Utopie aussehen? Deshalb widmet sich *Sonnen-Erwachen* den Umbruchjahren zwischen einer Umweltkatastrophe und dem Entstehen einer futuristischen Solarpunk-Utopie.

Da wir in der aktuellen Zeit nicht nur nicht genug Utopien zu lesen bekommen, sondern wir auch Solarpunk als wachsendes Genre in Deutschland noch weiter fördern wollten, war dies die perfekte Kombination für uns. Schon die 6. Anthologie – *Sonnenseiten* – der Münchner Schreiberlinge hatte Solarpunk als Genre und wir freuen uns, das Genre erneut aufgreifen zu dürfen.

16 Kurzgeschichten betrachten mal direkt die Zeit des Umbruchs und Wandels und mal lassen sie in Interviews und Erzählungen Betroffene zu Wort kommen. Gezeichnet werden dabei verschiedene Möglichkeiten, wie sich Menschen und Gesellschaften wandeln, offener werden und merken, dass der individuelle Egoismus uns nicht weiterbringt.

Unsere Autor*innen legen ihren je eigenen Fokus auf die Zeit des Wandels und zeigen in kleinen und großen Aspekten die Veränderungen. Dazu gehört auch die Überwindung eines binären Gendersystems. Dies findet ihr in der Sprache wieder. Nicht nur sind manche Geschichten genderneutral oder teilweise genderneutral geschrieben, es werden auch Neopronomen benutzt, um die binären Pronomen *sie* und *er* zu ergänzen. In dieser Anthologie trefft ihr unterschiedliche Arten von Neopronomen an – manche sind bekannt, andere Neuschöpfungen. Wenn ihr mehr dazu wissen wollt, dann schaut bei Illi Anna Heger (annaheger.de/pronomen) und im Nichtbinär-Wiki (nibi.space/pronomen) vorbei.

Weiter gibt ein kleiner Prolog einen Einblick in den Entstehungsprozess unserer fiktiven Ausschreibung, die den Rahmen dieser Anthologie bildet, und in einem Essay geht Alex Rump darauf ein, was denn nun der Punk am Solarpunk ist.

Die Geschichten kannst Du in beliebiger Reihenfolge lesen. Wir wünschen Dir viel Vergnügen beim Sonnen-Erwachen einer neuen Gesellschaft und dem Ablegen von alten Ordnungen!

Alex Rump

Essay: Das »Punk« in Solarpunk

Es scheint, als wäre Solarpunk in letzter Zeit in aller Munde. Nicht nur, dass in den letzten Jahren vermehrt Romane und vor allem Anthologien herausgekommen sind, die sich diesem Genre zuordnen, wir sehen nun auch Spiele unter diesem Überbegriff erscheinen. Und natürlich gab es vor ein paar Jahren einen Werbeclip des amerikanischen Joghurt-Herstellers Chobani, der von vielen Leuten ebenfalls als »sehr Solarpunk« beschrieben wurde.

Natürlich wurden auch eine Reihe von Filmen als Solarpunk bezeichnet. Allen voran vielleicht die Filmreihe *Black Panther*, die Disney im Rahmen des Marvel Cinematic Universe herausbrachte. Doch auch bei anderen Filmen wurde das Thema diskutiert.

»Diskutiert« ist der springende Punkt. Denn wer sich in Kreisen bewegt, in denen über Solarpunk gesprochen wird, stellt schnell fest, dass es zu jedem Anlass lange Online-Diskussionen gibt: »Ist dies überhaupt Solarpunk?« Denn Solarpunk gehört zu den *Punk-Genres* der Literatur, und diese haben ein Punk im Namen, weil Cyberpunk ein Punk im Namen hatte. Damit stellt sich die Frage: »Was verdient den Zusatz ›Punk‹ überhaupt noch?« Hierzu müssen wir ein wenig über Geschichte sprechen. Über die Geschichte von Solarpunk und Cyberpunk, und über die Geschichte und Ideologie von Punk als Musikgenre und Bewegung.

Die Punk-Bewegung der 70er

Gerne sprechen Sozialwissenschaftler*innen darüber, wie desillusioniert die heutige Jugend ist – und daran mag etwas sein. Doch möchte ich eine andere Behauptung näherlegen: Der Unterschied zwischen der Jugend von heute und auch der Jugend von gestern, und der Jugend der 70er und 80er ist, dass die Jugend von heute wahrscheinlich nicht aus ihrer Desillusion herauswachsen wird. Wie oft haben viele von uns diesen Spruch gehört: »Wer mit 20 kein Kommunist ist, hat kein Herz. Wer es mit 40 noch ist, hat keinen Verstand.« Es ist unklar, wer den Spruch ursprünglich prägte. Letzten Endes ist es auch egal. Denn ja, für viele vorherige Generationen galt dies. Nicht weil sie mit vierzig ihren Verstand entdeckten, sondern weil – zumindest die weißen Leute mit vierzig – ein eigenes Haus hatten, und ganz gut mit dem Status Quo leben konnten, nachdem sie ihr eigenes Privileg kennenlernten. Eine Dinge, die Millennials, Generation Z und Generation Alpha allesamt nicht erfahren haben und auch nicht mehr erwarten.

Dennoch: Die Desillusion haben auch vergangene Generationen in ihrer Jugend erfahren. Selbst die Baby Boomer, von denen es viele scheinbar bis heute vergessen haben. Doch es waren in erster Linie Baby Boomer, die für die Entwicklung der Punk-Kultur verantwortlich waren.

Historiker*innnen streiten über die genauen Einflussfaktoren dieser Kultur. Und wenn man zehn ältere Punks fragt, was denn nun der Einfluss war, dann erhält man recht sicher zehn verschiedene Antworten. Doch was wir sehr sicher sagen können: Punk-Rock und damit einhergehend die Punk-Subkultur entstand in den 70er Jahren.

Ein wichtiger Einfluss dabei war fraglos, dass viele junge Leute bei verschiedenen Dingen desillusioniert waren. In Amerika wurde immer deutlicher klar, dass der Vietnamkrieg sich nicht gewinnen ließ, dass der kalte Krieg endlosen Schaden anrichtete, und Dinge wie die Watergate-Affäre erschütterten den Glauben an die Politik. Außerdem wurde genug Leuten bereits damals klar, dass Kapitalismus auf Dauer nicht funktionieren konnte. Gleichzeitig wurden diverse Bewegungen, die für ihre Gleichberechtigung kämpften, immer lauter. Der Aufstand auf der Christopher Street in New York ereignete sich 1969. Martin Luther King Jr. wurde ein Jahr vorher erschossen. Damals wie heute waren es von den privilegierten Menschen – also den weißen Wohlhabenden – vor allem die jungen, und oft akademisch ausgebildeten Leute, die sich mit diesen Bewegungen sozialisierten.

Diese Gedanken inspirierten in den 60ern bereits einige Kunstschaffende, die Bücher schrieben und Filme machten. Als Einflüsse auf die Subkultur werden unter anderem *1984* von George Orwell, der Film

Uhrwerk Orange von Stanley Kubrik, und auch der queere Kultfilm *Pink Flamingos* genannt.

Diese systemkritischen Einstellungen waren ein großer Faktor, der diverse Garagen-Rockbands in ihren Lyrics beeinflusste. Der Legende nach wurden diese häufig als *Punks* bezeichnet, weil die meisten von ihnen keine traditionelle musikalische Ausbildung genossen hatten und sich Instrumente und Gesang selbst beigebracht hatten. Sie sangen kritisch über all diese Dinge. Ihre Lyrik beinhaltete Kritik am Kapitalismus, am Imperialismus, an Rassismus, am Konservatismus, und vielen anderen Dingen. Und für viele junge Leute traf es einen Nerv, gerade weil dabei der Aufruf Dinge anzuzünden – der hier und da in den Texten mitschwang – deutlich mehr Ansätze bot, als die friedlichen Proteste der Hippies.

Und so entwickelte sich aus systemkritischer Musik im Laufe der 70er eine eigene Subkultur, die auch in Europa viel Anklang fand. Vor allem bestärkt durch die Politik von Margaret Thatcher im Vereinigten Königreich des darauffolgenden Jahrzehnt.

Dabei war immer eine Sache klar: Klar, diverse Nazis haben bereits versucht sich das Punk-Label selbst anzueignen, doch die Punk-Subkultur war immer sehr deutlich politisch positioniert. Und die Politik der Punk-Subkultur war immer links. Anti-kapitalistisch. Anti-imperialistisch. Anti-rassistisch. Anti-LGBTQ-Feindlichkeit. Dabei zog sich aber auch eine deutliche anarchistische Kultur durch diese Szene, und damit auch die Eigenschaften von Anarchismus, wie Mutual Aid.

Cyberpunk – Ein SciFi-Genre wird Punk.

Während sich in der Musikszene das Punk-Genre entwickelte, gab es auch eine neue Bewegung in der Science-Fiction-Subkultur. An dieser Stelle sollten wir uns in Erinnerung rufen, dass dies die 60er und 70er waren, eine Zeit, in der es zwar diverse Medien in diesem Bereich gab, doch häufig die Literatur speziell eine eigene Subkultur war, die nicht zuletzt noch immer durch verschiedene Pulp-Magazine am Leben erhalten wurde. Science-Fiction-Literatur war mehr oder weniger ihre eigene Welt.

Und innerhalb dieser Welt gab es die New-Wave-Bewegung, die mit neuen Ideen experimentierte. So rief das Pulp-Magazine *New Worlds* gezielt dazu auf, mit Ideen zu experimentieren in Bezug auf die verwendeten Bilder, die zukünftigen Welten, und der Charakterstereotypen. Daraus ergab sich eine wachsende Reihe von dystopischen Werken. In diesen wurden Welten dargestellt, in denen neue technologische Entwicklungen nicht etwa zu positiven, sondern zu negativen Entwicklungen führten. Teilweise durch künstliche Intelligenz, die die Menschheit, als schädlich für sich selbst oder die Welt erkennt. Teilweise durch Technologie, die Klassenverhältnisse in der Welt noch stärker auseinanderdriften lässt.

Ein großer Einfluss hier war *Do Androids Dream of Electric Sheep* von Philip K. Dick, das später die lose Vorlage für den einflussreichen Film *Blade Runner* werden sollte.

Aus dieser Szene, die in den 6oern und 7oern entstand, kristallisierte sich nach und nach ein eigenes Subgenre heraus: Zukünftige Versionen unserer Welt, in denen große internationale Firmen große Teile der Welt besaßen, und oftmals über diese mit Hilfe von moderner Technologie regierten. Viele Leute in diesen Welten arbeiten für diese Firmen, während die Helden der Geschichten, entweder unabhängig Ermittelnde sind, die sich über eine Ermittlung des Status der Welt bewusst werden, oder junge Straßenkinder, die für ihr Überleben kämpfen.

Dieses Subgenre bekam 1983 mit einer Kurzgeschichte, die im Magazin *Amazing Stories* erschien, einen Namen: *Cyberpunk.* Ein Name der laut des Lektors, der für den Titel verantworltich war, nicht zuletzt aus der Idee kam, dass die Protagonisten jugendliche Punks seien, die das System mit Hilfe von Computern zerschlagen wollen.

Nie hätte dieser Lektor – Gardner Dozois – sich ausmalen können, wie einflussreich seine Titelidee für diese eine Kurzgeschichte sein würde. Denn nicht nur hieß bald das gesamte Subgenre *Cyberpunk,* sondern der Suffix *Punk* wurde bald für andere Science-Fiction-Genre verwendet. Dabei kann man sich natürlich darüber streiten, inwieweit Dieselpunk oder Steampunk wirklich noch viel Punk-Ideologie besitzen. Tatsächlich kann man sich darüber streiten, wie viele moderne Cyberpunk-Geschichten wirklich *punk* sind. Doch soll es darum hier nicht gehen. Nein, hier geht es um das *Punk* in Solarpunk – und damit kommen wir zur Geschichte dieses neuen Punk-Genres.

Solarpunk – Utopie statt Dystopie?!

Wenn weiße Menschen über die Geschichte von Solarpunk schreiben, erwähnen sie meist Ursula K. LeGuin, die ein großer Einfluss auf das Genre war. Auch Kim Stanley Robinson wird gerne genannt, da auch seine Romane sich fraglos auf diverse Merkmale des Genre hin untersuchen lassen. Dennoch ist beides eine unehrliche Herangehensweise, da es die Diskussion komplett auf die Anglosphäre und vor allem weiße Autor*innen fokussiert. Doch genau das ist bei Solarpunk ein großer Fehler.

Zugegeben: Wir wissen nicht wo der Begriff *Solarpunk* das erste Mal aufkam. Wir wissen, dass die erste Erwähnung des Begriffs, die dem Internet bis heute erhalten ist, 2008 in einem persönlichen Weblog namens *Republic of Bees* geschah. Der Blog beschäftigte sich mit Politik und Umweltschutz. Doch die Wahrscheinlichkeit ist recht groß, dass di*er Betreiber*in des Blogs den Begriff nicht erfand, sondern ihn anderswo aufgeschnappt hatte.

Was wir wissen: Bereits um 2000 herum verwendeten einige Science-Fiction-Autor*innen den Begriff *Ecopunk* für Geschichten, die Cyberpunk-Inspiration hatten, aber sich mehr auf Umweltthemen konzentrierten. Sei es in Form von Eco-Dystopias (häufiges Thema: »Die Welt nach der Klimaapokalypse«), sie es in Form von Science-Fiction, in denen neue Technologie irgendwie mit der Umwelt interagierte.

Der Begriff Solarpunk kam wahrscheinlich zwischen 2006 und 2008 auf. Allerdings gibt es zwei Gruppen, die behaupten den Begriff entwickelt zu haben. Das eine ist die brasilianische Science-Fiction-Szene, laut denen der Begriff für ein Genre aufkam, das Cyberpunk, Sustainability und Amazofuturismus mischte. Das andere ist die britische Steampunk-Szene, in der einige Leute behaupten, dass sich der Begriff hier für ein Subgenre entwickelte.

Unabhängig davon, wem wir Glauben schenken: Es lässt sich nicht bestreiten, dass die indigen-futuristischen Genres einen deutlichen Einfluss auf Solarpunk hatten, der mindestens genau so groß ist, wie der von Ursula K. LeGuin und Kim Stanley Robinson. Zuletzt hatte auch noch Hayao Miyazaki mit diversen seiner Filme einen deutlichen Einfluss. Er bezieht sich häufig auf indigenes japanisches Wissen, was sich vor allem im vielleicht deutlichsten Solarpunk-Film von ihm zeigt: *Prinzessin*

Mononoke. Ein Film, in dem der Protagonist der indigenen Kultur der Emishi angehört, die in der realen Welt im Rahmen der Kolonialisierung Japans durch den Buddhismus ausgelöscht wurde. Ein Film auch, der die Zerstörung der Umwelt mit Kolonialismus gleichsetzt und Kolonialismus im Gegenschluss als großen Einfluss in dieser Zerstörung darstellt.

Was wir auch sicher wissen: Das erste Mal, dass ein Buch veröffentlicht wurde, das Geschichten beinhaltete, die Solarpunk sein sollten, war die brasilianische Anthologie *Solarpunk: Histórias ecológicas e fantásticas em um mundo sustentável* (Solarpunk: Ökologische und fantastische Geschichten einer nachhaltigen Welt). Diese erschien im Jahr 2012 auf Portugiesisch.

Leider bekam Solarpunk an dieser Stelle jedoch ein anderes Problem. Denn es war genau die Zeit als soziale Netzwerke bekannt wurden – und was sich bisher als Ästhetik für das Genre definiert hatte war ansprechend. Gerade tumblr, eine Plattform die gerne mit ästhetischen Collagen arbeitet, wurde hier schnell eine Sammlung genau dafür. Für Ästhetik unter dem Label *Solarpunk.*

Was ist Solarpunk als literarisches Genre?

An dieser Stelle finden wir uns dort wieder, wo wir angefangen haben. Denn jedes Mal, wenn wir fragen: »Ist dieser Film, ist dieses Buch Solarpunk?«, ist die eigentliche Frage: »Was ist eigentlich Solarpunk?« Und gerade in Bezug auf erzählte Geschichten ist dies ein nun viel diskutiertes Thema. Denn während zumindest Cyberpunk damals als Begriff hergenommen wurde, um ein bereits bestehendes Subgenre zu benennen, war Solarpunk eher der Name für eine vage Idee.

Als politische Bewegung ist Solarpunk recht gut definiert. Denn als diese steht sie für Nachhaltigkeit, für den Protest gegen fossile Energien und für Anti-Imperialismus. Es wird sich ein wenig darüber gestritten, ob die Bewegung auch anti-kapitalistisch ist, doch zumindest das Solarpunk-Manifest sieht dies als einen zentralen Aspekt der Bewegung.

Betrachten wir Solarpunk jedoch als literarisches Genre, so ist die Definition deutlich schwieriger. Dies stellt man schnell fest, wenn man Kurzgeschichten im Genre betrachtet. Denn diese gehen in viele verschiedene Richtungen, bei denen es wenige Gemeinsamkeiten gibt. Einige der Geschichten sind utopisch. Andere sind dystopisch. Einige spielen in der Zukunft. Andere in der Gegenwart. Einige spielen in kapitalistischen Welten. Andere tun dies nicht. Einige beschäftigen sich mit Fragen der Nachhaltigkeit von Technologie und Politik. Andere haben daran kein Interesse.

Genau daraus ergeben sich die Diskussionen darüber, ob dieser oder jener Film als Solarpunk gesehen werden könnte.

Black Panther als Film ist ein wunderbares Beispiel. Nicht nur, weil es diese Diskussion zeigt, sondern auch weil der Film bekannt genug ist, dass viele Leute die Diskussion werden nachvollziehen können. Daher, geehrte Lesende, erlauben Sie mir die Diskussion grob zusammen zu fassen.

Die eine Seite behauptet hier: »*Black Panther* ist ein Solarpunk-Film. Wir sehen, dass Wakanda als Land nachhaltige Technologien benutzt, selbst wenn diese auf einem unrealistischen Material aufbauen. Die Menschen in Wakanda scheinen aufgrund dieser Technologie genug von allem, was sie brauchen, zu haben. Armut scheint es nicht zu geben. Darüber hinaus beschäftigt sich der Film mit der Wichtigkeit von indigenen Traditionen, und versucht den imperialistischen Fokuspunkt, der so viele andere Filme durchsetzt, zu durchbrechen.«

Die andere Seite behauptet derweil: »*Black Panther* ist eindeutig kein Solarpunk-Film. Während Wakanda selbst nachhaltig lebt, scheinen die Menschen in Wakanda nicht genug Interesse an Nachhaltigkeit zu haben, um ihre Technologie zu teilen. Auch innerhalb von Wakanda gibt es klare Hierarchien und Klassen, schließlich handelt es sich um eine Monarchie, in der die Regierung von einem nicht demokratisch gewählten Rat gestellt wird. Dies entspricht nicht anarchischen Idealen. Auch lässt sich nicht wirklich behaupten, der Film sei anti-imperialistisch. Schließlich ist ein Vertreter der imperialistischen CIA ein wichtiger Charakter im Film. Nicht zu vergessen, dass Wakanda seinen Reichtum verteidigt, indem es andere leiden lassen.«

Der Film ist 2018 erschienen, vor nunmehr sechs Jahren. Die Diskussion findet jedoch in regelmäßigen Abständen immer wieder statt. Wer kann an dieser Stelle sagen, welche Seite Recht hat?

Tatsächlich würde ich als Autor dieses Aufsatzes sagen: Ja, *Black Panther* ist Solarpunk. Aus dem einfachen Grund, dass der Film bereit ist, eine Diskussion über diese Themen zu haben – denn diese Diskussion findet bereits im Text des Films statt. Sicher, da der Film nunmal von Disney produziert wurde, ist diese Diskussion verwässert, doch ist es nicht zentral wichtig, dass diese Diskussion überhaupt stattfindet?

Prinzessin Mononoke: Der Schlüssel zur Definition?

Wer diese Analyse soweit aufmerksam durchgelesen hat, wird vielleicht über einen Aussage gestolpert sein: *Prinzessin Mononoke* ist der Film von Hayao Miyazaki, der am meisten Solarpunk ist.

Wer aufmerksam gelesen hat, wird sich hier vielleicht gefragt haben: »Prinzessin Mononoke? Aber ist das nicht ein Fantasy-Film, der im japanischen Mittelalter spielt?« Die Antwort darauf lautet: Ja, genau das. Und ich denke genau darüber können wir uns eine vernünftige Definition des Solarpunk-Begriffs herleiten.

Für diejenigen, die weniger Anime konsumieren, hier eine Zusammenfassung des Films: Ashitaka ist der Prinz der Emishi, einer indigenen japanischen Kultur, die als ausgelöscht gilt. Sie sind jedoch nicht tot, sondern haben sich im japanischen Hochland versteckt. Als die Emishi von einem Monster angegriffen werden, bekämpft Ashitaka dieses, wird jedoch in Folge des Kampfes von einem Fluch getroffen. Sollte er diesen nicht lösen können, wird der Fluch ihn umbringen, oder selbst zu einem Monster machen. In der Hoffnung, dass eine der alten Berggottheiten ihn heilen kann, reist er in den Westen der japanischen Inseln. Hier trifft er auf einige verletzte Männer und erfährt von einem Konflikt: Eine junge Frau hat hier eine Eisenhütte aufgebaut und es durch diese geschafft einen relativen Wohlstand für sich und andere Mitglieder der Kaste der Unberührbaren zu erschaffen. Doch diese Eisenhütte hat die Wut der Götter auf sich gezogen, da für die Förderung des Eisens die Umwelt zerstört wird, und dies die Existenz der Götter gefährdet. Auf der Seite der Götter kämpft auch San, ein Mädchen, das von den Wolfsgöttern großgezogen wurde.

Was diesen Film endlos faszinierend macht, sind seine verschiedenen

Ebenen. Eboshi ist die Antagonistin des Films, doch ihre Menschlichkeit wird nie in Frage gestellt. Sie hat Unberührbare (eine Kaste, die es bis heute in Japan gibt) bei sich aufgenommen, kümmert sich um Kranke, und gibt Menschen ein Zuhause, die sonst verhungern würden. Doch dies tut sie auf Kosten der Umwelt, die sie umgibt, und die sie ausbeutet, und sogar mutwillig zerstört. Mehr noch: Sie tut dies im Auftrag einer Regierung, die von vielen damals als imperialistische Macht angesehen wurde, da der Kaiser zum damaligen Zeitpunkt enger zu China stand, als zu Japan.

Der Konflikt zwischen der Eisenhütte, die stellvertretend für die Unterklasse der Gesellschaft steht, und den Göttern, die für die Umwelt, aber auch für die indigene Kultur stehen, entsteht entsprechend nur dadurch, dass imperialistische Kräfte Einfluss nehmen. Genau deswegen ist Ashitaka, jemand aus einer vergessenen indigenen Kultur, der Protagonist des Films.

Die Erkenntnis beendet den Film, dass er bei den Menschen der Eisenhütte bleibt, um ihnen zu zeigen, wie man im Einklang mit der Natur lebt.

Und genau darin sehe ich den Schlüssel zu Solarpunk als Genre: Solarpunk kann tatsächlich vieles sein – aber vieles, das offiziell als *Solarpunk* verkauft wird, es nicht ist.

Was ist Solarpunk?

Versuchen wir nun Solarpunk als Genre zu definieren.

Der Begriff hat zwei Aspekte: *Solar* und *Punk.* Und beide Aspekte sollten sich am Ende im Genre wiederfinden.

Solar ist der einfacher zu definierende Begriff. Solar heißt im Bezug auf das Genre, dass es um Umwelt und um Nachhaltigkeit geht. Im einfachsten Sinne kann dies bedeuten, dass wir uns mit einer futuristischen Welt auseinandersetzen, in der futuristische, nachhaltige Technologien eine Rolle spielen, doch dies ist nicht zwingend notwendig. Auch die Menschen in unserer Vergangenheit haben bereits die Umwelt zerstört, während es Leute gab, die dies gesehen und kritisiert haben. *Prinzessin Mononoke* spielt im 14. Jahrhundert und diskutiert dennoch das Thema Umweltzerstörung und Nachhaltigkeit ausgiebig.

Punk dagegen ist schwieriger. Dies liegt nicht zuletzt daran, dass zu viele

Leute *Punk* als Bewegung zu schnell als »gegen das System« definieren, statt zu erkennen, dass die Punk-Subkultur nicht gegen jedes System, sondern gegen ein bestimmtes System ist. Und das ist das System des modernen, auf Imperialismus und Krieg aufgebauten Kapitalismus, der auf eine Unterdrückung einer Unterklasse (speziell BI_PoC, LGBTQ* und behinderte Menschen) aufbaut, die in schlechten Zeiten schnell zu Faschismus umschlagen kann.

Ja. Über die 40 Jahre, seit das Cyberpunk-Genre definiert wurde, hat sich der Begriff »Punk« in vielen der Punkpunk-Subgenre verwässert. Wenige Geschichten, die als Steampunk und Dieselpunk verkauft werden, sind wirklich *Punk*. Doch das bedeutet nicht, dass Solarpunk – ein Genre und eine Bewegung, die so zentral auf rebellischen Gedanken aufbauen – diese Tradition aufrechterhalten muss.

Entsprechend: Solarpunk kann viel sein. Damit eine Geschichte Solarpunk sein kann, muss sie sich jedoch zentral mit Themen von Umwelt und Nachhaltigkeit auseinandersetzen, sowie mit Themen der Ungleichheit und gegebenenfalls Imperialismus.

Dabei kann eine Solarpunk-Geschichte in einer utopischen Zukunft spielen, in der die Menschen es bereits geschafft haben, einen nachhaltigen Lebensstil zu entwickeln, und idealerweise auch eine etwas anarchischere Lebensweise ohne Kapitalismus für sich zu finden. Der Versuch dies zu tun kann dabei auch Gegenstand der Geschichte selbst sein. Spielt Solarpunk in einer solchen utopischen Zukunft, so kann die Geschichte alles mögliche sein: Wie in einer Fantasy-Geschichte wird die Solarpunk-Zukunft hier einfach zum Hintergrund einer Geschichte und kann mit einem Krimi, einer Romanze, einer Abenteuergeschichte, oder einem Thriller kombiniert werden.

Alternativ kann sich eine Solarpunk-Geschichte auch um den Kampf für diese utopische Zukunft drehen. In diesem Fall kann sie zu so ziemlich jeder Zeit spielen. *Prinzessin Mononoke* bringt diese zentralen Themen der Solarpunk-Bewegung deutlich stärker ein, als die meisten Solarpunk-Geschichten mit futuristischem Setting. Eine Solarpunk-Geschichte kann in unserer Gegenwart spielen. Sie kann auch im Mittelalter spielen. Sie kann sogar in einer High-Fantasy-Welt spielen. All das ist möglich, wenn man sich mit diesen Themen auseinandersetzt.

Wichtig ist die Diskussion der Themen durch das Medium der Geschichte, sowie eine zumindest halbwegs hoffnungsvolle Herangehensweise.

Und nein, wenn am Ende aus Menschen Soylent Green gemacht wird, dann ist die Geschichte wahrscheinlich halt doch nicht Solarpunk, sondern einfach nur die übliche Dystopie im grünen Anstrich.

Fazit: Sei ein wenig Punk!

Solarpunk ist ein recht neues Genre, das aus der Tradition der Punk-Genres herausgeht. Diese führen ihre Namen auf das Cyberpunk-Genre zurück, das seinen Namen bekam, weil oft genug in diesen Geschichten junge Leute – von denen einige Cyborgs waren – gegen ein technokratisches System kämpften, so wie die Punks in der realen Welt der 70er und 80er gegen das korrupte, kapitalistische System. Sie waren also »Cyberpunks«. Als andere vor allem retrofuturistische Genre wie Steampunk, Dieselpunk und Atompunk diese Namenskonvention übernahmen, wurde dieser Punk-Aspekt schnell verwässert.

Um 2000 herum kam ein Genre auf, das sich erst Ecopunk nannte, und sich häufig mit Klimaapokalypsen beschäftigte. Zwischen 2006 und 2008 entwickelte sich dann der Begriff Solarpunk – entweder in der brasilianischen Science-Fiction-Szene oder in der britischen Steampunk-Szene. Dieser wurde vor allem in der brasilianischen Szene sehr einflussreich und vermischte sich hier mit Einflüssen aus dem durch indigene Kulturen geprägten Amazofuturismus, sowie auch aus dem Afrofuturismus.

Auch wenn gerade in der Anglosphäre diese Einflüsse gerne ignoriert werden, so sind sie eigentlich tief in der DNA des Genre verankert. Und auch Hayao Miyazaki, der immer wieder als großer Einfluss des Genre genannt wurde, zieht in vielen seiner Filme große Inspiration aus häufig ausgelöschten indigenen Völkern der japanischen Inseln und deren Kulturen.

Als Bewegung ist Solarpunk für Nachhaltigkeit und gegen Kapitalismus, für Gleichberechtigung und gegen Imperialismus. Solarpunk rein auf den Nachhaltigkeitsaspekt zu reduzieren ist ein Fehler – genau so wie die Reduktion auf rein futuristische Settings.

Wichtiger als das ist der Dialog darüber, wie die verschiedenen Mechanismen der modernen Gesellschaft, die sowohl zur Umweltzerstörung, als auch zur Unterdrückung so vieler marginalisierter Gruppen beitragen, aufeinander aufbauen. Und dies sollte sich auch in Solarpunk-Geschichten wiederfinden.

Denn eins sollte sicher sein: Solarpunk ist mehr als eine Greenwashing-Ästhetik.

Karl-Heinz Zimmer

United Earth sucht Facetten des Aufbruchs

»So schreiben wir's, das ist präzise und klingt motivierend!« Anna-Maria sah ihr Team an und gut gelaunte Blicke ließen sie die Anstrengungen der langen Sitzung vergessen.

Wie üblich, hatte sie die Videokonferenz am Abend begonnen, denn schließlich lebten die Leute in verschiedensten Zeitzonen. Als Ministerin für Jugendperspektiven mit dem – wie sie sich gelegentlich zu betonen erlaubte – zweitwichtigsten Regierungsamt betraut, verbrachte sie selbst die meiste Zeit in der Genfer Weltzentrale der United Earth. Nur eine kleine Gruppe war mit ihr gemeinsam vor Ort, denn Wünsche, zumindest teilweise von zuhause aus zu arbeiten, wurden gerne erfüllt.

Liza, ihre Stellvertreterin, Freundin und Initiatorin dieses Projekts nickte lächelnd: »Schön auf den Punkt gebracht, ich mag den Text und bin glücklich, dass unser Traum wahr wird.«

Gemeinsam sahen sie sich nochmals den Aufruf an:

United Earth lädt ein zur Teilnahme
an der weltweiten Anthologie-Edition:

Facetten des Aufbruchs

Bittet eure Großeltern, Verwandte oder andere ältere Menschen,
über die Jahre des Wandels zu berichten!
Wie waren für sie die ersten Jahre
nach der Niederkämpfung der Heuschrecken-Plage?
Was haben sie erlebt?
Wie haben sie diese Zeit des Wandels überstanden?

Schreibt ihre Geschichten auf, damit alle sie erfahren können!

Anna-Maria teilte Lizas Glücksgefühl und dachte an den mühsamen Weg, der hinter ihnen lag: Begonnen hatte er mit ihren Überlegungen, wie den jungen Menschen auf interessante und zugleich angenehme Art vermittelt werden könnte, dass sie in einer anderen Zeit lebten als ihre Vorfahren. Schließlich war der Unterschied zwischen dem, was sie im Geschichtsunterricht über die Zeit vor der Plage lernten und der heutigen Art des menschlichen Zusammenlebens beinahe unvorstellbar groß.

Wie sollten sie auch wissen, dass früher ein ganz anderes Wirtschaftssystem, eine andere Vorstellung von Klimabewusstsein und eine andere Gesellschaftsordnung vorgeherrscht hatten? Klar, sie konnten sich das alles anlesen, aber das waren nur leblose Fakten. Es war etwas anderes, als die Geschichten selbst zu hören und sie wieder lebendig werden zu lassen.

Verschiedenste Vorschläge waren diskutiert worden, um den Unterschied näher zu bringen. Viele Ideen wurden verworfen, einige in die engere Auswahl genommen – und schließlich beschloss der Koordinierungsrat der United Earth, drei Projekte zu realisieren: Weltweit auftretende Theatertruppen würden Episoden des Kampfes, des Sieges und der anschließenden Aufbauphase mimisch darstellen und vor jeder Aufführung würde zu anschließenden Gesprächsrunden eingeladen. Drei große Spielfilme würden anhand von Einzelschicksalen die Entbehrungen nach dem Sieg über die Plage und die nachfolgenden, oftmals sehr schwierigen Veränderungen in der Zeit des Umbruchs schildern. Und letztlich Lizas Herzenswunsch: Eine vielbändige Anthologie-Ausgabe. Geschichten von unzähligen jungen Menschen gesammelt, die ihren Großeltern oder anderen älteren Menschen schon so oft ähnliche Fragen gestellt hatten wie: »Du hast es ja miterlebt, als nach dem Störfall im französischen Kernkraftwerk eine weltweite Heuschrecken-Plage die Menschen in Angst versetzte. Die Biester waren mutiert und ihr Hunger entsprach ihrer Größe. Du erzähltest oft, dass nach glücklicher Niederschlagung der Plage alles anders wurde. Aber was heißt das denn? Wieso wurde es anders? Was änderte sich und wie ging das vor sich? Wir leben heute so harmonisch ... War das nicht immer so?«

Anna-Maria spürte die Freude des Teams am Projekt. Wie bei Gremien mit Entscheidungsbefugnis üblich, war ihre Gruppe divers zusammengesetzt, und so verschieden die Teilnehmenden waren, so unterschiedlich reagierten sie – einige strahlten vor Begeisterung, andere lächelten sanft und zufrieden.

Und sie alle hatten das Gefühl: Etwas Wichtiges und Großes begann. Dies würde ein facettenreiches und interessantes Werk, es würde die Zeit überdauern und vielen Menschen helfen, zu verstehen, wieso und wie nach Überwindung der Katastrophe der alte Wunsch wahr geworden war, den schon in früheren Krisen oft die Menschen geäußert hatten:

»Danach wird es nie wieder so sein wie zuvor, die Menschen werden nach der schlimmen Zeit nicht wieder ihre alte Fehler machen, nun haben wir verstanden, dass wir anders leben müssen!«

Für Anna-Maria grenzte an ein Wunder, dass sich die Menschheit diesmal tatsächlich geändert hatte und – nach langem Ringen – zu einem weltweiter Konsens gefunden hatte. Ein Konsens über die Grundwerte des Zusammenlebens der Einzelnen so wie der Gesellschaften. Anna-Maria sah, wie Lizas Blick auf der Tafel der Werte verweilte, die in jedem öffentlichen Gebäude, in jeder Schule und jeder Behörde dort angebracht war, wo in früheren Zeiten wohl meist das Porträt des Staatsoberhauptes, die Landesflagge oder ein religiöses Emblem geprangt hatte. Unter einen malerischen Regenbogen verkündeten goldene Lettern auf blauem Grund einige der vielen Leitlinien, auf die sich die Menschheit im Rahmen der Charta der United Earth geeinigt hatte. Die unterschiedlich beschrifteten Tafeln nannten jeweils drei bis fünf der Werte, stellvertretend alle. Nachdenklich las sie die Worte:

Sonnenklar: Patriarchat schadet uns allen.

Lassen wir ein Land im Stich, so sind alle verloren.

Platz für Menschen ist wertvoller
als autogerechte Städte.

Inklusion und eine bunte Gesellschaft
bringen uns alle voran.

Die Zukunft der Kinder ist so wichtig
wie unser heutiges Leben.

Niklas von Rhein

Das Feuer der Vergangenheit

Die Flammen des Scheiterhaufens loderten in den Nachthimmel und ich glaubte, durch das Knistern und Fauchen der Lohen die Stimmen zu hören, die das Feuer für immer verstummen ließ.

»So viele Bücher«, murmelte Lea Lang neben mir. »Verdammt, ich hätte nicht gedacht, dass es so viele sind!«

Ich wandte mich meiner Chefin und Freundin zu und beobachtete, wie sich das orangerote Flackern in ihrer Sonnenbrille spiegelte. Sie hatte diesen Sonnenschutz genau dafür mitgenommen: Um ins Zentrum des Infernos blicken zu können. Und für das Bild, das sie dabei abgab.

Lea trug den weißen Mantel der Januarkälte zum Trotz offen – der Scheiterhaufen war ja auch warm genug – und Feuerschein tanzte über ihr hellblondes Haar, ihr blasses Gesicht und ihr weißes Kostüm. Obwohl sie mittlerweile auf die Siebzig zuging, sah sie kaum älter als Fünfzig aus. Und das lag nicht am Make-up, zu dem ihr Wahlkampfteam sie trotz der Dunkelheit überredet hatte, sondern an der Mischung aus Sport, Meditation und gesunder Ernährung.

Ein Windstoß traf das Inferno, ließ es auflodern und schleuderte mir eine Hitzewelle entgegen. Ich wandte mich ab und schützte mein Gesicht mit dem Kragen meines dunkelvioletten Mantels.

Als ich wieder hinsah, tanzten glimmende Papierfetzen wie Glühwürmchen durch die Nacht und brannten bei ihrer Landung Löcher in den Schnee.

Aus dem Augenwinkel nahm ich eine Bewegung wahr und sprang vor Lea, ihre Sicherheit war schließlich mein Beruf. Aber das Wurfgeschoss galt nicht ihr – natürlich nicht – sondern dem Scheiterhaufen. Das Buch öffnete sich im Flug und die Seiten flatterten im Wind, bevor die ersten Flammen sie erfassten und schwarz färbten. Auf dem Titeleinband las ich »Fahrenheit 451«, unter den Worten stand ein Mann in Feuerwehrmontur inmitten eines Flammenmeers. Dann landete das Buch und das Flammenmeer ging in Flammen auf.

»Da hat jemand einen besonders zynischen Humor«, kommentierte ich.

»Komm, Alice, suchen wir den Verantwortlichen für dieses literarische Massaker«, sagte Lea.

Ich hielt mich neben ihr, während wir den Scheiterhaufen umrundeten, den Blick in die Dunkelheit gerichtet. Ein Angriff war unwahrscheinlich, denn bei aller Gewalt gegen Bücher waren die Versammelten letztlich Pazifisten. Aber wer weiß, vielleicht glaubte ja doch jemand, in die Geschichtsbücher eingehen zu können, indem er die erste aussichtsreiche parteilose Präsidentschaftskandidatin ermordete. Andererseits: Würde jemand Lea ermorden, gäbe es vielleicht bald keine Geschichtsbücher mehr.

»Und, irgendwas Verdächtiges?«, fragte Lea, die meine Blicke bemerkte.

»Siehst du die Frau mit dem Hund? Vermutlich ein Kampfhund. Und die Reißzähne sehen vergiftet aus!«, scherzte ich.

Lea lachte. »Das ist ein Dackel!«

»Manchen Kampfhunden sieht man das gar nicht an!«

»Also hat es niemand auf mich abgesehen?«

»Ich sehe zumindest niemanden. Was nicht heißt, dass ich es gut finde, dass du ohne Sicherheitsteam unterwegs bist!«

»Ich bin mit dir unterwegs. Reicht das nicht?«

»Heiße ich Rambo?«

»Rambeau ist mir nahe genug dran!« Wir lachten. Manche Witze wurden einfach nie alt.

Ein Windstoß wehte uns Rauch ins Gesicht, wir mussten husten und der Moment der Heiterkeit war vorbei. »Manchmal wünschte ich, Thompson wäre wenigstens ein richtiger Schurke«, sagte Lea. »Ein Möchtegern-Diktator, der Bücher verbrennt, um seine Herrschaft zu sichern. Dann wäre es leichter.«

»Luther Thompson liegt meilenweit daneben, wenn er denkt, dass diese Feuershow irgendwem hilft!«, fand ich.

»Zumindest glaubt er an das, was er tut.«

»Das tun auch Schurken!«

Lea setzte zu einer Antwort an, da traten uns drei Männer in den Weg. Schwarze Anzüge trotz der Kälte, schwarze Sonnenbrillen trotz der Dunkelheit, schwarze Lederschuhe trotz des Schnees. Schwarze Pistolen trotz aller Anti-Waffen-Reden ihres Chefs. Das Sicherheitsteam von Luther Thompson, dem demokratischen Präsidentschaftskandidaten für die Vereinigten Staaten von Amerika. Er war Leas einziger Rivale, denn nach dem Trump-Debakel in den Tagen der Heuschrecken würden die Republikaner so schnell keinen Präsidenten mehr stellen.

»Mrs. Lang, Mrs. Rambeau«, übertönte ein voller Bass das Knistern der Flammen und Luther schob sich zwischen seinen Leibwächtern hindurch, die daraufhin ein Dreieck um ihn bildeten. Der Demokrat war fast so groß und durchtrainiert wie seine Sicherheitsleute, aber mit einem schwarzen Mantel über dem Anzug, schweren Winterstiefeln und einem Hut gegen den Schnee passender gekleidet. Seine Haut war noch dunkler als meine, seine schwarzen Locken fielen ihm bis auf die Schultern und Flammen spiegelten sich in seinen braunen Augen. Über der rechten Schulter hing eine Stofftasche voller Bücher. Mit einundvierzig Jahren wäre er, sollte er gewinnen, der jüngste amerikanische Präsident aller Zeiten.

»Mr. Thompson«, erwiderte Lea seinen Gruß. Ich schwieg, nickte ihm aber zu.

»Wie schön, Sie zu sehen.« Luther zeigte sein Wahlplakatlächeln. »Schön und unerwartet. Haben Sie Ihre Meinung nochmal überdacht?«

»Ich überdenke meine Meinung ständig«, sagte Lea. »Und komme meistens zu dem Ergebnis, dass ich recht habe!«

Luther lachte. »Sie sind also hier, um mich vor meinen Anhängern herauszufordern?« Er ließ die Büchertasche von der Schulter gleiten und breitete die Arme aus, wie ein übermotivierter Prediger. »Bitte, versuchen Sie es!«

Die Umstehenden bemerkten Luthers Geste und schon bildete sich eine Ellipse um ihn und uns, die hinter Lea und mir, wo der Scheiterhaufen loderte, offen war. Zum Feuerschein in unserem Rücken kamen Blitzlichter von der Seite, Reporter zückten ihre Notizblöcke und Schaulustige ihre Smartphones.

Vor fünf Jahren, vor den Tagen der Heuschrecken, wäre es undenkbar gewesen, dass sich zwei Präsidentschaftskandidaten einfach unter das

Volk mischten und einander spontan gegenübertraten. Aber vor fünf Jahren hatten die Vereinigten Staaten von Amerika auch noch zehnmal so viele Einwohner. Und hundertmal so viele Waffen.

»Also, was möchten Sie mir sagen?«, fragte Luther. »Dass ich einen Fehler mache?«

»Darauf läuft es hinaus«, sagte Lea. »Bücher zu zerstören, hat noch nie jemandem geholfen! Und diese symbolischen Scheiterhaufen ...« Sie schüttelte den Kopf. »Damit stellen Sie sich nicht nur in eine Reihe mit höchst fragwürdigen Vorbildern, sondern verhöhnen auch noch deren Opfer. Denken Sie an all die jüdische Literatur, die für immer verlorengegangen ist. Oder die Werke des Magnus-Hirschfeld-Instituts und was deren Verlust für queere Menschen bedeutet hat!«

»Und natürlich graben Sie wieder die Nazis aus.« Luther schüttelte den Kopf. »Ist Ihnen bewusst, wie sehr Sie deren Opfer durch solche Vergleiche instrumentalisieren?«

»Bullshit!«, murmelte ich, aber Lea legte mir die Hand auf den Arm und ich ließ Luther reden.

»Außerdem sind es nicht die Bücher, die ich zerstöre – weit mehr als nur symbolisch, wenn das amerikanische Volk mich erst einmal gewählt hat!« Ich quittierte Luthers Worte mit einem Schnauben, aber er ignorierte mich und fischte ein Buch aus seiner Tasche. »Es ist das Gedankengut der Vergangenheit. Die Vergangenheit selbst.« Er schleuderte das Buch, es segelte über Lea und mich hinweg und hinter uns fauchten die Flammen, zufrieden über ihre neue Nahrung. »Denn nur, wenn wir die Vergangenheit loslassen, können wir die Zukunft greifen!«

»Wir können die Vergangenheit nicht zerstören«, sagte Lea. »Wir können sie nur vergessen. Und dann sind wir gezwungen, sie zu wiederholen!«

»Wir kannten die Vergangenheit doch. Wir wussten, was passiert, wenn wir rassistische Spalter wählen, trotzdem kam Trump an die Macht. Zweimal! Wir wussten, was passiert, wenn Pandemien ausbrechen, trotzdem hielt Corona uns in seinem Griff. Jahrelang! Wir wussten, was passiert, wenn wir uns abschotten und »America first« brüllen, trotzdem haben wir versucht, die Heuschrecken alleine zu bezwingen, bis es fast zu spät war. Und Millionen sind deswegen gestorben! Die Vergangenheit zu kennen, schützt nicht davor, sie zu wiederholen. Im Gegenteil: Wir sind in der Vergangenheit gefangen, weil sie unser Vorbild ist!«

»Wir sind nicht in der Vergangenheit gefangen, wir lernen daraus«, hielt Lea dagegen. »Und das gab uns so viel nie dagewesenen Fortschritt! Vor nicht einmal hundertvierzig Jahren haben Frauen das erste Mal eine Staatsregierung mitgewählt. Vor nicht einmal neunzig Jahren haben wir allgemein anerkannte Menschenrechte verfasst. Vor nicht einmal dreißig Jahren hat das erste homosexuelle Paar geheiratet!«

»Und keinen dieser Fortschritte möchte ich wegwerfen. Im Gegenteil.« Luther zog noch ein Buch aus der Tasche. »Die Tage der Heuschrecken waren schrecklich und jetzt stehen wir vor den Trümmern unserer Zivilisation.« Er reichte das Buch einem seiner Anhänger, der es den Flammen übergab. »Aber wir haben auch eine Chance. Eine einmalige Chance, die teuer genug erkauft ist. Die Chance auf einen Neuanfang. Einen wahren, sauberen, wunderbaren Neuanfang!«

»... den Sie gerade den Flammen übergeben«, sagte Lea.

»Den Flammen übergebe ich nur den Ballast, der uns aufhält!«

Lea schüttelte den Kopf. »Sie verbrennen nicht die Probleme der Vergangenheit, Sie verbrennen lediglich deren Aufzeichnung.«

»Damit die Menschheit nicht das Schlechte sieht und es wiederholt!«, sagte Luther und riss die Arme hoch, woraufhin Applaus das Knistern der Flammen übertönte.

Ich schnaubte und Lea erwiderte: »Aber der Fehler war doch vor der Aufzeichnung! Wir müssen das Schlechte sehen, gerade, damit es sich nicht wiederholt!«

Luther lachte kopfschüttelnd und nahm ein drittes Buch aus der Tasche. »Kennen Sie das hier? Dieses Buch rechtfertigte über Jahrtausende die Diskriminierung von Frauen, von queeren Menschen, von Juden und von so vielen anderen!« Ich ahnte, um welches Buch es sich handelte, noch bevor ich die goldenen Lettern auf dem Einband entziffern konnte, die im Feuerschein orangerot glänzten. »Dieses Buch ist verantwortlich für Kriege, für Morde, für Unterdrückung!« Luther holte aus und die Bibel flog über uns hinweg in die Flammen.

»Die Bibel erzählt auch von Frieden, von Toleranz und von Nächstenliebe«, hielt Lea dagegen. »Nicht sie war für die Kriege verantwortlich, sondern die Menschen, die sie ganz bewusst zu ihrem Vorteil auslegten. Es sind nicht die Bücher, es ist, was wir daraus machen!«

Luther wies auf die Pistole eines Leibwächters. »Unsere republikanischen Freunde sagen immer, dass nicht Pistolen töten, sondern Menschen. Was also unterscheidet ein Buch von einer Pistole?«

»Dass Bücher nicht zum Töten geschaffen werden«, sagte Lea. »Dass sie mehr als nur einem Zweck dienen!«

»Stimmt!« Luther lächelte. »Bücher sind viel gefährlicher als Pistolen!« Damit holte er das nächste Buch aus der Tasche und warf es.

Dieses Exemplar flog niedriger als die anderen und wohl aus Instinkt griff Lea zu und fing es auf. Ich sprang vor und schirmte sie vor dem heimtückischen Angriff ab.

Blitze flammten auf und Licht stach mir in die Augen, als die Attacke mich an Leas Stelle traf. Aber das war okay. Sollten die Reporter doch das Bild einer dunkelhäutigen Mittdreißigerin mit Militärhaarschnitt, Regenbogenstirnband über den Ohren, breitem Kreuz und violettem Mantel bekommen, die in die Kamera blinzelte, als wäre sie gerade aus dem Bett gekrochen. Besser als das einer Präsidentschaftskandidatin, die gerade ein Exemplar von *Mein Kampf* vor den Flammen rettete. Ein Exemplar, das Luther extra besorgt haben musste, um es öffentlichkeitswirksam zu verbrennen – mit Wahlkampfgeld.

Auch Lea las nun offenbar die Worte auf dem Einband, die ich schon während Luthers Wurf hatte entziffern können, denn sie murmelte: »Danke!«

Ich blickte über die Schulter und nickte ihr zu. Sie ließ das Buch in ihrem Mantel verschwinden und fixierte ihren Rivalen. »Das war verdammt hinterhältig für jemanden, der angeblich die Welt retten will!«, sagte sie.

»Ich bin eben Politiker«, antwortete Luther. »Es ist mein Job, zu tun, was nötig ist.«

Ich spürte Wut in mir aufsteigen und ballte die Fäuste. Lea bemerkte offenbar, wie mein Körper sich verspannte, denn sie sagte meinen Namen, doch es war zu spät. Ich trat einen Schritt auf Luther zu und rief: »Ich dachte, Sie wollen die Vergangenheit hinter sich lassen. Warum verwenden Sie dann ihre Methoden?«

Luther reagierte wie ein waschechter Politiker: »Sie wollen mir doch nicht wirklich sagen, Mrs. Rambeau, dass wir dieses Buch vor den Flammen bewahren sollten? Seinetwegen sind nicht einfach Tausende, sondern Millionen von Menschen gestorben!«

»Bullshit«, rief ich. »Nicht dieses Buch hat all die Menschen ermordet. Sondern Menschen! Menschen, getrieben von Rassismus, Faschismus, Antisemitismus, Fanatismus, Queerfeindlichkeit, Ableismus und schierem Hass. Und wenn Sie all das auf ein einziges Buch reduzieren, ist das ein Schlag ins Gesicht für die Nachfahren derer, die die Shoah und all die anderen Verbrechen der Nazis überlebten. Und vor allem derer, die nicht überlebten!« Ich fühlte warme Spuren von Flüssigkeit auf meinen Wangen. »Dass Sie dieses Buch dann auch noch für Ihren Wahlkampf missbrauchen, ist ein Tritt zwischen die Beine!«

Ich machte noch einen Schritt auf Luther zu, da trat mir ein Leibwächter in den Weg und zog doch tatsächlich die Pistole.

Wut, Enttäuschung und Instinkt übernahmen, meine Hand schoss vor, ich umfasste den Lauf, mein Daumen blockierte den Entsicherungshebel, ich riss die Pistole nach unten und das Bein nach oben, der Mann verzog das Gesicht, als mein Knie sein Handgelenk traf, sein Griff lockerte sich, ich entriss ihm die Waffe, löste das Magazin, ließ es in den Schnee fallen, warf die Kugel aus dem Lauf, wirbelte herum und schleuderte die Pistole in die Flammen.

»Das hier sollten Sie verbrennen. Nicht Bücher!« Meine Stimme übertönte das Knistern der Flammen und das Klicken, mit dem die Leibwächter in meinem Rücken ihre Waffen entsicherten. Ich betrachtete die Pistole in der Glut, beobachtete, wie der schwarze Kunststoff Blasen warf, schmorte und schmolz. Dann drehte ich mich um. Meine Hände zitterten, waren aber nicht mehr zu Fäusten geballt. Tränen tropften von meinem Kinn in den Schnee, die feuchten Linien fühlten sich im Winterwind mittlerweile eiskalt an. Ich hatte die Worte meines Uropas im Ohr. Die Worte über Buchenwald.

Luther war hinter seinen Leibwächtern in Deckung gegangen. Ich blickte in zwei Pistolenläufe, der dritte Bodyguard hatte die Fäuste erhoben. Ich war kurz davor, trotz allem auf sie loszugehen. Obwohl ich wusste, dass es ein Fehler wäre. Und das nicht, weil sie zu dritt und bewaffnet waren oder weil es Leas Wahlkampf schaden würde.

»Wenn Sie diese Bücher verbrennen«, sagte ich stattdessen, »geraten auch die Shoah und all die anderen Verbrechen in Vergessenheit. Ich weiß, wie viele Menschen sich das wünschen. Viele würden gerne vergessen, was Menschen anderen Menschen angetan haben. Aber genau das darf nicht passieren. Wir dürfen niemals vergessen!«

Ich hob die Hände, um mir die Tränen abzuwischen, es knallte, Schnee spritzte zu meinen Füßen auf und ich zuckte zusammen. Einer der Leibwächter hatte meine Geste missverstanden und einen Warnschuss abgefeuert. Die Ellipse aus Menschen um uns vergrößerte schlagartig ihren Radius und Blitzlichter flammten auf.

Sie fingen auch ein, wie Lea mir die Hand auf die Schulter legte. »Ich dachte, Sie wären einer von den Guten, Mr. Thompson«, sagte sie. »Wirklich, bei all Ihren Fehlern und Irrtümern, ich dachte, Sie wären einer von den Guten!«

»Alles, was ich will, ist ein Neuanfang!«, sagte Luther. »Eine neue Welt, in der etwas wie der Holocaust nie wieder passieren kann!«

»Aber wir fangen nicht neu an, wenn wir die Vergangenheit vergessen«, sagte Lea. »Wir fangen alt an.« Sie hob die Hand von meiner Schulter und wies auf den Scheiterhaufen. »Dort brennen nicht die Fehler, die uns an diesen Punkt gebracht haben. Dort brennen die Aufzeichnungen, die uns wieder von ihm wegbringen können! Denn nur, wenn wir die Vergangenheit sehen, mit all ihren vielen Problemen, können wir daraus lernen!« Sie trat auf Luther zu, den erhobenen Pistolen seiner Leibwächter zum Trotz. Feuerschein flackerte über ihren Rücken. »Es gibt viele Dinge, auf die wir als Menschheit nicht stolz sein können. Dinge, deretwegen die Heuschrecken uns beinahe auslöschten. Dinge, die wir niemals vergessen dürfen. Aber die beiden letzten Jahre haben gezeigt, dass es auch Hoffnung gibt. Und wenn es uns gelingt, das Wissen der Vergangenheit mit der Hoffnung der Gegenwart zu verbinden, können wir die wunderbare Welt der Zukunft bauen. Und vor allem erhalten!«

Lea wandte sich von Luther ab, trat neben mich, legte mir den Arm um die Schultern und schob mich auf die Reporter zu, die eine Gasse für uns bildeten. Gemeinsam schritten wir durch das Blitzlichtgewitter, weg vom Feuer der Vergangenheit hinein in die Zukunft.

Am 23.04.2033 gewann Lea Lang mit 53,6 Prozent der Stimmen als erste parteilose Kandidatin und als erste Frau die Präsidentschaftswahl der Vereinigten Staaten von Amerika. Als eine ihrer ersten Amtshandlungen gab sie zusätzliche Gelder für Bildung und Kultur frei und sorgte dafür, dass ein lebendiger Geschichtsunterricht an amerikanischen Schulen entstand. Ihre Politik der *zukunftstragenden Vergangenheit* wird von vielen Historiker*innen als ein Stützpfeiler unserer heutigen Gesellschaft angesehen. Lea Lang trat nach ihrer ersten Amtszeit nicht erneut an, um jüngeren Bewerber*innen den Weg freizumachen, blieb aber bis zu ihrem Tod im Jahre 2056 politisch aktiv. Ihre Stiftung *Vergangenheit bewahren, um Zukunft zu schaffen* rettete tausende Bücher davor, verlorenzugehen, und wird bis heute von ihrer Weggefährtin und Freundin Alice Rambeau geleitet.

Luther Thompson gründete nach seiner Wahlniederlage die Gruppierung *Neustart,* die mit symbolischen Bücherverbrennungen für Aufsehen sorgte. Drei Jahre lang war er Lea Langs erbittertster politischer Gegner, bis er sich den Ergebnissen ihrer Politik geschlagen geben musste. Seitdem übergeben seine Anhänger*innen anstatt Büchern Waffen den Flammen. 2041 bedankte er sich öffentlich bei Lea Lang dafür, dass sie ihn bei der Wahl besiegte. Seine Worte lauteten: »Zum Glück waren Sie besser als ich. Denn ich lag falsch!« Bis zu seinem Lebensende 2068 setzte Luther Thompson sich dafür ein, dass junge Menschen die Gelegenheit erhalten, aus der Geschichte zu lernen. Unter anderem basiert der Schreibwettbewerb *Facetten des Aufbruchs* der United Earth, aus dem auch diese Geschichte hervorging, auf seinen Ideen.

Alice Rambeau stieg von der Sicherheitschefin zu einer wichtigen Beraterin Lea Langs auf und unterstützte ihre Freundin nach ihrer Amtszeit beim Aufbau und Erhalt ihrer Stiftung. Ihr Buch *Morgen,* in dem sie den Aufbruch in die Zukunft an Lea Langs Seite beschreibt, wurde zum Bestseller. In Lesungen, Interviews und Gesprächsrunden berichtet sie als Zeitzeugin bis heute von den Tagen der Heuschrecken und den ersten Jahren der neuen Zeit. Besonders gerne lässt sie sich von Schülerreporter*innen interviewen.

Auf einem solchen Interview, das ich am 23.02.2077 mit ihr führen durfte, basiert diese Geschichte. Danke, Alice, für Deine Zeit, Deine Offenheit und Deine Arbeit! Es sind Menschen wie Du, die die Erinnerung am Leben halten und mit deren Hilfe wir aus der Vergangenheit für die Zukunft lernen können.

Kristina Schreiber

Leinwand des Lebens

Berlin, 2042, Jahre des Wandels, fünfzehn Jahre nach der globalen Heuschrecken-Katastrophe

Es ist ein merkwürdiges Gefühl, meine Emowatch in die graue Papierschale fallenzulassen, die mir der Typ am Einlass unter die Nase hält. Unwillkürlich umschließe ich mit der rechten Hand mein linkes Handgelenk. Ohne das Gewicht meiner Uhr fühle ich mich nackt.

Zu allem Überfluss taucht auch noch das mahnende Gesicht meiner Mutter vor meinem inneren Auge auf. Ich weiß genau, was sie davon halten würde, wenn sie wüsste, wo ich mich heute Abend herumtreibe …

»Bitte weitergehen Ladys, da warten noch andere. Viel Spaß bei der Deep Feel Party!« Der Türsteher blickt mich und meine Freundin auffordernd an.

»Na komm.« Rina zieht mich in die umgebaute Fabrikhalle.

Hochfunktionale Solarzellen auf dem Dach speisen das Gebäude mit Energie und versorgen es mit ausreichend Strom. Ruhige Chillout-Musik weht zu uns herüber und ich entspanne mich ein wenig. Mehr als eine geschlagene Stunde haben wir draußen in der Schlange gewartet und jetzt sind wir einfach nur froh, endlich drinnen zu sein.

Vor der nächsten Tür, die die Vorhalle vom Hauptraum trennt, bleiben wir stehen. Von einem Plakat springt uns der Satz entgegen: *Deep Feel Party – Heute wird es bunt!*

Ich lächele Rina an und sie grinst zurück. Wir verschränken unsere Finger ineinander. Ich liebe diese Verbundenheit, die keine Worte braucht, um etwas zu sagen.

»Ey, Platz da!«, tönt es hinter uns und ein junger Mann schiebt sich grob an uns vorbei, öffnet die Tür und verschwindet im Inneren.

»Hallo, geht's noch?«, rufe ich ihm genervt hinterher.

43

Es ist nicht meine erste Deep Feel Party und ich sollte mich eigentlich daran gewöhnt haben, dass die Leute hier ohne ihre Emowatches unausgeglichener sind als draußen, wo die meisten Menschen sie permanent tragen. Aber es ärgert mich trotzdem.

Die Emotionwatches, kurz eben Emowatches, hatten zusammen mit anderen fortschrittlichen Ideen, eine Wende nach der verheerenden Heuschreckeninvasion gebracht. Der Nachfolger der Smartwatch konnte auf bahnbrechende Weise negative Emotionen wie Hass, Wut, Aggression, Trauer und Einsamkeit verringern und ausgleichen. Dazu gab die Uhr Hormone über die Haut ab und regulierte auf diese Weise Gefühle. So konnten nicht nur Konflikte und Feindseligkeiten auf politischer Ebene besänftigt, sondern auch zwischenmenschliche Beziehungen erheblich verbessert werden. Die Menschen wurden offener für andere, halfen einander und fanden zusammen. Sogar psychische Erkrankungen, wie Depressionen, Borderline, Traumata und Essstörungen konnten gelindert werden und keiner musste mehr monatelang auf einen Therapieplatz warten.

Anfangs waren viele skeptisch. Es gab zwar Technikfans, die schon Smartwatches trugen und den Sprung zur Emowatch logisch fanden. Aber es gab auch die Technikverweigernden, die Angst vor Strahlung und Datenmissbrauch hatten und sich nicht von einer Uhr kontrollieren lassen wollten. Als jedoch klar wurde, dass es den Tragenden der Emowatches tatsächlich besser ging und es weit angelegte Studien, Ärztekonferenzen und Empfehlungen offizieller Stellen gab, traute die Bevölkerung sich und bald besaß fast jeder Mensch ab dem Mindestalter von sechzehn eine.

Da wir nach einer Weile aber abhängig von den Uhren wurden und sie vierundzwanzig Stunden am Tag trugen, wurden nun *all* unsere Gefühle – nicht nur die negativen – gleichförmiger und unsere Erlebniswelt abgestumpfter. Eine unbeabsichtigte Nebenwirkung, über die die Ärzte uns aufgeklärt, es aber als harmlos eingestuft hatten. Sie empfahlen, die Einstellungen Leber Emowatch zu ändern, sodass sie eine geringere Dosis Hormone abgab.

Einen Teil der Bevölkerung, Rina und mich eingeschlossen, nervt dieses dumpfe, wattige Gefühl. Deshalb gehen wir auf Deep Feel Partys wie diese, um für eine Nacht mithilfe von Kunst unsere Emotionen endlich wieder intensiv zu erleben.

Wir legen unsere Emowatches ab, denn wir wollen nicht reguliert werden.

Wir wollen explodieren.

»Ignorier den Typen und lass uns reingehen«, sagt Rina und reißt mich damit aus meinen Überlegungen. Sie hakt sich bei mir unter und öffnet die Tür.

Die volle Lautstärke der Musik trifft mich. Da sie sich intuitiv den freigesetzten Emotionen der Menschen in der Halle anpasst, ist aus den Chillout-Klängen nun ein treibender Rhythmus geworden. Noch ist es keine Musik, die zum Tanzen auffordert, aber das wird mit fortschreitender Stunde noch kommen.

Überall im Raum verteilen sich bunte Sofas und Sessel, die sich um Tische mit Fingerfood und Snacks gruppieren. Einige Leute haben es sich bereits in verschiedenen Ecken gemütlich gemacht und plaudern angeregt. Keine Spur von der Aggression des Typen von vorhin.

Stattdessen ist die Stimmung entspannt und erwartungsvoll.

Ohne meine Emowatch spüre ich die kribbelnde Aufregung so intensiv, als würde mir eine Ameisenspur über den Rücken laufen.

»Guck mal, die riesigen Leinwände und das ganze Zubehör!« Rina deutet auf die aufgestellten Staffeleien und Farbtöpfe, Pinsel, Paletten und anderen Hilfsmittel, die sich auf den Tischen daneben stapeln.

Ich war schon auf einigen Deep Feel Partys, auf denen es darum ging, ungebremste Gefühle wahrzunehmen und ihnen freien Lauf zu lassen. Die Themen waren dabei so vielfältig wie die Kunst selbst: Schreiben, Poetry-Slam, Musik, Tanz, Theater, Schauspiel ... Ich war zwar noch nie auf einer Party, auf der gemalt wurde, bin mir aber sicher, dass es mir gefallen wird. Uns gefallen wird.

Ich sehe Rina an. Sie klatscht vor Begeisterung in die Hände und ihre Augen strahlen.

»Hast du schon mal auf einer Staffelei gemalt?«, frage ich sie.

Rina schüttelt den Kopf. »Aber ich möchte es unbedingt ausprobieren!«

»Lass uns erstmal hinsetzen, essen und quatschen«, schlage ich vor, denn noch steht niemand an einer Leinwand. Wie immer wird es eine Weile dauern, bis die Partygesellschaft angesichts ihres ungewohnten Zustandes komplett aus sich heraus kommt.

Wir suchen uns eine Sofalandschaft und setzen uns zu zwei anderen Paaren. Zwei dieser Personen führen ein lebhaftes Gespräch, bei dem sie mit ihren Sektgläsern gestikulieren. Ich kann eine von ihnen keinem Geschlecht zuordnen, doch ich finde sie schön mit ihrem Rock, dem Glitzer Make-up, dem kantigen Gesicht und dem Bart. Jeder Mensch kann sein wie er möchte und niemand (abgesehen von ein paar intoleranten Arschgeigen, die es leider immer gibt) stört sich mehr daran, da es mittlerweile zu unserem Alltag gehört. Ein Erfolg der UE (United Earth), für den die Bevölkerung in vielen Teilen der Welt lange gekämpft hat.

Auf der Couch neben uns knutschen zwei Jungs wild miteinander.

Ich beuge mich zu Rina, lege eine Hand an ihre Wange und küsse sie ebenfalls. Der Geschmack ihres fruchtigen Lippenbalsams verteilt sich in meinem Mund. Einen Moment lang verharren wir so. Ausgeschlossen von der Welt. Gefangen in unserem Kuss. Ein Augenblick nur für uns allein.

Einer der Jungs zwinkert mir hinter dem Rücken des anderen zu und ich zwinkere zurück.

Wärme und Glück durchfluten mich. Ohne meine Emowatch nehme ich diese Gefühle in einer neuen Intensität wahr. Es ist überwältigend.

Eine weitere Errungenschaft unserer Zeit ist die gesellschaftliche Akzeptanz von Lebensweisen jeglicher Art: queer, polyamor, monogam, offen, fest ... Ich meine, klar, die erwähnten intoleranten Arschgeigen gibt es auch hier und wird es auch immer geben, aber größtenteils sind wir den früher als *traditionell* geltenden Beziehungsformen gleichgesetzt und haben in fast allen Teilen der Erde die gleichen Rechte. Die UE hat eine offenere und bessere Welt für uns geschaffen – und zwar egal, ob wir eine Partnerperson, mehrere oder keine haben.

Nachdem wir einige Minuten in der Nähe der anderen versunken sind, lösen wir uns schließlich voneinander. Rina greift nach der Schale mit den Knabbereien und wirft sich eine Handvoll Erdnüsse in den Mund. Auch ich schnappe mir welche.

Einige salzige Snacks später, erhebt sie sich. »Puh, jetzt hab ich Durst. Holen wir uns was?«

»Klar.« Ich folge Rina zur Bar und wir bestellen uns zwei alkoholfreie Cocktails. Viele finden, Alkohol lockert die Stimmung und unterstützt das Freiheitsgefühl auf einer Deep Feel Party. Aber ich möchte meine Emotionen lieber ungefiltert und ohne Dusel erleben. Außerdem möchte ich Rina unterstützen. Sie hasst Alkohol, aus einem guten Grund.

Während wir uns an die Theke lehnen und unsere fruchtigen Getränke durch Strohhalme schlürfen, frage ich: »Wie geht es eigentlich deinem Dad?« Dass das wenig taktvoll war, wird mir klar, als ich sehe, wie sich Rinas Gesicht verfinstert. Vielleicht hätte ich das Thema behutsamer anpacken sollen. Aber nun kann ich es nicht mehr zurücknehmen.

Meine Freundin zuckt mit den Schultern. »Es geht so. Seine Emowatch hilft ihm, mit den Symptomen der Sucht klarzukommen. Aber im Endeffekt muss sein Wille stark genug sein, um es allein zu schaffen.«

Mir fällt leider keine hilfreiche Erwiderung ein, also nicke ich nur.

»Und was ist mit deiner Mom? Habt ihr euch wieder vertragen?«, will Rina wissen und sieht mich direkt an.

Ich seufze. »Nicht wirklich. Sie ist immer noch sauer, weil ich mich letztens auf die Party geschlichen habe. Dieses Mal darf sie mich nicht erwischen.«

Meine Freundin zieht scharf Luft durch die Zähne. »Oh shit.«

»Ja, ansonsten blüht mir wahrscheinlich lebenslanger Hausarrest.«

Das enttäuschte Gesicht meiner Mutter inklusive der eindringlichen Standpauke kommt mir erneut in den Sinn. Mein schlechtes Gewissen meldet sich, weil ich mich schon wieder rausgeschlichen und mich damit bewusst ihrer Anweisung widersetzt habe. Sie denkt, ich übernachte bei Rina. Da wir ihrem Dad aber nichts von unserem Plan erzählt haben, weil er nicht damit einverstanden gewesen wäre, hoffen wir einfach, dass unsere Eltern heute nicht miteinander telefonieren. Wird schon schiefgehen.

»Deine Mom ist aber auch streng, was Partys angeht. Und ein echter Emowatch-Zombie«, erwidert Rina und rollt mit den Augen.

Ich nicke. »Sie trägt die Uhr sogar beim Schlafen und Duschen.«

Weil sie ihr geholfen hat, mit ihren schweren Depressionen klarzukommen. Seit meine Mom die Emowatch trägt, geht es ihr besser als jemals zuvor. Bestimmt hat sie Angst, wieder in ein dunkles Loch zu fallen, wenn sie sie abnimmt.

Ich seufze. »Und jetzt überträgt sie ihre übertriebene Angst auf mich. Dabei hatte ich nie Anzeichen von Depressionen.«

Direkt an meinem sechzehnten Geburtstag hat meine Mom mir das aktuellste und teuerste Modell auf dem Markt gekauft. Seitdem besteht sie darauf, dass ich die Emowatch permanent trage. Andauernd fragt sie, wie es mir geht, kontrolliert meine Hormon- und Vitalwerte, Kalorien, Schrittzähler und Schlafqualität. Ich fühle mich so eingeengt, dass mir langsam die Luft zum Atmen fehlt. Kann man es mir da verübeln, dass ich ab und zu ein bisschen ausbrechen und meine Freiheit genießen möchte?

Inzwischen hat sich in der Mitte der Halle eine große Menschentraube gebildet. Mir fällt erst jetzt auf, dass die Musik eine neue Richtung eingeschlagen hat. Der dröhnende Bass fährt mir in den Magen und der treibende Beat in die Beine.

»Lassen wir das Thema für heute. Komm mit!« Rina knallt ihr leeres Glas auf die Theke und zerrt mich auf die Tanzfläche.

Sie beginnt sofort, sich ungehemmt zu bewegen, als hätte sie die ganze Zeit nur auf diesen Augenblick gewartet. Lachend wirft sie die Arme in die Luft und lässt ihre Hüften kreisen. Ich bewundere sie dafür, wie sie vollkommen gelöst durch die Gegend wirbelt und den Moment genießt.

Mir dagegen fällt es schwer, alles rauszulassen. Vielleicht braucht mein Körper noch etwas mehr Zeit, um meine Hormone von *reguliert* auf *explodiert* umzustellen. Vielleicht geistert meine Mom mir noch zu sehr mit ihren mahnenden Worten im Hinterkopf herum.

Als wir mehrere Lieder am Stück getanzt haben, Rina ausgelassen und ich eher verhalten, weil mich die Stimmung nicht ganz mitreißen konnte, beschließen wir, eine Pause einzulegen und uns Wasser zu holen.

Wir lassen uns auf Barhockern nieder und beobachten die Gäste, die vor den Staffeleien ihrer Fantasie freien Lauf lassen. Unter ihnen sind Folien ausgelegt, damit sie sich ohne Rücksicht auf Farbspritzer ausleben können. Eine Frau malt so euphorisch, dass ihr Farbe ins Gesicht und auf die Klamotten spritzt. Sie sieht unheimlich glücklich aus.

Eine andere Frau greift nach mehreren Tuben und flutet ihr Bild mit fröhlichem Gelb und Grün, Blau und Rot, bis das Weiß der Leinwand komplett in Bunt getaucht ist.

Freudige Erwartung prickelt mir unter der Kopfhaut und ich fühle mich bereit, es selbst auszuprobieren.

Also rutschen wir von den Barhockern und gehen hinüber zum Tisch mit den Malutensilien. Die Handschuhe und den Schutzkittel lasse ich links liegen. Ich habe heute extra ein ausgewaschenes Shirt und eine alte Jeans angezogen und ich möchte, dass sie Farbtupfer abbekommen. Denn bei ihrem Anblick werde ich mich immer an diesen besonderen Abend erinnern.

Während ich noch überlege, welche Farben ich nehme, fackelt Rina nicht lange und malt wild drauflos.

Ich entscheide mich schließlich für den größten Flachpinsel, den ich finden kann, schnappe mir eine Mischpalette und drücke so viele verschiedene Tuben darauf aus, bis kein Platz mehr ist.

Wenn ich mich schon freizeichnen will, soll es auch bunt werden und richtig knallen.

Ich fahre mit den Fingern über die Struktur der Leinwand, tunke den Pinsel ein und fange an.

Zuerst zögerlich und dann immer mutiger und schneller. Irgendwann habe ich nicht mal mehr die Geduld, nach jeder Farbe den Pinsel zu säubern und während sich Gelb, Rot und Blau vermischen, vergesse ich die Zeit und lebe nur noch im Moment.

Das Kratzen des Pinsels auf der Leinwand ist meine Musik und die chemischen Ausdünstungen der Acrylfarbe riechen nach Freiheit.

Die Musik der Party und das Geräusch meines Pinselns vermischen sich wie Farbe im Wasserglas und reißen mich wie eine Welle mit. Ich beginne zu tanzen, male weiter und Euphorie steigt in meinem Körper auf. Pure, wilde, ungezügelte Euphorie.

Rinas Hand legt sich auf meine Schulter und ich brauche einen Moment, um wieder im Hier und Jetzt anzukommen. Sie schaut mich besorgt an und ihr Griff wird fester. »Was ist denn los?«, frage ich verwirrt.

»Ich fürchte, deine Mom ist hier.«

Was zur Hölle ... ?

Mein Herz beginnt, wild zu schlagen, als ich sie am anderen Ende der Halle entdecke. Sie kommt mit schnellen Schritten auf uns zu und ihre langen blonden Haare fliegen um ihren Kopf. Ein personifizierter Racheengel.

Scheiße. Jetzt bin ich am Arsch.

»Das ist doch wohl nicht dein verdammter Ernst! Du hintergehst mich schon wieder?« Sie bleibt direkt vor mir stehen und funkelt mich wütend an.

»Mom«, ich hebe entschuldigend die Hände, »tut mir leid, aber ich konnte einfach nicht anders.«

»Woher wissen Sie überhaupt, dass wir hier sind?«, mischt sich Rina ein.

Meine Mutter wendet sich an sie und stemmt die Hände in die Hüften. »Toll, dass du das noch unterstützt, Rina. Ich hab deinen Vater angerufen und dabei stellte sich heraus, dass ihr gar nicht bei dir übernachtet. Er hat einen Party-Flyer auf deinem Schreibtisch gefunden und ich habe ihm versprochen, dich nach Hause zu bringen.«

Rina wirft mir einen entschuldigenden Blick zu. Wahrscheinlich bereut sie ihre Nachlässigkeit mit dem Flyer.

»Und jetzt zu dir, Tochterherz.« Sie nimmt meinen Arm und nickt zu dem Tisch mit den Malutensilien hinüber. »Pack die Sachen beiseite und komm mit nach Hause. Zeit für ein ernstes Gespräch, das ich bestimmt nicht *hier* führe.«

Ich entziehe ihr meinen Arm. Dabei fällt mein Blick auf ihr Handgelenk und mich trifft der Schlag.

Ihre Emowatch fehlt.

»Mom, du trägst deine Uhr gar nicht!«, entfährt es mir. Ich bin so perplex, dass sie die Uhr anscheinend beim Einlass abgegeben hat, dass ich unseren Streit für einen Moment vergesse. Es muss sie unglaublich viel Überwindung gekostet haben.

Meine Mutter schnaubt. »Ich musste sie am Eingang abgeben, um dich aus diesem Loch herauszuholen.«

»Danke«, entfährt es mir, ohne dass ich es verhindern kann.

»Was?«, erwidert meine Mom irritiert und ihre Wut scheint auf einen Schlag verflogen zu sein.

Wir starren uns nur an.

So viel Ungesagtes steht zwischen uns, aber keine macht den Anfang. Ich möchte ihr so viel entgegenschleudern, ihr so viel vorwerfen, ihren Kontrollzwang und das Einengen, aber ich kann es nicht. Die Worte kommen einfach nicht über meine Lippen.

Ich drehe mich von ihr weg, schnappe mir zwei Farbtuben und drücke sie auf meiner Leinwand aus.

Ich habe vielleicht keine Worte, aber dafür habe ich die Kunst.

Mit den bloßen Fingern verteile ich die Farben auf dem bunten Untergrund und blende alles aus.

Überrascht, dass meine Mutter mich nicht bremst, mache ich immer weiter.

Adrenalin flutet meinen Körper, während sich die Farben übereinanderschichten und meine Finger das Bild in meinem Kopf auf die Leinwand übertragen.

Als ich fertig bin, fühle ich mich emotional und körperlich ausgelaugt. Mein Brustkorb hebt und senkt sich schnell. Müdigkeit zerrt an mir.

Mom betrachtet mein Bild aufmerksam und ihre Augenbrauen schnellen in die Höhe.

Ein Vogel erhebt sich vor dem bunten Hintergrund. Neben ihm hängt ein Käfig, dessen Tür aufgestoßen wurde.

Meine Mutter löst ihren Blick von meinem Kunstwerk und sieht mich direkt an. Das erste Mal seit langer Zeit habe ich das Gefühl, dass sie mich *wirklich* sieht. Mit all meinen Emotionen.

Sie sagt nichts. Stattdessen krempelt sie die Ärmel hoch und beginnt selbst zu malen.

Worauf das hier wohl hinausläuft?

Meine Mom ist wirklich keine schlechte Mutter, nur geht sie mir mit ihrer kontrollierenden Art mächtig auf die Nerven. Tief im Innern weiß ich, dass sie es nur tut, um mich zu beschützen. Damit es mir nicht so schlecht geht wie ihr damals.

Rina nimmt meine Hand und drückt sie leicht. Gemeinsam sehen wir meiner Mom zu.

Einige Farbspritzer sprenkeln ihre Bluse und ohne ihre Emowatch sieht sie irgendwie befreit aus. Ihre Wangen leuchten rot und als sie mich ansieht, lächelt sie zaghaft, als hätte sie einen Teil von sich selbst neu entdeckt. Sie hat noch nie so schön ausgesehen.

Ihr Motiv zeigt einen etwas größeren Vogel, der neben meinem vor dem bunten Himmel fliegt. Zwischen ihnen hat sie ein zartes Band gezeichnet und daran hängt ein kleines Herz.

Mein erster Impuls ist, die Augen vor lauter Kitsch zu verdrehen.

Aber dann muss ich lächeln.

Andrea Rohmert

Die Mobilisten

Die Luft in der Sporthalle roch abgestanden, nach Schweiß und alten Turnmatten. Die Klappstühle vor der improvisierten Bühne waren dicht besetzt, doch auf den Rängen gab es noch freie Plätze. Hier hatten sie vor ein paar Jahren noch gesessen und ihre Klassenkameraden beim Schulturnier angefeuert. Aber das war damals gewesen.

Etwas lag in der Luft, so sirrend wie Elektrizität. Draußen vor der Halle bildeten die Demonstranten eine Menschenkette. Sie reckten Schilder in die Luft, die das Ende der Welt verkündeten, falls sich diese Irren mit ihrer Idee durchsetzen sollten. Dabei verstanden sie nicht, dass die Menschen, die an ihnen vorbei nach drinnen drängten, genau das wollten: ein Ende der Welt – jedenfalls der Welt, wie sie derzeit war.

Sie suchten sich eine Reihe an der Seite. Von hier aus war es nicht weit zum Notausgang; nur für den Fall, dass die Demonstranten die Halle stürmten.

Noah zog seine Jacke aus und verkündete, dass er an den Ständen im Vorraum noch etwas zum Futtern organisieren wolle, und ließ Maja und Sophie allein zurück.

»Ich halte das für keine gute Idee.« Sophie verschränkte die Arme so fest vor ihrem Körper, dass ihre Fingerknöchel fast so weiß waren wie ihr blasses Gesicht. Vermutlich würde sie am nächsten Tag erkennen, wo sie ihre Finger in ihre Oberarme gebohrt hatten.

»Wirklich.« Maja verzog das Gesicht, während sie ihr Make-up im Spiegel überprüfte. »Sieht man dir gar nicht an.«

»Spar dir deinen Sarkasmus!«, zischte Sophie. »Ich bin nur hier, weil du mich darum gebeten hast.«

»Du bist nur hier, weil Noah mitkommen wollte«, korrigierte Maja sie nüchtern, und Sophie presste die Lippen aufeinander. »Du brauchst also erst gar nicht zu versuchen, mir ein schlechtes Gewissen einzureden.

Außerdem«, fügte sie hinzu und ließ den Taschenspiegel zuschnappen, »bist du doch die Feministin von uns beiden.«

»Es geht doch nicht um Feminismus, sondern um Mobilismus! Das ist etwas ganz Anderes«, empörte sich Sophie und biss sich auf die Unterlippe, während sie unauffällig Ausschau hielt, ob Noah noch in Hörweite war, doch zu ihrer Erleichterung war er in der Masse verschwunden.

»Findest du?« Maja rückte von ihrer Freundin ab und platzierte Noahs Jacke zwischen ihnen. »Dir ist aber schon aufgefallen, dass etwa drei Viertel der Anwesenden Frauen sind? Und dass gleich nur Frauen reden? Und dass die ganze Idee von Frauen entwickelt wurde?«

»Und deshalb muss es gleich etwas Feministisches sein?« Sophie rümpfte die Nase. » *Germany's Next Topmodel* wurde auch von Frauen gemacht und von Frauen gesehen, und feministisch war da nichts dran.«

»Hach, Topmodel.« Maja seufzte melancholisch, als sie an die guten alten Zeiten zurückdachte, als ein drohender Haarschnitt noch ein Grund gewesen war, sich von der nächsten Brücke stürzen zu wollen, und sie einander auf dem Schulflur vorgemacht hatten, wie man mit wiegenden Hüften, langen Beinen und nach hinten gezogenen Schultern über einen Catwalk tänzeln würde. »Läuft das eigentlich auch wieder irgendwo?«

»Bestimmt nicht in einer Wohnmobil-Kolonie«, sagte Sophie schnippisch. »Du musst dich also zwischen Trash und Treck entscheiden.«

»Deshalb bin ich ja hier.« Maja zuckte mit den Achseln. »Um herauszufinden, ob Treck etwas für mich ist.«

Sophie musterte sie zweifelnd. »Kannst du dir das wirklich vorstellen? Kein Zuhause mehr zu haben, sondern nur noch auf der Straße zu leben? Tagein, tagaus herumzufahren und nicht zu wissen, wo man schläft?«

»Das ist doch Blödsinn. Ich wüsste ganz genau, wo ich schlafe: im Wohnmobil. Oder ich bekomme so ein niedliches Tinyhouse, das ich hinter mir herziehe. Also, wenn die Massenproduktion endlich mal ins Laufen kommt«, fügte sie hinzu.

»Allein dein Schuhschrank ist ein Tinyhouse!« Sophie lachte unwillkürlich. »Willst du etwa zwischen deinen Schuhen schlafen?«

»Es gibt schlimmere Schicksale.« Maja grinste, lehnte sich zurück und streckte die Beine von sich. »Ist doch auch irgendwie eine ganz romantische Vorstellung: eine Woche am Meer leben, eine Woche in den Bergen, heute in diesem Land und morgen in jenem.«

»Für mich klingt das wie ein Alptraum.« Sophie schüttelte sich. »Da ist doch gar keine Struktur drin. Und ständig sind andere Leute um dich herum!«

»Richtig.« Maja nickte. »Ständig andere Leute, andere Nationalitäten, andere Sprachen – deine ganzen Sprachkurse wären endlich einmal für etwas gut! Und wir würden nicht nur irgendwelche Strukturen abbauen, sondern auch Grenzen. Ein Europa ohne Grenzen – war das nicht mal der Traum?« Sie seufzte schwer. »Falls du es gar nicht erträgst, wenn deine Welt gar keine Konstante mehr hat: Niemand hindert dich daran, immer mit denselben Leuten abzuhängen. Im Treck hättest du das ja, das ist wie eine mobile Nachbarschaft. Aber wenn dein Nachbar dir auf den Sack geht, weil er seinen Popup-Zaun zu dicht an deiner Mülltonne aufbaut, fährst du einfach an eine andere Stelle und suchst dir eine neue Nachbarschaft, statt die alte zu verklagen. Platz ist ja mittlerweile genug.«

»Darüber solltest du keine Witze machen«, murmelte Sophie halblaut, und einen Augenblick schwiegen sie, weil ihnen dieselben Bilder vor Augen standen: die von den Heuschrecken kahl gefressenen Wälder, die in den Dürresommern ausgetrockneten Felder und Wiesen, die Asphaltwüsten aus den Gerippen zerbombter Stadtteile. Das Einzige, was noch in gutem Zustand war, waren die Autobahnen, damit Panzer und Truppenfahrzeuge die nächste Front erreichen konnten. Zwar zitterten sie sich seit einigen Wochen durch den Waffenstillstand, aber die Straßeninspektionen suchten trotzdem fortlaufend nach Personal.

»Kannst du dir nicht vorstellen, wie es wäre, vor der nächsten Front einfach wegfahren zu können?«, fragte Maja leise.

»Würdest du etwa unser Land im Stich lassen?« Sophie hob die Brauen, obwohl sich etwas an der Frage stumpf auf ihrer Zunge anfühlte: wie eine hohle Phrase, ein Ideal aus dem Geschichtsbuch.

»Wenn die Alternative wäre, im Krieg zu leben? Ja!« Maja schnitt eine Grimasse. »Ja, natürlich. Was habe ich von einem Land, wenn mir darin jeden Moment das Dach um die Ohren fliegen kann? Oder mir erzählt wird, dass das Nachbarland, in dem wir schon dutzendmal im Urlaub waren, quasi die Hölle auf Erden ist, bevölkert von Teufeln, die man ausrotten darf? Wenn sie jeden brauchbaren Typen einziehen, meinen Vater, meinen Bruder ...« Sie schwieg und starrte auf ihre Fußspitzen. Ihr Vater war seit einigen Wochen wieder zuhause und wartete auf einen Therapieplatz, doch das ungewisse Schicksal ihres Bruders hing wie ein ständiger Schatten über ihrer Familie. Als sie ihrer Mutter den ersten Flyer der Mobilisten zum Lesen gegeben hatte, hatte diese sie nur vorwurfsvoll angesehen und gefragt, wie Jan sie denn finden sollte, wenn sie ruhelos umherzogen. Als hätte jemand behauptet, dass Mobilisten keine Smartphones nutzten!

Zögerlich legte Sophie ihre Hand an Majas Oberarm. »Habt ihr etwas Neues von Jan gehört?«, fragte sie behutsam, und Maja schüttelte den Kopf. Einen Augenblick lang suchte Sophie nach Worten, aber ihr fiel nichts ein. Majas Bruder war nicht der einzige Vermisste, aber das würde sie kaum trösten.

Auf der Bühne tat sich etwas: Eine Frau in einem eleganten Hosenanzug trat hinter das Stehpult mit dem Laptop. Ihre Lippen bewegten sich, und ein junges Mädchen in Shirt und Jeans hinter einem Mischpult bedeutete ihr mit hochgerecktem Daumen, dass irgendetwas so funktioniert, wie es geplant gewesen war.

»Ein Leben am Meer«, sagte Sophie gedehnt, und Maja zog ihre Nase hoch und wischte sich ungeduldig mit dem Handrücken über die Oberlippe. »Das ist wirklich eine schöne Vorstellung.«

»Meine Mutter würde einen Affen kriegen, wenn ich ihr das vorschlage.« Maja grinste schwach. »Sie ...«

»Warte mal.« Sophie hob überrascht eine Hand. »Du würdest deine Mutter mitnehmen?« Die Vorstellung, dass ausgerechnet Maja, die sich so gern unabhängig gab, ihre Mutter mit auf eine Fahrt ohne Ende nehmen würde, war irgendwie absurd, auch wenn sie ständig bei ihr anrief und ihr erzählte, wo sie gerade steckte.

»Natürlich!«, erwiderte Maja prompt. »Vielleicht nicht die ganze Zeit, und sie und mein Vater hätten natürlich ihr eigenes Tinyhouse, das gern auch ein bisschen weiter weg stehen kann. Aber so, wie ich diese Broschüren verstanden habe, wollen die Mobilsten ja nicht die Familienstruktur auflösen, ganz im Gegenteil: Das ist eines der Relikte aus der Zeit vor der Sesshaftwerdung, die reaktiviert werden sollen.«

Sophie schnitt eine Grimasse, als hätte sie Zahnweh. »Die Zeit vor der Sesshaftwerdung – das klingt, als wäre es gestern gewesen. Dabei sind das Jahrtausende Geschichte!«

»Aber nicht gerade eine Erfolgsgeschichte, oder? Als wir noch den Herden gefolgt oder vor schlechtem Wetter geflohen sind, hatten wir keinen Besitz und kein Land, um das wir Krieg geführt haben. Wir haben keine Landstriche mit Feldern und Straßen zugepflastert, hatten keine Massentierhaltung oder Überdüngung, haben keine Wälder abgeholzt, keine Moore trockengelegt, keine Landschaften durch Bergbau oder Brandrodung in Ödland verwandelt. Es gab keinen Alkohol und keine Drogen und kein allgegenwärtiges Patriarchat. Wir hatten auch keinen Monotheismus, und niemand hat jemand anderem den Kopf einschlagen wollen, nur weil der an einen anderen Donnergott oder eine andere Fruchtbarkeitsgöttin geglaubt hat.«

»Ich bin sicher, es gab damals auch schon Krieg«, widersprach Sophie. Maja steigerte sich da ihrer Meinung nach ziemlich in eine Utopie hinein, die ganz außer Acht ließ, dass Menschen immer noch Menschen blieben, egal wie sie lebten. Der Logik nach hätte der Wohlstand der Zivilisation vor dem Heuschreckenunfall ja auch schon dazu führen müssen, dass alle miteinander auskamen – stattdessen hatten sie sich darüber geärgert, dass andere mehr hatten oder etwas, was einem besser gefiel als der eigene Besitz. »Bei so etwas ist der menschlichen Kreativität keine Grenze gesetzt.«

»Vielleicht aber doch. Ich würde zum Beispiel jeden umbringen, der versucht, meine Schuhe zu stehlen. Aber wenn ich keinen Schuhschrank hätte – puh, furchtbare Vorstellung!« Maja schüttelte sich, als hätte sie auf eine Zitrone gebissen.

Sophie legte den Kopf schräg. »Du hast wirklich vor, in deinem Schuhschrank zu schlafen, wenn du dich den Mobilisten anschließt, oder?«

»Vielleicht.« Maja grinste, und ihre Augen funkelten unternehmungslustig. »Aber vielleicht mache ich auch einen Schuhverleih auf, wenn mir das Homeoffice auf den Senkel geht.«

»Und das würde keinen Krieg auslösen, wenn dir jemand ein geliehenes Paar mit abgebrochenem Absatz oder einem Schmierfleck zurückbringen würde?«

»Ich habe nicht gelesen, dass die Mobilisten gegen das Auspeitschen wären.« Maja leckte sich über die Lippen. »Aber im Ernst: Warum sollte man einen Krieg führen, wenn man einfach davor wegfahren kann? Und wir wären ja nicht die ersten, die sich auf diese Lebensweise zurückbesinnen. In Frankreich sollen schon fast zwanzig Prozent der Frauen mobil gemacht haben.«

»Komisch, dass sie keiner zwingt, irgendwo zu bleiben.« Sophie runzelte die Stirn. Natürlich waren die Zeiten vorbei, in denen Frauen sich nach dem Krieg wieder an den Herd drängen ließen, vorbei, aber aus wirtschaftlicher Sicht klang das nicht sehr krisenfest. »Das sind doch alles Arbeitskräfte und Steuern, die dann fehlen.«

»Die arbeiten doch alle im Homeoffice – nur halt richtig mobil. Ha! Ich glaube, damit haben die nicht gerechnet, als sie alle begonnen haben, vom mobilen Arbeiten zu schwärmen!« Maja seufzte zufrieden. Sie hatte lange gebraucht, um sich an mobiles Studieren und anschließend ans Homeoffice zu gewöhnen, aber jetzt erschien es ihr wie die schmerzhaften ersten Schritte auf wackligen Beinen, ehe man die hohe Absätze meisterte. Mobiles Arbeiten, mobiles Leben – das klang alles so logisch, als würde es ineinandergreifen! Selbst die Autoversessenheit ihrer Nation ergab plötzlich einen vollkommen neuen Sinn und war ein Mosaiksteinchen im Gesamtbild.

»Trotzdem.« Sophie schüttelte den Kopf. »Ich weiß nicht, ob das etwas für mich wäre, dieses ständige Wechseln.« Ihr Blick irrte über die immer besser gefüllten Reihen. Durch den Eingang kamen nur noch wenige Menschen, und Sophie reckte den Hals, als sie einen vertrauten braunen Schopf entdeckte. »Noah«, wisperte sie und musste unwillkürlich lächeln.

Maja drehte den Kopf, musste ebenfalls grinsen und hob ihren Arm, um Noah zuzuwinken. »Er ist wirklich süß«, gestand sie, während Noah ihnen zunickte und sich zielstrebig einen Weg durch die Reihen suchte, die Arme vollbepackt mit Tüten und einem Tray mit drei Bechern.

Sophie warf Maja einen argwöhnischen Blick zu. Die Zahl der anständigen Jungs sank rapide; dass Noahs Dating-Profil so viel Ähnlichkeit mit seinem wahren Ich hatte, war ein halbes Wunder. Doch Maja saß ganz unschuldig da, die schlanken Beine von sich gestreckt, den Rücken nach hinten durchgebogen, das Haar offen über die Schultern ... Sophie seufzte. An manchen Tagen wäre es ihr recht gewesen, wenn ihr Freundin wirklich nur Schuhe gesammelt hätte!

Noah bog eine Reihe hinter ihnen ein und kletterte mit seinen langen Beinen zwischen sie, während Sophie seine Jacke auf ihren Schoß zog, um ihm Platz zu machen. »Okay, ich habe dreimal Pommes, zwei McSchrecks und einen 12er-Pack CricketNuggets«, zählte er auf, während er es sich zwischen ihnen bequem machte. »Wer bekommt was?«

Sophie und Maja warfen einander über Noahs Schoß hinweg einen angewiderten Blick zu. Das Übel wird zu seiner eigenen Lösung, hieß es ständig in der Werbung. Proteinreich, hieß es. Aber es waren immer noch Insekten, und der Gedanke, sich eines ihrer Beine in den Mund zu stecken, die kross gebratene Haut unter ihren Zähnen aufplatzen zu spüren, etwas zu schlucken, nur weil es gesund sein sollte und den Magen füllte …

»Nur eine Pommes, ich bin Vegetarierin«, log Sophie.

»Ich bin eigentlich satt«, log auch Maja. »Ich nehme auch nur eine Pommes.«

Noah sah von einer zur anderen; dann zuckte er mit den Achseln. »Okay, mehr für mich.« Er stellte die Tüten ab und verteilte die Becher unter ihnen. »Denkt ihr, es geht bald los?« Er deutete mit dem Kopf zur Bühne.

»Vielleicht.« Maja nahm den Strohhalm in den Mund, saugte einen tiefen Schluck lauwarm gewordener Limo, und nahm eine Schale mit fettigen Pommes frites entgegen, die sie neben sich abstellte. »Worauf freust du dich besonders? Lass mich raten: die Sache mit der Polygamie?«

»Der was?« Sophie verschluckte sich fast an ihrer Limonade und starrte Maja entgeistert an.

»Na, die Sache mit den Männern und Frauen.« Maja lachte, auch wenn es sie nicht wunderte, dass Sophie diesen Teil übersehen hatte. »Hast du nicht gelesen, dass sich bei den Mobilisten mehrere Frauen einen Mann teilen? Zumindest im Moment.«

Sophie blinzelte. »Das scheint mir eine ziemliche Schnapsidee zu sein«, murmelte sie und erinnerte sich an die Schilder der Demonstranten, die von Sodom und Gomorrha kündeten. »Sowas setzt sich bestimmt nicht durch.«

»Das haben sie über das Internet auch mal gesagt«, erwiderte Noah amüsiert und biss herzhaft in seinen McSchreck. »Und jetzt«, fuhr er kauend fort, »ist es das Einzige, was niemand zerstören will, weil die ganzen Kommandeure es für ihre Truppenkommunikation genauso brauchen wie die Zivilisten fürs Onlineshoppen.«

»Und du denkst, du bist Mann genug für mehr als eine Frau?« Maja schob sich auffordernd näher an Noahs Schulter und legte ihre Hand auf seinen Oberschenkel.

»Mein Vater hat immer gesagt, dass eine Frau reicht, um einem Mann Scherereien zu bescheren«, erklärte er achselzuckend, legte den Burger vorsichtig zurück in die Tüte und schluckte schwer. »Aber ich denke, ich bin zu jung, um diese These nicht ausgiebig und empirisch auf ihre Richtigkeit zu prüfen.« Noah grinste und streckte seine Arme aus, so dass er einen um Majas und einen um Sophies Schultern legen konnte.

Sophie öffnete den Mund, um ihm zu widersprechen, aber gerade in diesem Augenblick knackte es in den Lautsprechern, und die Stimme der Frau auf der Bühne schwirrte durch die Luft.

»Sehr geehrte Damen und Herren und alle dazwischen«, begrüßte sie den Saal, und Sophie presste die Lippen aufeinander. Sie spürte die Wärme von Noahs Körper, der nach frittierten Heuschrecken roch, aber sich dennoch gut anfühlte. Irgendwie ungewohnt, so als müsste man sich noch daran gewöhnen. So wie an diese Idee mit dem Losfahren. Die alten Strukturen hinter sich zu lassen, um den ganz alten Strukturen zu folgen – Sophie seufzte. So wirklich konnte sie es sich immer noch nicht vorstellen. Aber es konnte ja nicht schaden, den Mobilisten einmal zuzuhören.

Denise Kalter

Doula des Neuanfangs

»Wartet, nicht abheben. Das muss noch mit! Botanische Samenbank Hamburg.«

Die Taue des Zeppelins Richtung Norden werden auf dem maroden Rollfeld von den Ankern gelöst.

»Dann wirf halt hoch!«

Der Flugbegleiter steht an der offenen Tür, die er im Begriff war, mit einem Gitter zu verschließen. Er reckt seine Hände nach vorne, bereit zum Fangen. Sie schleudert die Edelstahlkapsel hoch und es macht »klonk«. Erst beim dritten Mal wirft sie so, dass er fängt.

»Na, siehst du. Haben wir doch noch hinbekommen! Ahoi!«

»Danke. Guten Flug!«

Die Tür rattert zu und das Himmelsschiff bewegt sich wie eine aufgebauschte Kumuluswolke in die Morgenröte.

Sie hatte sich ihre neue Aufgabe nach der Landbesiedelung weniger stressig vorgestellt. Als eine der Letzten wurde sie runter in den Süden entsendet – als es hier nicht mehr aussah wie auf dem Mars. Sie kannte niemanden in NeuMünchen und jetzt wird sie als eine Art Expertin für diese neugeborene Region angesehen. Meistens radelt sie von der Zentrale zum Flughafen, manchmal in Zirkel außerhalb. Es ist schön zu sehen, wie sich die Communities in ihren Earthships weiterentwickeln – und sie freuen sich im Gegensatz von ihr zu hören, was die anderen Gemeinschaften so machen. Denn sowas wie Internet ist noch lange nicht wieder aufgebaut. Sie ist also so eine schräge Mischung aus Schneckenpost und Globetrotter.

Ihr treuer Arbeitsesel bringt sie überall hin. Ein altes Lastenrad, dass sie mit ein paar Annehmlichkeiten Marke Eigenbau ausgestattet hat. Sonnenverdeck, portabler Wasser-Luft-Extraktor, Klappmatratze. So eins hat keiner. Sie liebt es auf dem Rad zu sitzen und im Grün am Rollfeld die Kaninchen toben zu sehen, die Wildblumen im jahreszeitlichen Wandel zu bewundern. Früher ging das ja nur durchs Flugzeugfenster, aber jetzt ist diese Biodiversität direkt vor ihr, als wäre nie was gewesen – keine tiefe Zäsur. Wo haben sich all die Vögel nur so lange versteckt? Sie notiert in ihrem kleinen Hanfpapier-Journal:

Reiher 2, Fasanenhahn + Hühner 10, Stare 30

Sie bahnt sich ihren Weg durch die Airport-Stadt, mit ihren umfunktionierten Geschäften und technischen Einrichtungen. Als sie die Schleife der Autobahnauffahrt hochstrampelt, merkt sie die Nacht in den Knochen. Es ist noch nicht viel los. Ein paar andere Boten grüßen, Solar-Transporter rollen behäbig im Sparmodus, bis die Sonne höher in ihren Zenit steigt.

»Sag mal, bist du leer?«

Ihr Funkgerät kracht und kriselt. Sie hat kaum etwas Batteriebetriebenes an sich, aber pflegt eine innige Beziehung zu diesem antiquierten Stück Technologie. Sie würde die nächste Raststätte ansteuern und bei der Gelegenheit auch frühstücken. Ja, das ist ein Plan.

Raststätten sind eher wie ein Relais im Pferdestärken-Zeitalter als ein Geldgenerator in der monopolistischen Lizenzindustrie-Ära. Hier bekommt man Reifenluft, geladene Akkus, Erste-Hilfe, jeden Tag was Verfügbarkeits-Kreatives zu Essen und das Wichtigste: Gespräche von Mensch zu Mensch.

Sie rollt fahrtwindgenießend die letzte Anhöhe im Freilauf runter. Ausfahrt in 1000 Metern. Ein ungewohnter Anblick lässt sie abrupt abbremsen: Eine umgekippte Rikscha mit gebrochener Achse liegt im Straßengraben. Etwas weiter weg im Gras sitzt eine junge Frau, vielleicht 19 oder 20, mit den Händen auf dem Bauch, tief durchatmend.

Die Botin fragt besorgt: »Oha, hast du dich verletzt?«

»Ich glaub der Schreck war größer.«

Die junge Frau am Straßenrad atmet tief durch die zum O geformten Lippen ein und aus.

»Ich habe das Schleifen rechtzeitig gehört und bin abgesprungen«, erklärt sie und versucht sich über die Seite hochzustemmen.

»Warte, ich helf' dir hoch.«

Die Botin umfasst den Arm der Frau am Boden. Jetzt ist es offensichtlich, dass sie noch einen Passagier im Bauch hat.

»Danke dir, alleine hätte ich da noch ewig gesessen.«

»Klar doch. Ich glaub allein kommst du mit der Vollpanne nicht weg. Wenn du in die Stadt willst, fahr ich dich hier in meinem Luxusmobil.«

›Ups, hoffentlich war das jetzt nicht doppeldeutig, das mit der Vollpanne‹, denkt sie. Menschen mit schwierigen Schicksalen trifft sie ständig, auch wenn die Gemeinschaft so locker auf DU und Solidarität beruht, weil niemand sich gegenseitig belasten will. Alles ist schließlich schon schwer genug. Sie präsentiert jedenfalls stolz ihr All-Wetter-Lastenrad, was heute sicherlich auch für die Personenbeförderung taugt.

»Das wäre meine Rettung. Ich will in so ein Doula-Zentrum, von dem ich gehört habe«, sagt die Frau und ihr ist anzusehen, dass es eine Fahrt ins Ungewisse ist – in vielerlei Hinsicht.

»Steig ein, wir organisieren jetzt erstmal die Abschleppung von deinem Schrottrad. Tia, übrigens.« Mit ihrer namentlichen Vorstellung hat Tia für diese Aufgabe den Dienst als Botin zurückgestellt. Sie hat sich dieser neuen Mission ganz aus dem Bauch heraus verschrieben.

»Ria. Angenehm«, antwortet die junge Frau etwas schüchtern und doch hoffnungsvoll.

Die spontane Fahrgemeinschaft steuert das geschäftige Zentrum der Raststätte an. Es gibt nur einen kleinen Parkbereich, der für die vielen Räder und wenigen großen Gefährte völlig ausreicht. Die restlichen Flächen wurden mit Hochbeeten oder weicher Hackschnitzelunterlage für Zelte von Langstreckenreisenden umfunktioniert.

Auf dem Dach des Hauptgebäudes drehen sich vertikale Windschrauben. Die Fassaden sind mit Photosynthese basierten Solarkollektoren bestückt, die sich wie Blätter in die Morgensonne recken.

Bei der Werkstatt geben sie Bescheid, dass an der Einfahrt das kaputte Rad liegt. Für das Team aus technischen Allroundern, die alles Mögliche improvisieren, konstruieren und reparieren, ist das ein Routineauftrag.

»Wir machen es wieder flott. Wollt ihr es wieder abholen oder dem Gemeinschaftspool schicken?«

Auch wenn es Ria gerade schwer fällt in die Zukunft zu denken, antwortet sie: »Gerne an Gemeinschaftspool Olympiapark. Auf Ria, bitte. Dann hol ich es da ab, wenn ich wieder kann.« Sie zeigt auf ihren Bauch. Die drei Technikmenschen nicken verstehend.

Spatzen 12, Krähen 2, Reiher 1

Im Gemeinwohl-Bistro ist die Botin Stammgast. Seit sie im Süden stationiert ist, schaut sie fast täglich vorbei, übergibt Pakete an Fernboten, verteilt Neuigkeiten in alle Himmelsrichtungen.

»Tia, wie schön dich so früh zu sehen. Frühstück?« Herzliche Begrüßungen der Bistrobeauftragten Nele machen diesen Halt an der großen Straße zu etwas Familiärem.

Die beiden Frauen, die sich eben vergemeinschaftet haben, tauschen kurz Blicke und nicken sich zu.

Tia wendet sich fröhlich der Theke mit ihren Einmachgläsern voller konserviertem Allerlei und Selbstgebackenem zu. »Super gerne. Heute mal für zwei beziehungsweise zweieinhalb. Was gibt's denn? «

Nele präsentiert das ressourcenoptimierte Menü:

»Also an Tierischem haben wir Wanderheuschrecken-Omelett und ausnahmsweise mal Matjes... sehe ich da viermal hochgezogene Augenbrauen? Da hat wohl jemand Fisch und Insekten aus der Evakuierungszeit am Meer satt. ... Wir haben natürlich Pflanzliches aller Art und ich zaubere euch auch was von der Mittagskarte, wenn ihr noch ein bisschen Zeit habt.«

Die beiden setzen sich in eine aus alten Möbeln und Upcycling-Stücken zusammengewürfelte Sitzecke. Tia merkt, dass sie bei all der Tatkraft wieder mal wenig darüber nachgedacht hat, worauf sie sich da ganz genau eingelassen hat.

»Weil sie es eben angesprochen hat. Ähm, ... sorry, das ist mir jetzt peinlich. Haben wir denn noch Zeit? Also wann ... ?«

Ria unterbricht. Es scheint ihr ebenfalls peinlich zu sein, Tia in diese Situation gebracht zu haben: »Muss dir nicht peinlich sein, Tia. Ich kenn den

64

Geburtstermin auch nicht hundertprozentig, weil ich nur manchmal den Luxus einer Hebamme hatte. Unser Zirkel ist super weit draußen. Es kann morgen kommen oder nächste Woche, aber ich habe gespürt, dass ich mich auf den Weg machen muss. Als dann noch die Wasserversorgung zusammengebrochen ist, habe ich das als Zeichen gedeutet.«

Ria scheint trotz der ganzen Strapazen und Unsicherheiten verhältnismäßig entspannt zu bleiben.

Tia lächelt sie ermutigend an und sagt »Verstehe, aber wenn was ist, immer sagen. Auch wenn es falscher Alarm ist, ganz egal.«

»Danke dir. Ich glaube, dass merkst du dann schon. Spätestens wenn doch nix passiert.« Sie lachen.

»Ach übrigens, ich hatte schon mit den Doulas zu tun«, erinnert sich Tia. »Die sind dezentral über die Stadt verstreut. Habe hin und wieder was abgeholt oder gebracht. Sie sind da, wo sie gebraucht werden und präsent mit ihren ganzen sozialen Projekten. Ich glaube, dass die sich auch bei den Erst-Neuwahlen aufstellen lassen.«

»Ich bekomm von Politik nicht viel mit, nur Beunruhigendes aus der Gerüchteküche.«

Die Stimmung kippt ins Bedrückte. Tia nutzt geschickt einen Themenwechsel, um die Laune zu haben: »Apropos Gerüchteküche, was willst du essen und trinken? Ich hab so Gelüste nach einem Muckefuck.«

Mit ihren Bestellungen geht Tia vorne an den Tresen. Die werdende Mutter Ria blickt verträumt durch die Panoramafenster auf die weite Ebene. Da weiden Wisente mit ihren Kälbern. Sie renaturieren die ausgelaugten Böden ihrer wilden Weide, gemeinsam mit den Rehen und all den anderen zähen Wildtieren. Die Menschen dachten, die Vegetation sei für immer weg, eine Wüste. Unterschätzt haben sie, dass im Boden ein Speicher, ein ruhender Schatz von Pflanzensamen auf den richtigen Moment wartet, um ihre Nischen in der Natur neu zu besetzen. Die Megafauna hilft lediglich bei der Gartenpflege.

»So, bin wieder da. Oh, sag mal, tropfst du vielleicht?«

Ria schaut verwirrt auf die Pfütze unter sich. Die Tropfen seilen sich in regelmäßigen Abständen vom Saum ihres weiten Rockes ab.

»Ich hab gar nichts gemerkt. Ich weiß auch nicht, ob das so sein soll.« Die Hilflosigkeit ist ihr ins Gesicht geschrieben.

»So, zweimal Kichererbsenpfannkuchen mit Grillgemüse.« Die Bistro-Beauftragte wechselt umgehend zum akuten Thema: »Habt ihr mal dran gerochen? Meine Schwester hat letztes Jahr ein Baby bekommen und da war der Blasensprung auch super hoch und unauffällig.«

Fragende Gesichter.

»Wartet!«

Sie holt PH-Wert Messstreifen aus dem Humus-Laborkoffer im Hinterraum. Dann legt sie sich auf den Boden, schnüffelt an der Flüssigkeit und tunkt den gelben Streifen ein.

»7,5 und geruchslos. Also ich würde wetten, das ist Fruchtwasser. Aber das kann trotzdem noch dauern. Vorzeitiger Blasensprung und so.«

Ria zieht ein kleines Notizbuch aus ihrer Rocktasche, schaut auf ihre zerkratzte Armbanduhr und kritzelt was rein. Tia überlegt, atmet tief durch. Sie muss Nele um ein knappes Gut anpumpen, um die nächsten Schritte regeln zu können. »Hast du vielleicht ein paar geladene Akkus zum Tausch? Dann funke ich die Zentrale an und lass uns in dem Doula-Geburtszentrum ankündigen.«

Neles zweiter Vorname sollte Fürsorge sein, denn sie sagt: »Klar und ich pack euch was für den Weg ein. Aber keine Hektik jetzt.«

Und sie wendet sich mit sanftem Blick Ria zu.

»Kann ich dir noch was Gutes tun, Liebes? Magst du dich vorher nochmal hinlegen?«

Die Schwangere ist ganz in Gedanken, scheint kaum etwas von der Umgebung mitzubekommen. »Kann ich gar nicht sagen. Ich weiß nicht, was ich wollen müsste.«

Die Botin setzt ihren Funkspruch ab:

»Tia, Rad 334 an Zentrale. Bitte kommen.«

»Zentrale, höre.«

»Bin auf A9 Richtung Garching, Relais 3A. Bringe schwangere Frau zu den Doulas. Die Geburt ist wahrscheinlich bald. Kannst du uns da ankündigen und mir die genauen Koordinaten geben?«

»Verstanden. Ich kann es versuchen, aber hier ist die Lage gerade unübersichtlich ...« Die Stimme am anderen Ende klingt ungewohnt besorgt.

Tia versteht nicht: »Unübersichtlich?!«

»Diese retro-progressive Partei mobilisiert überall in der Stadt und sie ziehen Blockaden hoch. Wie gefährlich sie sind, kann niemand sagen.«

Warum gerade heute? Tia ist gereizt.

»Scheiße, okay. Halt mich auf dem Laufenden. Danke und pass auf dich auf«, sagt Tia.

»Tut mir leid, dass ich nicht mehr tun kann. Kommt heil an und alles Gute für die Geburt.« Die Stimme aus der Zentrale verstummt mit einem Piep und Knack.

Sie müssen aufbrechen, bevor sich die Aufständischen überall ausbreiten. In zwei Wochen sollen die ersten neuen Wahlen stattfinden und keiner weiß, ob das überhaupt so eine gute Idee ist. Oder ob sie alle nicht so lose und selbstverständlich gemeinschaftlich organisiert bleiben sollten. Alte Kräfte versuchen, die Zeit vor der großen Krise zu verklären, wollen mit einem rückwärts-gewandten Programm alles wieder so haben, wie es mal war und wie es eigentlich nicht mehr werden kann. Illusorisch.

Gut gepolstert liegt Ria in der Transportkiste des Lastenrads.

Tia tritt in die Pedale, angetrieben vom hochwabernden Adrenalin der Situation.

»Was vermisst du, Tia?«

Die Frage trifft sie dort, wo in ihr die Melancholie wohnt.

»Den Wind am Strand, die steife Brise, ... und du?«

Ria lebt mehr im Jetzt, ohne den Erinnerungsballast. »Ich erinnere mich kaum. Das Meer ist weg, genau wie meine Eltern. Durftest du bei deinen bleiben?«

»Ich hatte Glück, sie wurden als Biologen schwer gebraucht und haben mich zu den Forschungsstationen mitnehmen dürfen. Habe sie aber trotzdem nicht viel gesehen. Dafür hatte ich all ihre Bücher über Zoologie, Botanik und so weiter«, erklärt Tia und ihr ist die Begeisterung über die Natur anzusehen. Die Bücher waren mehr als ein Trost im Alleinsein der Evakuierungszeit – sie bedeuteten Hoffnung und Glauben an die Kraft der Natur.

»Ich weiß so wenig – über Menschen oder Tiere!«

»Aber wir sind doch Tiere.«

»Das macht es einfacher.«

Mäusebussard 1, Dohlen 10, Amseln 2

Wehen: gelegentlich

Die Silhouette der Stadt taucht in der Ferne auf. Plötzlich Stau. Ein ungewohntes Bild. Alte SUVs mit dicken Batteriepacks auf dem Dach versperren den Weg. Improvisiert bewaffnete Guerillas bewachen den Eingang. Einige Reisende vor ihnen werden abgewiesen. Tia schiebt das Rad selbstbewusst zu der Wache.

»Was wollt ihr in der Stadt?«, grunzt sie ein selbsternannter Grenzhüter im braunen Hoodie an.

»Ihr Baby kommt, wir brauchen Hilfe bei der Geburt.«

›Warum nicht klar sagen, was Sache ist‹, denkt Tia. Auch wenn sie schon Plan B schmiedet, falls sie doch nicht reinkommen sollten.

»Meldet euch bei der Parteileitung. Die regeln das!«

»Ja, machen wir.«

Rias Blick weitet sich bei Tias Antwort wie die Augen eines Rehs im Scheinwerferlicht. Das war's, sie hat wieder mal den Falschen vertraut, scheint sie zu denken. Ihrem Gesicht ist anzusehen, dass sich ihr Uterus gerade zusammenkrampft.

Tia schwingt sich auf den Sattel, fährt ein paar hundert Meter. In sicherem Abstand bremst sie, steigt vom Sattel und lehnt sich zu Ria herunter: »Ganz sicher gehen wir da nicht hin.«

Ria weint vor Erleichterung. »Ich wusste nicht mehr, was ich glauben soll!«, sagt sie.

Tia schnaubt und versucht sich der Wut über die politische Lage nicht hinzugeben. »Die regeln das?! Will nicht wissen wie .... Ich liefere dich denen doch nicht aus. Du bist jetzt wie eine Katze, die eine Scheune oder irgendeinen sicheren Ort zum Werfen, ääh Gebären braucht.«

Rias Augen sind immer noch feucht, sie wirkt verunsicherter denn je.

»Ich habe keine genaue Vorstellung, aber irgendwie spielt in meinen Träumen immer wieder Wasser eine Rolle. Glaubst du die Doulas können das möglich machen?«, fragt sie.

Tia begibt sich wieder ganz in ihre Mission der optimistischen Helferin: »Bestimmt haben die eine Wanne oder sowas. Ich versuch nochmal wegen der Adresse nachzufragen.«

Es klickert in der Funkleitung.

»Hallo, Zentrale. Tia wieder. Hast du die Adresse?«

»Verde 18 12. Over.«

Nur Rauschen. Kein Kontakt.

»Und?«, erkundigt sich Ria.

»Das war seltsam. Die vertraute Stimme am anderen Funkende würde nie over sagen und einfach so auf Funkstille gehen. Ich glaube der Feind hört mit.« Grübelnd wiederholt sie die Geheimbotschaft. »Verde 18 12… verde, 18, 12, grün, Achzehnhundertzwölf.«

»Also ich glaube ich spüre wieder sowas wie Wehen.«

»Mach mal die Augen zu und stell dir vor, dass jede Wehe wie eine Welle ist, die mit schäumender Gischt an den Strand kommt.« Tia hat keine Ahnung, was sie einer Schwangeren sagen soll, aber das erscheint ihr plausibel genug.

»Ja, das Bild hab ich sofort. Da atme ich automatisch mit«, antwortet Ria und atmet vier Sekunden ein und acht aus – Zählen lenkt ab. Entspannt ist sie und doch hellwach. Sie hat sogar einen Geistesblitz. »1812 ist irgendwas Historisches. Vielleicht findest du es heraus, wenn du eine Karte siehst.«

»Siehst du! Und kreativ bist du auch noch. Atme, ich kümmere mich um den Rest«, sagt Tia.

Kohlmeisen 10, Blaumeisen 10, Rotkehlchen 1

Wehen: ca. alle 30 Minuten

Tia fährt von der Autobahn und schlägt den nächsten Schleichweg ein. NeuMünchen ist eine Landkarte mit vielen weißen Flecken in ihrem Kopf, Orientierung nur nach Himmelsrichtung möglich. Pflanzen wachsen durch maroden Beton, gerissenen Asphalt.

Tia sinniert: »Meine Freundin aus der Funkzentrale hat mal gesagt, dass das hier aussieht wie in Tschernobyl-Dokus. Damit hat sie ihre Ära verraten. Ein echtes Urgestein.«

Das Müllproblem ist nicht besiegt, aber die Materialien werden verwendet, um neue Strukturen zu bauen oder alte zu reparieren. Was länger dauern kann, denn die Bevölkerung ist auf ein Drittel ihrer ursprünglichen Größe geschrumpft. Gerade die Stadt mit ihrer Hitze und aufwändigen Infrastruktur ist ein unattraktiver Ort zum Leben. Doch es gibt Oasen.

Tia entdeckt ein Gemeinschaftscafé in einem Hinterhof.

»Magst du hier draußen bleiben?«, fragt sie die neue Freundin in der Lastenradkiste.

»Ich lauf ein bisschen im Kreis. Das Baby strampelt wie verrückt.«

»Okay, ruf mich, wenn was ist und ich bin sofort bei dir.«

Tia betritt den Laden, der nicht nur als Café, sondern als Austauschort aller Art dient – Informationen, Ressourcen und vor allem Essen.

»Hi, ich dachte du kannst mir vielleicht helfen einen Ort zu finden«, grüßt sie.

Der junge Mann an der Theke gibt widersprüchliche Zeichen von sich. »Ja, bestimmt. Worum geht's?«

Er rollt die Augen nach rechts und legt den Kopf leicht zur Seite. Sie versucht aus den Augenwinkeln zu erkennen, was er meint. Eine Gruppe Guerillas plündert die Kisten mit Konserven und Gemüse. Sie nickt ihm zu, verhält sich unauffällig. Er schiebt ihr einen Stift und einen abgerissenen Zettel hin. »Schönes Wetter heute, gell?«

Sie kritzelt »1812 verde/grün. Wo? Karte?« und sie spielt das Spiel mit. »Oh ja, und gar nicht so derbe heiß. Weißt du, wo ich zur Parteizentrale komme?«

Die Oppositionsrebellen schleppen kistenweise Gemeinschaftsgut hinter ihr raus. Sie flüstert dem Café-Beauftragten zu: »Was war das denn?«

Er schwitzt und zittert. »Verdammt! Wenn wir mehr gewesen wären, hätten wir die Hochkant rausgeschmissen...«

Er fasst sich nach tiefem Durchatmen. Er überlegt kurz und sagt dann: »Wo waren wir? Also ich bin mir ziemlich sicher. Ja, du musst nach Westen. Ich habe in 'nem alten Bildband geblättert und da waren Silberstiche vom Bau des Botanischen Garten. Muss um das Jahr rum gewesen sein. Keine Garantie natürlich. Das müsste hier noch irgendwo rumliegen«

Tia braucht keinen Beweis. Sie vertraut einfach. »Du weißt gar nicht, wie dankbar ich dir bin.«

Von draußen hören sie eine aufgebrachte Frauenstimmen.

»Nein, ich bleib hier!«

Tia stürzt raus in den Hof. Die dunklen Gestalten haben Ria links und rechts an den Armen gepackt.

»Hey Leute, beruhigt euch. Ich bring sie doch zur Parteizentrale. Die wissen doch schon Bescheid. Kümmert euch lieber mal um's Futter«, versucht Tia die Situation zu entschärfen.

Schweigend starren sie die Botin an, die versucht maximal groß zu wirken. Was geht nur in diesen Köpfen vor? Sie lassen von Ria ab.

»Sorry, dann sind wir mal weg«, grummeln die Plünderer.

Erstarrt bleibt Ria stehen, den Atem angehalten, bis sie den Hof verlassen haben. Sie klappt zusammen, mit den blanken Knien auf die Pflastersteine. Der junge Mann kommt herbeigeeilt und trägt sie mit Tia in den Laden.

»Es hat keinen Zweck. Wir müssen warten, bis es dunkel ist. Können wir hier bleiben?«, fragt Tia.

»Klar, bleibt, solange ihr wollt. Ist unwahrscheinlich, dass sie zurückkommen. Ansonsten geht ihr in die alte Scheune.«

Er scheint froh zu sein um die Gesellschaft.

Ria hat sich beruhigt, legt ihren Kopf und ihre Oberarme auf einen Tisch, macht den Rücken rund und wirft ein: »Wie eine Katze.«

»Genau wie eine Katze, Ria«, lacht Tia.

Tim, der junge Mann, tut alles, um einen angstfreien Raum zu schaffen, denn da wo Angst ist, da ist Anspannung und da ist Schmerz. Die schlechteste Basis für eine Geburt. Er lässt Rollläden runter, zündet Kerzen an und sucht Snacks zusammen. Tia legt alte Jazz-Schaltplatten auf. Ria läuft auf und ab, stützt sich immer wieder auf eine Sessellehne. »Langsam merke ich, was ich brauche«, sagt sie und ihre beiden Geburtshelfer nicken bestärkend.

»Tim, hast du einen Spiegel?«

»Da an der Wand ist ein kleiner ovaler.«

Sie nimmt ihn vom Nagel, legt ihn auf dem Boden, geht darüber in die Hocke und tastet konzentriert.

»Also da ist was geöffnet. Ich spüre was hartes mit Haaren. Ich schätze so fünf Zentimeter, oder doch drei. Das ist gut, soweit ich weiß.«

Tia kramt in ihrem neuronalen Biologie-Archiv und meint »Zehn müssen es, glaub ich, sein, aber wer entspricht schon der Norm. Fünf ist perfekt, dann können wir bald Richtung Nymphenburg aufbrechen. Natürlich nur, wenn du willst und dich danach fühlst.«

Tia überlässt Ria alle Entscheidungen, letztlich kann sie ihr nur Angebote unterbreiten in dieser Ausnahmesituation, in der sie schließlich beide noch nie gesteckt haben. Eine Situation, die in dieser neuen Welt losgelöst ist von allen Institutionen.

Als sie in den nächtlichen Hof treten, atmet Ria durch und sagt: »Ja, ich rieche das Grün schon. Das ist der richtige Ort.«

Nachtigall 1, Gartenrotschwanz 2, Uhu 1

Wehen: alle 5 bis 7 Minuten

Die Fenster einiger, weniger bewohnter Häuser spenden karges Licht. Die Solarlampe am Rad ist gedimmt. Im Licht des Halbmonds trottet ein Rotfuchs mit seinen Welpen über die leere Straße. Auf den Verkehrsinseln verraten sich die Kaninchen durch ihre weißen Blinker.

Ria atmet die abkühlende Luft, wie ein Entspannungselixier. Tia fährt nach Gefühl, immer auf den unauffälligen, leeren Wegen. Sie kommen an einen langen, überwucherten Zaun. Der Giebel eines historischen Gebäudes gibt den bestätigenden Hinweis. Sie finden ein grünes Drehkreuz mit einem von innen verriegelten Gatter daneben. Tia klettert über die grünen Stangen nach oben und auf die andere Seite. Das rostige Schloss lässt sich leicht knacken. Sie verschwinden ungesehen in den nächtlichen Park. Aber Wohin? Wo finden sie hier die Doulas?

»Egal, ob wir sie finden oder nicht. Ich habe das Gefühl, dass wir an diesem Ort sicher sind.« Als Ria das sagt hat sie einen festen mutigen Blick.

Tia schiebt, denn Ria hat signalisiert, dass sie laufen möchte, auch wenn sie vor Wehenschmerz alle paar Meter mit verzerrtem Gesicht stehen bleibt und sich den Bauch hält. »Wasser! Ich weiß das ist nicht logisch, aber ich muss jetzt ans Wasser.«

›Man soll eine Gebärende nicht aufhalten, schon gar nicht eine, die genau weiß, was sie jetzt braucht‹, denkt sich Tia.

»Du musst nichts logisch begründen können, Ria. Wenn du Wasser willst, dann finden wir Wasser«, beruhigt Tia.

Auf einem von Algen grün überzogenen Lageplan mit dem typischen Sie-befinden-sich-hier-Punkt, sucht Tia nach einer blauen Fläche. »Da, das Alpineum scheint einen Teich zu haben. Es sind nur dreihundert Meter.«

Vorbei an halbwegs gepflegter Alpinflora mit botanischen Namens-schildchen, liegt der kleine See dunkel und vor Leben quakend vor ihnen. Es braucht keine Worte. Ria hat sich entschieden, dass sie in diesem Wasser gebären möchte. Wenn sie Tia braucht, ist sie da. Aber Ria braucht nichts und niemanden. Sie geht an einer seichten, klaren Stelle ins Wasser und verweilt dort wie eine Wassernymphe, die nach langer Zeit ihr Zuhause wiedersieht. Das Element, aus dem sie selbst einst geboren wurde, aus dem wir alle kommen. Welle für Welle kommt sie ihrem Baby näher.

Rauchschwalbe 5, Sumpfrohrsänger 1, Feldlerche 2

Wehen: alle 2 Minuten

Geburt: 00:30

In der Jurte sind Ria und ihr Baby warm eingewickelt eingeschlafen. Noch am Teich, ist es auf ihrem Bauch von Reflexen geführt nach oben gerobbt, um das erste Mal zu trinken. Sie wird es Dylan nennen – der aus dem Meer Geborene. Die Doulas haben sie gefunden und in das abgeschirmte Lager tief im Park getragen.

Tia sitzt am warmen Holzofen. Eine ältere Doula legt ihre Hand auf ihre Schulter und setzt sich neben sie.

»Gut gemacht, sehr gut sogar!«

»Ich hab eigentlich gar nichts gemacht.« Tia wendet ihren Blick kaum von den roten Flammen ab.

»Genau deshalb!« Die Frau reicht ihr eine Tasse Tee, die Tia erschöpft und mit einem dankbaren Lächeln annimmt.

»Wir tragen das Wissen in uns, es wurde nur lange überschrieben. Wir haben uns nicht getraut uns zu erinnern. Das ist die Mission der Doulas!«, erklärt die von Erfahrung gezeichnete Frau.

So hatte Tia das noch nie gesehen. Sie spürt die Fülle der eigenen Erfahrung, die Verbindung zu Mutter Natur ganz stark in sich.

»Willst du damit sagen, dass ich jetzt eine Doula bin?«, fragt Tia nach.

»Du kannst in jedem Bereich eine Doula sein. Ob im Leben oder Sterben. Eine Geburtshelferin für eine neue Gesellschaft, Natur- und Menschengemeinschaft oder eben einen kleinen Menschen.«

Rebecca Reiter

12 Stimmen, 12 Länder

Liebe Leser*innen,

anlässlich des 50-jährigen Bestehens der United Earth wurden Menschen aus der ganzen Welt gebeten, ihre Beiträge zum Thema »Facetten des Aufbruchs – die ersten Jahre« in niedergeschriebener Form – als Geschichte oder Bericht – einzusenden. Alle Zusendungen wurden nun zu einer vielbändigen Anthologie zusammengestellt Diese soll den künftigen Generationen helfen, zu verstehen, was damals geschah und wie sich die Welt geändert hat.

Wir dürfen euch hier schon einmal einen kleinen Vorgeschmack auf die außergewöhnliche Anthologie bieten: Zwölf Stimmen aus zwölf Ländern. Wie sahen die ersten zehn Jahre nach der Heuschreckenplage aus? Wie sah der Umschwung, der zu unserer heutigen Lebensweise geführt hat, für die Menschen damals aus?

Erinnerungen an davor – Erich (78)
Genf, Schweiz
Donnerstag, 09. Mai 2030

Es hatte in Frankreich begonnen. Damals im Frühjahr 2027.

Als die Schreckensnachricht über die Bildschirme flimmerte »Strahlungsaustritt in Bugey 2 – Mitten in Europa«.
     Das alte, 1972 erbaute Kernkraftwerk hätte noch für zwei weitere Jahre eine Betriebsgenehmigung gehabt. Doch mit dieser Katastrophe hatte selbst nach Tschernobyl und Fukushima niemand gerechnet.

Und während die Medien über verstrahlte Lebensmittel und sauren Regen berichteten, spielte sich die eigentliche Bedrohung im Verborgenen ab.

Winzig klein, gerade einmal einen halben Zentimeter groß, aber dafür umso gefräßiger und in Mitteleuropa fast vergessen geglaubt, mutierte die Europäische Wanderheuschrecke (lat. locusta migratoria) von der radioaktiven Strahlung beeinflusst.

Dies führte zu einem erhöhten Wachstum und einem gesteigerten Reproduktionszyklus in dem kleinen Insekt.

Der Himmel über Europa verdunkelte sich. Die Luft war von einem stetigen Surren abertausender Insektenflügel erfüllt. Tagelang. Wochenlang. Einer biblischen Plage gleich zogen sie bis weit nach Asien und Afrika hinein und verwandelten ganze Landstriche in kahles, graues Ödland.

Niemand war vorbereitet.

Bis endlich ein Lösungsansatz gefunden wurde, waren die meisten Heuschrecken bereits wieder verschwunden – ebenso verhungert wie ein Großteil der Bevölkerung.

Wer nicht an Hunger starb, geriet häufig bei den Kämpfen um Hilfsgüter aus weniger betroffenen Gebieten ums Leben. Am stärksten litten Kinder und ältere Menschen an den Folgen der Katastrophe.

Bis eine Gruppe idealistischer Menschen aus allen Ländern der Welt die UE – United Earth – ins Leben rief, in der Hoffnung das Schicksal der Menschen auf der ganzen Welt zum Besseren zu wenden. Sofern dies vom Großteil der Welt gewünscht wurde.

Doch das würde die große Wahl am Wochenende entscheiden.

Sie strömten alle zu den Wahlurnen – so viele wie noch nie zuvor.

Die Wahl, die alles verändert – Anna (23)
München, Deutschland
Donnerstag, 16. Mai 2030

In der Luft liegt eine sehr eigenartige Spannung. Ein Neuanfang für ganz Europa. Oder ein Untergang. Darauf wird es letzten Endes hinauslaufen. So weitermachen wie früher – Atomkraft, Rüstung, die Macht des Stärkeren, Reichtum und all die anderen Schattenseiten, die sie mit sich brachten, oder ...

Ja, oder. Einen neuen Weg wählen. Etwas ganz Neues ausprobieren. Darüber wird der Ausgang dieser einzigen, langen, europaweiten Wahl entscheiden.

Wir alle sitzen dicht gedrängt um eines der wenigen Fernsehgeräte in der Stadt, das noch funktioniert. Tess und Felix, meine beiden Lebenspartner, halten meine schwitzenden, zitternden Hände fest umklammert.

Die beiden beben ebenfalls vor Anspannung.

Tess streicht mit ihrer freien Hand immer wieder über eine ihrer schönen Dreadlocks. Die Geste ist ein nervöser Tick, der sie normalerweise beruhigt. Vor der allgemeinen Stimmung um uns herum, scheint sie jedoch nicht wirklich etwas auszurichten.

»Bitte! Bitte! Bitte! Bitte!« flüstert Felix in einem stetigen Mantra, während wir zu sehen, wie die Balken mit den Wählerstimmen auf dem Schirm nach oben wandern. Emi, die direkt hinter mir sitz, schickt ein geflüstertes Stoßgebet in den Himmel. Genauso wie Al, nur an einen anderen Gott gerichtet.

Mein Atem flattert. Die Balken sind jetzt fast gleichauf. Ich schließe die Augen. Die flimmernde Schwärze ist beruhigend. Sie drängt das Gewirr an flüsternden Stimmen, raschen Atemzügen und Gezappel der anderen um mich herum in den Hintergrund.

Dann geht ein Aufschrei durch die Menge und Tess schüttelt an meiner Schulter.

»Wir haben es geschafft! Ja! Ja! Ja! Anna! Anna! Die Wahl steht fest.« Sie schreit mir fast ins Ohr während Felix neben uns ein erleichtertes »Endlich« haucht.

Irgendwo neben uns fängt jemand an vor Freude zu weinen und ich öffne blinzelnd die Augen.

Der Balken für »Wir holen uns die Welt zurück« ist stehen geblieben. »Neuanfang« wächst und wächst. Der Großteil der Stimmen ist bereits ausgewertet und selbst die fehlenden werden das Ergebnis nicht mehr ändern können. Damit wird sich alles verändern – nicht das Wahlergebnis, aber unsere Lebensweise.

Schließlich: 74 Prozent zu 23 Prozent. Drei Viertel der gesamten Bevölkerung Europas haben für eine Veränderung gestimmt.

Vor Erleichterung falle ich erst Tess, dann Felix um den Hals und küsse beide fest auf den Mund.

Die Anspannung der letzten Wochen und Monate fällt mit einem Schlag von mir ab. Ich habe mich noch nie so unbeschwert gefühlt.

Für mehr »WIR« im Leben – Ethel (40)
1. Sprecherin der neu gewählten United Earth »UE«
Brüssel, Belgien
Montag, 10. Juni 2030

Die letzten Jahre waren hart und entbehrlich für uns alle. Wir haben enorme Verluste erlebt. Aber wir haben auch gemerkt, dass unsere Kinder, die Gemeinschaft und der Zusammenhalt das Bedeutsamste auf der Welt ist. Der Großteil von uns ist zusammengerückt und hat sich untereinander abgesprochen, sich gegenseitig unterstützt. Wer Sachen reparieren konnte, flickte was ging. Wer kochen konnte, half dabei, die Gemeinschaft zu verköstigen.

Was nutzt uns schon alles Geld der Welt, wenn unsere Liebsten Hunger leiden?

Wir dürfen es nie wieder so weit kommen lassen. Daher werden wir auch in Zukunft für mehr Gemeinschaft und mehr Akzeptanz eintreten. Kein Land soll je wieder eine solch schreckliche Zeit erleben.

Nach der Geißel der Insekten stand es schlecht für uns. Wir hatten nichts mehr. Die Landschaft war von den Heuschrecken vernichtet. Die Gebäude durch Bürgerkriege und Unruhen zerstört. Viele, darunter auch meine Familie, hatten ihr Zuhause verloren. Die wenigen Hilfsgüter, die an uns ausgeben wurden, reichten bei weitem nicht und wir wurden nie wirklich satt.

Ich war wütend. Auf die Welt, die putains d'insectes die träumerisch optimistisch-idealistischen United Earthers, auf mich selbst.

Als ich dann Victor traf, hatte er überzeugende Argumente. Viel zu leicht überzeugte er mich, mich seiner Gruppe UE-Gegnern anzuschließen. Viel zu schnell tat ich es, dass sehe ich jetzt im Nachhinein ein.

Damals, nach der Katastrophe, wollte ich einfach wieder zurück zur Normalität. Die Gesellschaft hatte davor immer gut funktioniert. Wir mussten uns nur um uns selbst kümmern. Also warum etwas ändern? Victor schien gute Pläne für genau das zu haben.

Wir gründeten eine eigene kleine Siedlung »Ursprung« außerhalb der Stadt, hatten einen eigenen Radiosender, bei dem wir unserem Ärger Luft machen und unsere Ziele verbreiten konnten. Wir sprühten Graffiti in den Städten und sprachen Leute auf der Straße an.

In Victors kleinem Dörfchen hatten wir nie Hunger. Es ging uns gut. Wir lebten wie früher, warum sollte nicht auch das ganze Land zur alten Lebensweise zurückkehren wollten?

Eines Tages im Frühjahr 2028 erfuhr ich schließlich, warum es uns so gut ging.
Oh, hätte ich doch besser vorher darüber nachgedacht.

Wir hatten uns gut eingelebt. Ich war mehr und mehr in Victors engsten Kreis Vertrauter aufgenommen worden. Und eines Tages nahm er mich sogar auf einen seiner Rundgänge mit. Ein kleines Stück außerhalb der Siedlung hatten er und fünf seiner engsten Freunde einen kleinen Schuppen errichtet Darin lagerte ein ganzes Arsenal an Handfeuerwaffen und Sturmgewehren.

J'ai honte, dass ich mich zu diesem Zeitpunkt nicht traute etwas zu sagen, als er mir eine Waffe in die Hand drückte und mich auf einen Überfall auf einen Konvoi mit Hilfsgütern mitnahm. Ich sagte nichts. Tat einfach, was die sechs von mir verlangten und schleppte Lebensmittel und Kleidung mit zurück nach »Ursprung«.

Ich blieb still und wurde weiterhin auf solche Streifzüge mitgenommen. Bis ich schließlich nicht mehr konnte.

Wir waren auf einem mehrtägigen Feldzug gewesen und hatten drei Konvois bestohlen. Dann schlug Éloise, Victor's linke Hand, vor, uns einen der kleinen Gemein-Läden im nächsten Dorf vorzunehmen. Die anderen stimmten zu, ich ging – inzwischen im Stillen widerwillig – mit.

Rückblickend war es das Beste, das mir hätte passieren können, denn ich traf auf Emilie. Ich hatte noch nie jemanden getroffen, der so unerschrocken war wie sie. Zusammen mit den Dörflern stellte sie sich uns in den Weg und nahm uns in Gewahrsam. Sie schaffte das, was ich mich nicht getraut hatte.

In der Gerichtsverhandlung legte ich ein Geständnis ab. Ich wurde zu einem Jahr gemeinnütziger Arbeit verurteilt, die ich unter anderem in Emilies Laden zu leisten hatte. Sie war es auch, die mich nicht aufgab. Sie öffnete mir in dieser Zeit die Augen und brachte mich auf einen anderen Weg. UE hatte mehr zu bieten als bloßen träumerischen Idealismus.

Und als das Jahr vorbei war, beschloss ich zu bleiben und anderen zu helfen.

Rebecca Reiter

»Insectipes« – Ruth (35)
Plymouth, United Kingdom
Montag, 3. April 2028

Vor einem Jahr noch hätten mich alle wegen meines neuen Foodtruck-Konzepts für verrückt erklärt. Jetzt, inmitten der Heuschreckenplage, sah dies anders aus. Um der drohenden Hungersnöte und der gefräßigen Plagegeister Herr zu werden, brachte mich ein alter Dokumentarfilm auf eine geniale Idee: Insekten waren essbar.

Nach einer Recherche in der Stadtbücherei hatte ich auch herausgefunden, dass unsere kleinen Quälgeister, die locusta migratoria, tatsächlich nahrhaft waren. Ich konnte meine Freude darüber kaum im Zaum halten.

Etwas Überwindung kostete es mich zunächst schon, Insekten zu essen. Aber schon bald machte sich die Nahrungsmittelknappheit überall bemerkbar. Und die kleinen Biester schmeckten erstaunlich gut – besonders, wenn sie zu Burgern verarbeitet oder frittiert und in Gewürzen geschwenkt waren.

Zunächst besuchten nur ein paar wenige mutige Testesser*innen meinen kleinen Foodtruck – die Essensausgabe von nebenan. Doch nach und nach sprach sich dieser kleine Schlag gegen die gewaltige Population der Heuschrecken herum. Mehr und mehr Menschen überwanden ihre Abscheu und kamen vorbei, um auch einen Insekten-Snack zu probieren.

Demnächst stehen meine »Insectipes«, die Insektenrezepte, der ganzen Welt frei zur Verfügung. Mein eigener kleiner Beitrag gegen den Hunger.

Zartes Grün – Svald (36)
Svalbard, Global Seed Vault, Norwegen
Samstag, 23. August 2031

Ich beiße genüsslich in einen Insektenburger während ich die kleinen, zarten Pflänzchen betrachte, die langsam aus der Erde sprießen.

»Die Kleinen sehen schon ganz gut aus«, meint Sven an mich gerichtet, während er eine frittierte Heuschrecke zerbeißt. »Noch ein Jährchen, dann sind sie kräftig genug, dass sie in ganz Europa, ja in der ganzen Welt, verteilt werden können.«

Dieser Gedanke zaubert mir immer wieder ein Lächeln auf die Lippen.

Seit sich UE für eine vereinte Erde eingesetzt hat und sich die Menschen nicht mehr bekriegen, wurde vieles einfacher. Zum Glück waren das Seed Vault, sowie einige der anderen Saatgut-Schatzkammern, von den Heuschrecken verschont geblieben. Zu gut waren die Sicherheitsvorkehrungen.

Vor der Katastrophe hatten wir uns hauptsächlich mit dem Erhalt und der Verwahrung von Kulturpflanzen beschäftigt. Nun zogen wir Setzlinge aus unseren Samenbänken heran. Sobald sie groß genug sind, werden sie gerecht aufgeteilt und in ganz Europa verteilt.

Bald würden in Europa wieder Nahrungsmittel gedeihen.

Schulalltag – Martin (50)
Luxemburg, Luxemburg
Montag, 13. September 2032

Vor zwei Jahren begann die UE mit der schrittweisen Umstellung des Schulsystems nach Montessori und nordischem Vorbild. Für mich war das zunächst in vielerlei Hinsicht eine große Veränderung.

Jetzt sind die Schulen völlig kostenfrei für alle Kinder zugänglich – es gibt keine Privatschulen mehr. Auch die Trennung der Kinder nach der 4. Klasse fällt weg. Mittagessen und gesunde Snacks werden von der Schule gestellt.

Es läuft alles völlig notenfrei. Bewertet wird mündlich, schriftlich und mit einer Grafik, die die Leistungen der Schüler*innen besser zeigt.

Unsere Klassen sind wesentlich kleiner, was vor allem den Hungersnöten und den daraus resultierenden Folgekonflikten anzulasten ist. Wenige Kinder hatten überlebt.

Nach und nach wird unsere Schule endlich wieder voller. Die Gruppen werden wir trotzdem kleiner halten, so können wir uns besser auf die Kinder konzentrieren.

Im Vergleich zu früher gibt es mehr Spiele und spielerisches, kreatives Lernen. Meine Kolleg*innen und ich bringen den Kindern jetzt auch vermehrt alltägliche Dinge wie Kochen, Holz- und Handarbeiten bei.

Zudem gibt es an jeder Schule auch Schüler*innen-Tutoren und Mentoren, die die anderen beim Lernen unterstützen.

Reportage-Auszug »Veränderung zum Besseren« –
Ella (25)
Bregenz, Österreich
Mittwoch, 16. Mai 2035

Heute, fünf Jahre nach der großen Wahl, ist es so weit. Das letzte Kernkraftwerk in Europa verabschiedet sich in den Ruhestand. Kaum zu glauben, aber seit der Gründung der United Earth, kurz »UE«, haben ausnahmslos alle Länder Europas den Ausstieg aus der Kernkraft hin zu erneuerbaren Energien gemacht.

Inzwischen verwenden wir viel weniger Technologie. Die, die wir noch haben, nutzen wir gemeinsam. Dadurch ist auch der Stromverbrauch gesunken und kann inzwischen fast ausschließlich über Wind-, Wasser- und Solarkraft gedeckt werden. Dabei hat auch die Um- und Weiterentwicklung des Pedaldynamos für Gebrauchsgegenstände geholfen.

Sommerluft und Blumenduft – Erika (45)
Dublin, Irland
Dienstag, 22. Juli 2036

Ich steige auf mein Fahrrad und fahre durch die Stadt, die alten Straßen entlang. Kein Auto weit und breit. Rund um mich erblühen Dächer, die die Luft mit dem Duft hunderter Blumen erfüllen. Immer wieder spendet ein junger Baum den Spaziergängern Schatten.

Die Straßen sind breit, wie DAVOR, doch sie werden nur noch von Fußgängern, Radfahrern und wenn erforderlich von Feuerwehr und Krankenwägen genutzt. Tristes, trübes Grau, jetzt abgelöst von grünem Bunt.

Ruhig ist es geworden in unserer Großstadt. Trotzdem ist es lauter als je zuvor: Vogelgesang, Tierstimmen, Kinderlachen.

Je weiter ich aus der Stadt fahre, desto grüner wird es. Felder, Wildwiesen und kleine Wäldchen wechseln einander ab. An meinem Lieblingsbaum angekommen, stelle ich mein Fahrrad ab und setzte mich in das noch feuchte Gras, während um mich herum Schmetterlinge durch die Luft tanzen.

Spielen – Emil (7)
Madrid, Spanien
Mittwoch, 16. Mai 2040

Mir gefällt unsere Stadt. Überall ist es bunt. Es gibt ganz viele Spielwiesen und wir sind ganz oft draußen. Es fahren keine Autos und wir haben viel Platz zum Spielen. Nur der Krankenwagen oder die Feuerwehr fahren manchmal durch die Stadt.

Freie Natur – Mila (8)
Bratislava, Ungarn
Mittwoch, 16. Mai 2040

Ich kann jetzt mit meinem Rollstuhl überall allein hin. Früher, so sagt mein Apu, gab es ganz viele Stufen, doch jetzt ist alles barrierefrei. Am besten gefallen mir die blühenden Dächer der Stadt und dass so viele Tiere um uns herum leben.

Papa sagt, dass es früher nicht so viele Tiere in der Stadt gab, schon gar keine Rehe, dabei mag ich die am liebsten.

Zusammen bleiben – Milo (10)
Milano, Italien
Mittwoch, 16. Mai 2040

Bald darf ich in die höhere Schule. Mama hat erzählt, dass sie und ihre Freundinnen früher nicht auf dieselbe Schule durften. Mama ging auf eine Mittelschule. Tessa und Lisa besuchten ein Gymnasium. Da haben sie sich dann nicht so oft gesehen.

Meine Freunde, Ella und Luka, und ich kommen, wie alle anderen, im Herbst auf die Gemeinschule. Ich freu mich schon wieder aufs gemeinsame Lernen, besonders auf Biologie. Wir dürfen uns dann nämlich um den Schulgarten kümmern. Das macht richtig Spaß, weil wir draußen sind und auch etwas über die Tiere im Garten lernen.

So liebe Leser*innen,

wir hoffen euch haben die zwölf Stimmen genauso gut gefallen, wie uns.

Die Anthologie ist überall im Buchhandel erhältlich. Die Erlöse aus dem Verkauf kommen einem gemeinnützigen Verein zugute.

Wir wünschen euch viel Spaß!

Eure
    Mel, Emmi, Rick, June
    und das ganze Team der UE-Today

Kiàn KoWananga

Mar-G-Ritta

Die Schule hatte die Interviews nach dem Zufallsprinzip vergeben. Das Los bestimmte, dass Jona auf die künstliche Insel Mar-G-Ritta fahren würde. Zu einer alten Person namens Sil, die bereit war, alle Fragen zu dem ausgeschriebenen Projekt *Facetten des Aufbruchs* zu beantworten. Das Interview hätte auch kontaktlos über das Netzwerk geführt werden können, doch Sil hatte der Schule gegenüber erwähnt, dass es für ein stimmiges Ergebnis sinnvoll sein würde, vor Ort und persönlich zu reden. Jona freute sich auf das Gespräch. Mar-G-Ritta war damals eine der ersten künstlichen Inseln ihrer Art gewesen und Jona hatte im Voraus darüber recherchiert, war jedoch mangels Gelegenheit noch nie dort gewesen. Mit dem Windgleiter dauerte es nicht allzu lange, bis Jona am Ziel ankam, dem Trichterhaus, in dem Sil wohnte. Es war ein lichtes Gebäude, das sich nach unten verjüngte. Von oben rankten Pflanzen an der Fassade herab. Jona landete vor dem Eingang, stellte den Gleiter in der dafür vorgesehenen Parkbucht ab und klingelte.

Eine runzlige Gestalt, leicht gebeugt, öffnete. Sie stellte sich als Sil vor und hieß Jona willkommen.

»Womit fangen wir an?«, fragte Sil, als sie beide es sich mit Eistee und getrockneten Früchten in einer Sitzecke im obersten Stockwerk gemütlich gemacht hatten. Blüten von rankenden Gewächsen verströmten einen süßlich-angenehmen Duft.

»Vielleicht mit deinem Namen und Alter?«, fragte Jona unsicher zurück, die Hände über der Tastatur des mitgebrachten Eingabegeräts.

Sil schmunzelte. »Das ist ein guter Anfang. Mein Name ist Sil, Pronomen iks. Ich wurde geboren im Jahr 2027, das später das Jahr der Heuschrecken genannt wurde. Ihr habt sicher in der Schule davon gehört? Natürlich habt ihr das, sonst wärst du ja nicht hier.«

Jona nickte und notierte das Gesagte im Schreibprogramm. »Hast du schon immer hier auf der Insel gelebt?«

»Nein. Ich hatte gerade mein Studium in München abgebrochen, weil ich ...« Sil hielt inne und runzelte nachdenklich die Stirn. »Es war eine Zeit des Umbruchs, weißt du. Alles war zusammengebrochen: Versorgung, Regierung, Infrastruktur. Überall wurde neu organisiert, neu gebaut, darüber gestritten, alles endlos diskutiert. Es erdrückte mich. Und dann lernte ich diesen Typ kennen, Tanii, der mir von den Inseln erzählte. Ich folgte ma – das ist mes Pronomen – Hals über Kopf hierher.«

»Ging wohl nicht gut aus, oder?«

Sil nickte lächelnd. »Ich war sehr naiv damals. Aber ungefähr zu der Zeit habe ich begonnen, Tagebuch zu schreiben.«

»Ah, davon habe ich gehört. Kurz darauf wurde die UE gegründet und deine Bücher waren ...« Jona unterbrach sich. »Entschuldige. Ich bin übereifrig.«

»Kein Problem. Du hast recht. Diese Tagebücher und noch andere Dinge waren später wichtige Beweismittel – und letztlich der Anfang vom Ende des Clam-Con-Konzerns und der Beginn ...«, Sil machte vage Bewegungen mit der Hand, bis iks die richtigen Worte fand, »und weltweit der Beginn unserer aktuellen Lebensweise unter einer gemeinsamen Weltenregierung. Möchtest du die Bücher sehen?«

»Sehr gerne. Das ist mehr, als ich erwartet hätte.«

Ächzend erhob sich Sil. »Ich habe da auch noch eine Kiste voller Unterlagen aus der Zeit. Warte kurz, ich hole sie dir. Oder besser noch wäre, wenn du gleich nach nebenan mitkämst, dann muss ich nichts umräumen oder schleppen.« Sil hielt inne. »Äh, was bin ich vergesslich geworden. Das meiste habe ich bereits digitalisiert, aber längst nicht alles. Das Computerdings steht aber auch im Nebenzimmer.«

Jona nahm das Tablett mit den Erfrischungen und folgte Sil.

Das sogenannte Nebenzimmer stellte sich als riesiger, gemütlicher Raum heraus, mit Meeresblick durch Panoramafenster. Viele Pflanzen, die auch hier von der hohen Decke hingen, erzeugten den Eindruck, mitten in einem Garten zu stehen.

In einem Regal stapelten sich Bücher und besagte Journale. Sil griff wahllos ein Tagebuch heraus und reichte es Jona zum Anschauen und darin blättern. »Lass uns das lieber am Bildschirm ansehen, dort finde ich die relevanten Sachen schneller«, sagte iks und Jona stellte den Band zurück. Sil rollte einen zweiten Stuhl vor den Monitor und öffnete den Ordner mit den Tagebüchern. Jona begann zu lesen.

Sil-Journal. 22. Mai 2047
Habe die Bucht erreicht. Letzte Seilbahn mit Glück erwischt. Merlekeen kennengelernt, se betreut Liftstation Zero, nahm mich mit in ser Haus. Es gibt keine Hotels auf Mar-G-Ritta. Es ist ein Trichterhaus! Müde. Hier wohnen noch Petuun und Lildaan. Pronomen merken. Petuun: dier/dies/diem/dien. Lildaan: lua/luars/luar/lua.

Morgen Tanii suchen.

Sil-Journal. 23. Mai 2047
Tanii wohnt auf Insel D, ich bin auf Insel A. Es gibt Windgleiter dorthin und Solarschienen-Rikschas, aber die seien mal wieder ausgefallen, sagt Merlekeen.

Im Infoportal O-Rakel-Wiki folgenden Eintrag gefunden und hierher kopiert:

Die Punk-Inseln

Auf sieben riesigen, künstlichen Inseln, der Form von Blumen nachempfunden, wurden architektonisch gewagte Wohnkonstrukte entwickelt – wie etwa Trichterformen, die unten schmal auf einem Stiel fußen, nach oben hin immer größer werdend. [Bild eines Trichterhauses]. Dazwischen viel Grün – Parks und Gärten –, Solarflächen und Winddrachen [...]

Sil-Journal 30. Mai 2047
Tanii hat mich in einem Wartungsteam untergebracht und lässt mich bei sich wohnen.

Sil-Journal 12. Juni 2047
Meist stehe ich nur herum. Keine Ahnung von Technik. Reparaturen – darauf hat mich das Studium der theoretischen Wissenschaften nicht vorbereitet.

Sil-Journal 26. Juni 2047
Was mache ich hier eigentlich? Es ist, angesichts der desolaten Lage im Rest der Welt, der derzeit schönste und hoffnungsvollste Platz auf diesem Planeten. Warum bin ich so unglücklich?

Sil-Journal 7. Juli 2047
Habe ich die Uni vorzeitig geschmissen? Tanii ignoriert mich fast völlig. Aber wenigstens darf ich weiter hier wohnen.

Das Wartungsteam ist nun ständig unterwegs. Ist das normal, dass hier so viel kaputtgeht?

Sil unterbrach Jonas Lesefluss. »Das geht noch eine Weile so, ist belanglos. Mach dort weiter.« Iks deutete mit dem Finger auf spätere Einträge.

Sil-Journal 13. August 2047
Traf zufällig auf Petuun in den öffentlichen Gärten. Wir haben lange geredet. Dier hat mir einen Job angeboten. Diem untersteht unter anderem die Koordination für die Arbeiten in den Gärten von Mar-G-Ritta.

Sil-Journal 14. August 2047
Habe Tanii eine Notiz in mes Wohneinheit hinterlassen, mein Zeug genommen und bin gegangen. Wohne auf Einladung von Petuun wieder im Trichterhaus auf Insel A, bei Merlekeen und den anderen. Es ist wie ein Nachhausekommen, so warm wie ich von Merlekeen und Petuun empfangen wurde. Lildaan ist gerade unterwegs, lua (ich liebe dieses Pronomen!) forscht draußen in der Bucht. Was genau, werde ich lua bei luars Rückkehr fragen.

Die Haare sind ab. Kurz geschoren fühlt sich richtig an. Bin jetzt viel draußen und der ständige Seewind hatte sie mir dauernd ins Gesicht geweht.

Die grüne Arbeitskleidung steht mir, finde ich, besonders weil die Träger meine inzwischen breiten Schultern betonen. Ein Hoch auf die Hormontherapie.

PS: Gut, dass meine Brust seit Jahren flach ist, denn die Latzhose sitzt perfekt, nichts stört.

Sil-Journal 24. August 2047
Heute Algentanks unter den Inseln kontrolliert. Getrockneten Tang in die Gemeinschaftsküche auf Insel C gebracht.

Sil-Journal 26. August 2047
Ernte aus den vertikalen Obstgärten von Insel B ins kommunale Lager geliefert. Morgen dort Bäume beschneiden.

Die körperliche Arbeit tut gut. Ich bin glücklich.

Sil-Journal 29. August 2047
Petuun bat mich, die Augen offen zu halten. Es passierten in letzter Zeit seltsame Dinge. Dier berichtet von offen gelassenen Schotts an den Frischwassertanks, losen Trossen, überfluteten Anbauflächen. Zufall oder Nachlässigkeit? Auch Merlekeen meint, dass Dinge mal passieren, aber nicht so auffällig häufig.

Sil-Journal 3. September 2047
Noch ist nichts Schlimmeres passiert. Fast immer können die Unregelmäßigkeiten schnell entdeckt werden, bevor es zu irreparablen Schäden kommt. Wenn das wirklich herbeigeführte Manipulationen sind, frage ich mich, wer unserer wundervoll funktionierenden autarken Gemeinschaft absichtlich würde schaden wollen? Mar-G-Ritta ist das Musterbeispiel einer gelebten und funktionierenden Utopie.

Wann habe ich begonnen, von ›unserer‹ Gemeinschaft zu denken?

Sil lehnte sich müde im Sessel zurück. »Jona, es war tatsächlich Sabotage. Viele der Menschen, die nach dem Heuschreckenjahr, den Klimakriegen, den Pandemien und dem Aussterben der meisten Tierarten überlebt hatten, wurden einsichtig. Sie haben sich bewusst – ähnlich wie wir Punks auf den Inseln – für eine nachhaltige Lebensweise entschieden, die auch den Generationen nach uns eine Zukunft sichert.«

»Es dachten vermutlich nicht alle so. Habt ihr herausgefunden, wer für die Sabotage verantwortlich war?«

»Ja, Moment, dazu hatte damals Lildaan etwas veröffentlicht.« Sil blätterte durch einen Ordner mit abgehefteten Berichten. »Hier.«

[...] Clam-Con. Der Konzern ist ein Sammelbecken für all jene gierigen Menschen, die den Zeiten der alten Hierarchien und dem Kapitalismus hinterherweinen. Sie streben nach Macht und Reichtum. Unsere Inseln und von Konzernen unabhängige Lebensweise bedeuten für sie Anarchie oder Kommunismus. Unser Idealismus ist für die eine Gefahr, weil sie den Tod ihres Kapitalismus bedeutet. Die neu erstandene Petrol-Lobby hat sich angeschlossen. Der provisorische Weltenrat hat kürzlich erst erneut ihr Gesuchen abgelehnt, die fossilen Energien wieder erschließen zu dürfen. Im Geheimen versuchen sie, Leute zu bestechen oder zu bedrohen. Unsere Inselblumen ankern über vermuteten Rohstoffen, an die sie nicht herankommen, weil sie nicht unbeobachtet abbauen können. Nicht auf legalem Weg. Passt auf euch auf. Die sind zu allem fähig.

»Wir sollten eine kleine Pause machen«, sagte Sil und schlug vor, etwas Essen aus der nahen Gemeinschaftsküche liefern zu lassen. Kurze Zeit später aßen sie pikantes Gebäck aus Nüssen zu Seetangsalat und löffelten eine sattmachende, cremige Gemüsesuppe, die ebenfalls Algensorten als Grundlage hatte. Das Obstdessert hoben sie sich für später auf.

Sie genossen noch eine Zeit lang draußen auf dem Balkon den Anblick der blutroten Sonne, die scheinbar am Horizont im Meer versank. Bevor es ganz dunkel wurde, begann drinnen das organische Material der Zimmerwände, das sich tagsüber mit dem Licht der Sonne aufgeladen hatte, schwach zu leuchten.

Jona ging das Gehörte in Gedanken durch. Vieles aus den Geschichtsbüchern ergab nun Sinn und konnte für das Schul-Interview verwendet werden. Aber noch waren spannende Fragen offen, die nur Sil beantworten konnte. Ungeduldig begann Jona auf den Zehen zu wippen, bis sich Sil erbarmte und sie beide zurück zum Arbeitsplatz gingen.

»Habt ihr die Saboteure erwischt?«, wollte Jona wissen, kaum, dass sie beide wieder saßen.

Sil lächelte verschmitzt angesichts von Jonas aufgeregter Stimme. »Natürlich. Aber lies selbst.«

Sil-Journal 12. September 2047
Feierabend, aber das Meer leuchtet heute. Es sieht zauberhaft aus, magisch. Werde über Nacht im Wartungsboot bleiben und mir das aus der Nähe ansehen.

Sil-Journal 13. September 2047
Auf der Plattform über mir redet jemand. Ich muss nachsehen, was da los ist.

Jona beugte sich gespannt zum Monitor vor und sah über die Schulter zu Sil. »Das waren sie, oder? Habt ihr gekämpft?«

»Aber nein, beides nein. Es war nur eine einzige Person. Sie hielt ziemlich verzweifelt Monologe, in den Wörter vorkamen wie: Sabotage, Mord, Vergiften. Ich bekam Angst um mein Leben. Doch als ich hörte, wie die Person mit sich haderte, weil sie ganz offensichtlich nicht morden wollte, bin ich leise die Leiter zum Deck ganz hochgeklettert. So habe ich Hedoon kennengelernt.«

Sil räusperte sich, nahm einen Schluck Tee und fuhr fort: »Als ich mich mit den Worten ›Du musst das nicht tun, wenn du nicht willst‹, bemerkbar machte, sprang er so schnell auf, wie ich es noch bei keinem Wesen zuvor gesehen hatte. Wir sind wir beide erschrocken und ich wäre beinahe rücklings von der Kante gekippt, wenn er nicht geistesgegenwärtig zugepackt hätte. Hedoon wäre unentdeckt geblieben, wenn meine Leiche im Meer verschwunden wäre. Für einen furchtbar langen Moment dachte ich wirklich, er würde loslassen, aber er hat sich entschieden, mich zu retten.«

Sil nahm einen weiteren Schluck Tee und grinste. »Was aber nicht in den Journalen steht und auch sonst nirgends: Da saß dieser hübsche, aber verheulte Saboteur vor mir, hat sich mir mit ausgestreckten Händen ergeben. Mir, einer unbedeutenden, harmlosen Gartenbauperson. Ich war so verpeilt in jenem Moment, dass ich ihm die Hand schüttelte, die ich eigentlich fesseln sollte, und mich stattdessen vorgestellt habe. Wir haben über Pronomen sinniert   Hedoon hatte meins noch nie gehört, und beschloss spontan, er wolle von da an mit *er* referenziert werden. Danach meinte er, ob ich seine Hand eigentlich wieder loslassen möchte oder ob wir händchenhaltend unser weiteres Vorgehen besprechen würden.«

Sil kicherte in Erinnerung an die Absurdität der geschilderten Szene, nippte noch einmal und stellte den Becher zurück. »Hier ist die Erklärung, die Hedoon später vor dem Inselrat abgab.«

Iks öffnete eine Audio-Datei und spielte sie ab.

Anhörung des Ex-Saboteurs Hedoon, 22. März 2048
»... Ich habe versucht, lediglich offensichtliche Schäden zu verursachen, sodass ihr die Sabotage-Akte immer rechtzeitig finden konntet. Doch sabotieren konnte und wollte ich nicht mehr, nachdem ich

eure Art zu leben beobachtet habe. Ich hatte nie vor, Menschen zu verletzen. Die Auftraggebenden bei Clam-Con. haben gesagt, solche Schäden würden reichen, um euch zu vertreiben.

Ich habe so getan, als würde ich ihnen glauben, dass hier nur weltfremde Punks hausen würden. Aber ich sehe doch, wie gut euer Zusammenleben klappt. Wie ihr ökologische Technik einsetzt, ohne Natur kaputt zu machen.

Ich habe gehört, was Clam-Con auf den neuen Inseln, Delta-Sporn-Island und Elfensand, angerichtet hat. Das muss aufhören.

[...]

Mein weiterer Auftrag lautete, mit allen Mitteln dafür zu sorgen, Mar-G-Ritta unbewohnbar zu machen. Ohne hier lebende Menschen könnte Clam-Con diese Bucht beanspruchen. Ich weiß nicht, was ich jetzt tun soll. Ihr solltet mich ins Meer werfen. Wenn ihr es nicht macht, tun die es bestimmt. Ein einziges Mal habe ich mich offen geweigert, das haben sie nicht geduldet, wie ihr an meiner Hand sehen könnt. Zur Strafe haben sie mir ein Fingerglied amputiert und gedroht ...«

»Wochenlang war in O-Rakel-Meldungen über die Ursachen der Unfälle spekuliert worden. Ähm, damals hieß O-Rakel noch anders, aber mir ist der Name entfallen. Jedenfalls kam so heraus, dass es definitiv terroristische Anschläge des Konzerns waren.«

Jona nickte bedächtig. »Ihr habt es der Öffentlichkeit gesagt und die Welt ist endlich aufgewacht.«

Sil lachte leise auf. »Ganz so einfach war es nicht. Wir brauchten zunächst mehr Beweise. Und wir wussten nicht, wem zu trauen war, denn Hedoon warnte uns, dass überall Spitzel eingeschleust worden waren. Um Zeit zu gewinnen, sollte Hedoon weiter sabotieren, seine Aktionen allerdings mit uns absprechen. Unser kleiner Kreis war immer eingeweiht, wann und wo Hedoon zuschlagen würde und half mit, die Schäden schnellstmöglich zu begrenzen. Merlekeen war dabei, Petuun, ich und noch einige andere.«

»Und dann ging doch alles relativ schnell«, erklang eine Stimme hinter ihnen. »Die Zukunft des Planeten durfte nicht wegen des Egoismus einiger weniger, die für den Erhalt ihres Reichtums bedenkenlos über Leichen gingen, geopfert werden. Darin waren wir uns einig, und viele haben sich unserer Bewegung angeschlossen. Wir haben alles gegeben, damit sich die Vergangenheit nicht wiederholt. Doch als das ganze Ausmaß der Machenschaften letztlich bekannt wurde, waren auch die letzten Zaudernden überzeugt. Der Rest ist Geschichte«, sagte die ältere Person im Näherkommen. »Entschuldigt, ich wollte nicht lauschen. Guten Abend.«

Sil erhob sich lächelnd und umarmte innig den Menschen, der ganz herangetreten war. »Jona, dieser leidenschaftlich Referierende ist Hedoon, mein Gefährte. Hedoon, das ist Jona.«

»Hallo«, sagte Jona verlegen. »Vermutlich sollte ich jetzt gehen. Die wichtigsten Informationen habe ich, Danke für deine Zeit. Darf ich abschließend kurz fragen, ob die anderen Personen, die du erwähnt hast, auch noch hier wohnen?«

»Darfst du«, sagte Hedoon. »Petuun ist leider vor Jahren gestorben, dier war schon damals recht alt.«

Sil ergänzte: »Mit Merlekeen leben wir zu dritt hier, se ist ebenfalls mit uns verbandelt, besucht heute allerdings sere Freundin und wird erst morgen wiederkommen. Und Lildaan – nun, lua ist irgendwo da draußen, treibt mit ein paar Leuten auf einer schwimmenden Wohn-Insel im Südpazifik, um eine neu entdeckte Quallenart zu erforschen, glaube ich.«

Hedoon und Sil geleiteten Jona zur Tür.

Sil drückte Jona zum Abschied ein Geschenk – eine abgegriffene Anstecknadel – in die Hand.

»Danke sehr, was ist das?«, fragte Jona neugierig.

»Locusta migratoria. Das war unser geheimes Erkennungszeichen. Verstehst du, warum?«

Jona drehte das unscheinbare Schmuckstück in den Händen. Die Nadel hatte die Form eines Insekts auf einer Muschelschale. Eine seit 40 Jahren ausgestorbene Art. »Eine Heuschrecke?« Jona grinste. »Ich verstehe. Gewisse Heuschrecken müssen bekämpft werden, besonders wenn sie sich als gefräßiger Konzern tarnen.«

Saskia Dreßler

Aufzeichnungen und Aufmerksamkeit

Was willst du eigentlich hier? Die Frage stellst du dir nicht zum ersten Mal heute, doch sie wird dringender mit jedem Schritt. Denn Schritt für Schritt näherst du dich deinem Ziel, von dem du gestern noch nicht viel gewusst hast.

Angefangen hatte es mit dem Mittagessen und einer Einladung von Emilia. In letzter Zeit sitzt du öfter mit ihr zusammen freiwillig an einem Tisch. Nicht an jedem Tag unterhaltet ihr euch, aber sie scheint das zu verstehen.

Gestern hat sie schließlich zu dir gesagt: »Weißt du was, Jamie? Ich glaube ein*e Kolleg*in aus dem Archiv hat etwas entdeckt, was dich auch interessieren könnte. Schau doch mal bei uns vorbei!«

Der Typ neben euch nickte. Er war wohl einer von Emilias Bekannten, den sie dir zuvor vorgestellt hat – doch du hast seinen Namen vergessen. Nachzufragen hast du dich nicht getraut, denn dir war es peinlich. Stattdessen hast du versucht, einen neutralen Gesichtsausdruck zu wahren, doch scheinbar ist dir das nicht ganz gelungen, denn sie erklärte weiter, was genau gefunden wurde. Zu Beginn warst du nicht begeistert und erst als sie den Satz »Aber unser*e Datenarchivar*in hat neue Aufzeichnungen aus der Zeit des Aufbruchs entdeckt!« war dein Interesse entfacht.

Der Aufbruch. So wird die Zeit nach der großen Katastrophe genannt. Die Zeit, in der sich die Gesellschaft neu ordnete und begann, ihre heutigen Strukturen auszuarbeiten. Es muss eine spannende, aber auch schwierige Zeit gewesen sein. Du kennst die verschiedenen Geschichten über die Menschen, die viel für die Wandlung der Gesellschaft beigetragen haben. Diese Geschichten werden in den Schulen gelehrt und du bewunderst alle, die sich während des Aufbruchs engagiert haben. Schon in der Grundschule habt ihr die Namen der Großen Bewegungen und ihrer Anführer*innen als Abzählreim auswendig gelernt.

Seit du klein warst, hast du dich für diese Zeit interessiert. Vielleicht lag es an den Geschichten über die einzelnen großen Ereignisse, die zu einer Veränderung geführt haben.

Der Aufbruch fasziniert dich. Wie konnten diese Menschen die Gesellschaft umformen? Wie haben sie es geschafft, dass ihnen Milliarden von Menschen folgen?

Diese Fragen stelltest du dir oft und am Ende gewann deine Neugierde. Deshalb hast du auch Emilias Angebot angenommen und stehst jetzt vor den Türen des Archivs. Kurz zögerst du, bist dir unsicher, ob du das Touchpad berühren und damit Emilia herrufen solltest, schwankst einen Moment und möchtest doch am liebsten wieder gehen. Jede neue Situation ist eine Herausforderung, die Kraft und Zeit kostet. Bevor du es dir aber anders überlegen kannst, öffnet sich die Tür vor dir mit einem leisen Zischen.

»Da bist du ja!« Emilia lächelt dich an. »Ich habe mir gedacht, dass du vielleicht unsicher bist, ob du reinkommen sollst oder nicht und deshalb bin ich jetzt hier. Ich hoffe, dass das für dich in Ordnung ist?«

Langsam nickst du. Manchmal überrollt dich Emilias Art, aber oftmals bist du froh, dass sie da ist und dich mitnimmt – dorthin, wo du dich nicht selbst hin getraut hättest. Und so folgst du ihr, wie sie dich auf dem schnellsten Wege zu eurem Ziel – dem Datenarchiv – bringt. Du selbst warst bisher vor allem in der Abteilung für die Archivierung von Pflanzensamen. Mit den anderen Arbeitsbereichen hast du dich noch nicht viel auseinandergesetzt.

Auf eurem Weg kannst du durch die großen Fenster weitere Gebäude des Forschungsinstituts sehen – immer durchsetzt und überwachsen mit Pflanzen. Du magst diese Aussicht, denn sie entrückt dich von allem anderen und deswegen besuchst du auch so gerne allein die Dachterrasse.

Emilia deutete nach oben. Ihr seid beim letzten Treppenabsatz angekommen. »Endlich da.« Sie ist etwas aus der Puste, fügt noch hinzu: »Entschuldige die vielen Stufen.« Du winkst ab, denn du findest es nicht schlimm, Treppen zu steigen.

Deine Begleiterin öffnet dir die Tür und ruft in den Raum hinein: »Jemand da?« Zu dir gewandt ergänzt sie noch: »Unser*e Datenarchivar* in leitet das Datenarchiv und hat sich vor allem auf die Wiederherstellung von älterem Datenmaterial, wie CDs spezialisiert. Die Arbeit ist immer sorgfältig, was ich wirklich bewundere – nur manchmal, wenn ein Thema wirklich interessant ist, gibt es einen Vortrag darüber.«

»In Ordnung«, sagst du nur, denn du kennst es selbst. Bei deinen Lieblingsthemen kannst du auch nicht aufhören zu reden. Die Wörter rutschen und purzeln dann einfach aus dir heraus. Das kann Menschen verwirren, weil sie oftmals nicht die Geduld haben, deinen Ausführungen bis zum Ende zu lauschen. Deshalb hast du gelernt, über diese Themen zu schweigen. Ein Funke Interesse an dem*r Datenarchivar*in glüht in dir auf. Du magst es, wenn Menschen ähnliche Eigenschaften haben wie du, denn dann kannst du sie leichter lesen.

»Hallo?«, ruft Emilia nochmal. Auf Tischen sammeln sich Kisten, in welchen du altes Computerzugehör wie Datenträger und Kabel zu sehen vermeinst. Über deren Zweck bist du dir nicht ganz im Klaren, denn schon lange benutzt ihr eine solche Technik nicht mehr. Aber es gibt auch neuere Bildschirme und Touchpads, die dich eher an dein eigenes Arbeitsumfeld erinnern. Auf den ersten Blick wirkt alles durcheinander, aber je länger du hinsiehst, desto mehr vermeinst du eine Ordnung zu erkennen.

Aus der Tür euch gegenüber kommt euch eine Person mit wippendem Schritt entgegen. Während die Person Emilia begrüßt, fragt diese: »Möchtest du heute Kay oder Kat genannt werden?«

Die Person lächelt, wendet sich an dich, streckt die Hand aus und sagt dabei: »Kay bitte. Ich bin der zuständige Datenarchivar. Cool, dass du vorbeikommst. Sonst besucht mich kaum jemand.«

Zögernd blickst du auf die Hand, bist du dich erinnerst, dass es angemessen ist, sich die Hände zu schütteln. Also erwiderst du den Gruß, während du die Person vor dir genauer betrachtest. Sie ist um einiges größer als du. Auf dem Kopf trägt sie ein Stirnband und um den Hals hat sie einen rosa Schal geschlungen.

Der Datenarchivar nickt, als hätte er dich erwartet. »Dann bist du also Jamie. Emilia hat mir von dir erzählt. Du interessierst dich für die Daten über den Aufbruch?«

Während er das sagt, wartet er nicht deine Reaktion ab, sondern dreht sich um und verschwindet beinahe im Raum, der durch die Geräte unübersichtlich ist.

Emilia wirft dir einen wahrscheinlich entschuldigenden Blick zu, dann folgt sie dem Datenarchivar. In der Mitte des Raumes steht ein großer Tisch, dessen ganze Fläche von einem Touchpad eingenommen wird. Dahinter befindet sich noch ein Bildschirm, auf welchen Zahlenreihen ablaufen, und du fragst dich, wozu das gut ist. Als du merkst, dass Kay dich beobachtet, senkst Du schnell den Blick.

Kay grinst jedoch nur. »Wenn du Interesse hast, dann kann ich dir gerne erzählen, an was ich gerade arbeite. Ich habe letztens mehrere Datenpakete vom früheren bayerischen Innenministerium bekommen. Und jetzt versuche ich –« Mit einem Blick zu Emilia unterbricht er sich und setzt nur noch hinzu: »Aber vielleicht wann anders. Mir fällt es manchmal echt schwer meine Begeisterung zu bremsen. Aber ihr habt ja einen bestimmten Grund, warum ihr hier sein.«

Damit deutet er auf die Mitte des Tisches. Dort ist ein Touchscreen eingelassen. Kay beginnt darauf herumzudrücken und zu schreiben. Währenddessen erklärt er: »An sich haben wir ja schon einige Daten über den Aufbruch. Vieles ist im Internet oder auf lokalen Rechnern gespeichert wurden. Was mich aber am meisten interessiert, sind Augenzeugenberichte. Deshalb habe ich online einen Aufruf gestartet, ob es nicht noch Personen gibt, die persönliche Daten und Aufzeichnungen über die Aufbruchszeit haben und diese auch teilen wollen. Tatsächlich haben sich ein paar Leute gemeldet und diese Daten habe ich zuerst bekommen. Trotzdem hätte ich mich eine ganze Weile nicht damit beschäftigt, wenn ich nicht einen Abgabetermin gehabt hätte.«

»Warum hättest du das nicht gemacht?«, traust du dich nachzufragen und bist ein bisschen stolz auf dich, dass du es schaffst, gleich mit einer fremden Person zu reden.

Kay seufzt auf. »Ach weißt du … mir wird einfach schnell langweilig, wenn ich immer wieder dieselbe Arbeit machen muss. Dann kann ich mich nicht konzentrieren und jeder Pixel wird zu einem Schmetterling, dem ich hinterherschaue, und dann vergesse ich, was ich eigentlich machen sollte. Danach komme ich in die Arbeit nicht mehr rein. Nur wenn mich etwas wirklich interessiert, dann kann ich, ohne zu essen oder zu trinken, arbeiten. Kennst du das?«

»Ein bisschen«, gibst du zu und führst noch aus, dass du den letzten Teil von Kays Selbstbeobachtung nur zu gut kennst.

Kay grinst wieder. »Dann haben wir ja was gemeinsam.« Er klingt fröhlich und du spürst, dass du lächelst. Also, ein bisschen. Bisher bist du wenigen Menschen begegnet, die Teile deines Denkens nachvollziehen können. Manche, wie Emilia, wollen es versuchen. Doch es ist nicht das Gleiche, wie wenn jemand dich wirklich versteht. Noch willst du keine Hoffnung haben, wo du sowieso wieder enttäuscht werden kannst, aber du bist doch froh, dass du Emilias Einladung gefolgt bist.

»So – hier ist das Dokument. Ich finde es sehr aufschlussreich. Für mich verändert das unsere Auffassung über den Aufbruch – aber schau es dir selbst an«, erklärt Kay und du runzelst bei diesen Worten die Stirn. Was meint er damit?

»Ich bin auch noch am Überlegen, ob ich den Text als Beitrag zur großen Anthologie der UE einreiche – obwohl ich vielleicht zu alt dafür bin«, setzt Kay hinzu, während du dich über den Tisch beugst, um das projizierte Dokument zu begutachten. Du zitterst dabei innerlich vor Aufregung, versuchst, diese zu unterdrücken, indem du deine Finger in deinen Ärmeln vergräbst.

Im Hintergrund hörst du Emilia fragen: »Meinst du damit den Aufruf der UE, etwas über den Wandel einzureichen? Weil da irgendwas gesammelt wird?«

Kay bejaht es, doch du wirst von dem Dokument angezogen. Dort steht geschrieben:

26.04.2027

Und wieder eine lange Sitzung. Mein Kopf pocht, wenn ich nur an sie denke. Sie ist wirklich anstrengend gewesen und ich weiß nicht, wie viele Tage wir nun schon darüber streiten – doch ich denke, dass wir das Problem nun so weit erkannt haben und es angehen können. Natürlich gab es Stimmen, die gesagt haben, dass wir wichtigere Probleme haben. Unsere Rohstoffversorgung, die Lebensmittellage und die Möglichkeiten für Frischwasser sind weder gut noch gesichert. Auch sollten wir uns Gedanken machen, ob und wie wir die zerstörte Natur zurückgewinnen können. »Schaffen wir das überhaupt?, frage ich mich manchmal.«

Doch darüber werde ich mir jetzt keine Gedanken machen. Das steht für einen anderen Zeitpunkt auf dem Plan. Jetzt möchte ich die Ergebnisse unserer Sitzung festhalten.

Bei der heutigen Sitzung des PVERG (provisorische Verwaltungseinheit Region G) haben wir darüber gestritten, wie und ob wir es schaffen, alle Menschen in unsere neue Gesellschaft einzubinden. Dass es eine neue Gesellschaft und eine neue Ordnung geben muss, ist hoffentlich allen klar – auch wenn ich mir da nicht sicher bin. Doch wir können nicht mehr weitermachen wie bisher. Unser Handeln in den letzten Jahrhunderten hat uns zu einem Punkt geführt, an welchem die Menschheit vor der Ausrottung steht. Das allein mag verkraftbar sein, denn ich bin immer noch der Meinung, dass wir Menschen eine Variable sind, die gut wegdenkbar ist. Trotzdem verstehe ich, dass nicht alle diese Meinung teilen, und deshalb ist es notwendig, anders zu handeln – und genau hier setzt unser Streit an.

Beschränkt sich das andere Handeln nur auf unseren Umgang mit der Natur und ihre Ressourcen?

Müssen wir das nicht weiterdenken? Und wenn wir das tun: Wem gegenüber müssen wir uns anders verhalten?

Ich habe da eine starke Meinung, die ich schon vorher zusammengefasst habe und ich hoffe, dass ich meinen Standpunkt deutlich machen konnte. Warten wir ab, was die Sitzung morgen bringt.

27.04.2027

Es ist ermüdend. Ermüdend, immer wieder zu erklären, dass die Bedürfnisse alle Menschen bedacht werden müssen. Wenn wir uns beispielsweise nur darauf beschränken, für die Rechte von körperlichen Behinderten zu kämpfen und dabei chronisch Kranke oder Neurodivergente vergessen – wo handeln wir dann besser als die Menschen vor ein paar Jahrhunderten? Ich meine: Wir grenzen erneut andere aus, weil sie nicht der Norm entsprechen. Diese Beobachtung gilt nicht nur für Menschen mit Behinderungen und sollte auch nur als Beispiel dienen. Jede marginalisierte Gruppe betrifft das.

Das war früher so und das ist heutzutage immer noch so. Wie so viele andere Menschen auch, bin ich nicht mehr bereit, das zu akzeptieren. Ich weiß, viele meinen, dass ich in diesem Punkt zu radikal wäre, aber mir ist er wichtig. Vielleicht bin ich da auch einfach egoistisch. Das kann sehr gut sein, denn ich bewege mich selbst im Spektrum der Neurodivergenz und weiß, wie schlimm es ist, ausgeschlossen zu werden. Die Welt fühlt sich anders an und es ist bei den einfachsten Aufgaben manchmal so, als müsste ich einen schweren Stein einen Berg hinaufrollen – nur damit er wieder hinunterfällt. Das erinnert mich doch sehr an diese eine Sage aus früheren Zeiten ... nur ihr Name mag mir nicht einfallen. Aber das spielt auch keine Rolle.

Was wichtig ist: Ich habe heute wieder meine Punkte vorgebracht, um unsere gemeinsamen Leitlinien auf ein integratives Leben auszuweiten und musste wieder erklären, warum ich es wichtig finden.

Was ist das Ergebnis? Die Entscheidung wird vertagt. Warten wir ab, was daraus wird. Ja, ich sehe ein, dass wir gerade dringliche Probleme haben – aber wir können doch an mehreren Problemen gleichzeitig arbeiten, oder?

Vielleicht muss ich mir eine andere Strategie überlegen ...

30.04.2027

Habe heute mit Abdul und Sumire geredet. Wir haben uns darüber ausgetauscht, welche kulturspezifischen Besonderheiten es bei unseren Kampf gegen Diskriminierung gibt. Wir haben es am Beispiel von Genderqueerness diskutiert und mir wurde bewusst, dass unterschiedliche Kulturen verschieden mit dem Konzept *Gender* umgehen. So gab es viele Kulturen, die weitere Genderkonzepte als unser westlich binäres haben, doch durch Kolonialisierung und Unterdrückung wurden diese Auffassungen kleingehalten und fast vernichtet.

Das hat mich zum Reflektieren gebracht und wir haben bald darüber geredet, dass auch die Konzepte von *Behinderung* und *Neurodivergenz* in unterschiedlichen Kulturen anders aufgefasst werden. So hatte mich Abdul auf indigene Kulturen aufmerksam gemacht, bei welchen neurodivergente Menschen ohne Vorurteile in der Gesellschaft aufgenommen sind. Dabei wurde mir deutlich, wie viel wir durch Unterdrückung von Kulturen verloren haben.

Sumire hatte dazu nur gesagt: »Das hatten wir schon vor der Katastrophe und genug Personen haben dagegen ankämpft. Leider war es nicht immer erfolgreich.«

Ich kann ihm nur zustimmen, weiß aber keine Lösung mehr. Mein Reden hilft nichts.

01.05.2027

Sumire hat eine Andeutung fallen gelassen, dass sie nicht mehr reden, sondern handeln will. Ihr reicht es nicht mehr sich nur in den Sitzungen einzubringen. Sie möchte protestieren, auf die Straße gehen und über das Internet über unsere Lage aufklären. Sumire sagte dazu: »Wenn niemand uns genug Aufmerksamkeit gibt, dann sorgen wir dafür.«

Ich weiß nicht, was sie meint, und das macht mich nervös. Hoffentlich bekomme ich bald mehr Informationen von ihr.

07.06.2027

Lange nicht mehr aufgeschrieben, weil alles zu schnell passiert ist. Inzwischen verstehe ich Sumires Andeutung. Statt in den Sitzungen zu reden, plant sie Aktionen. Begonnen hat sie mit Demonstrationen vor dem Sitzungshaus und immer mehr Leute schlossen sich an. Unsere Gruppe wuchs – aber nicht unsere Möglichkeit bei den Versammlungen zu sprechen.

Je mehr Leute wir für unsere Sache gewinnen konnten, desto schwieriger wurde die Organisation. Abdul versuchte alle Interesse zu berücksichtigen, doch es gab Gruppen, denen unser Protest nicht weit genug ging, während andere weitere friedliche Aktionen vorschlugen.

Ich bin mir nicht sicher, was aus dieser Spaltung wird. Einerseits bin ich glücklich, dass wir nun mehr Personen haben, die uns helfen, aber es macht mir auch Angst, dass sich unser Vorgehen, wie wir uns Gehör schaffen wollen, so differenziert.

Wir haben inzwischen eine Art kleinen zentralen Treffpunkt. Dort treffen wir uns abends, reden, wie wir uns gesellschaftlich verändern können und schreiben Leitlinien auf, die unbedingt aufgenommen werden müssen. In diesen Leitlinien sind wir uns oft einig, doch unsere Methoden ändern sich. Es gibt nun verschiedene Lager unserer Bewegung.

Die Gruppe um Sumire protestiert weiterhin jeden Tag, wenn eine Versammlung stattfindet. Ich komme mit, wenn sie auf die Straßen gehen, auch wenn ich nicht das Gefühl habe gesehen zu werden. Wir stehen mit Schildern und Plakaten unten vor dem Sitzungshaus, aber nur blicklose Fenster sehen uns entgegen.

Abdul begleitet uns, wenn er Zeit hat. Sonst erstellt er Graffiti mit den Sprüchen unserer Bewegung und organisiert weitere ähnliche Aktionen. Er möchte auch die Aufmerksamkeit der vorbeigehenden Leute wecken.

Anderen geht dieser Protest nicht weit genug und ich höre sie manchmal über gewaltvollere Mittel sprechen. Sie flüstern dies nur, wenn sie Sumire, Abdul und mich sehen – Angst macht es mir aber trotzdem.

Vielleicht scheinen wir langsam Gehör zu finden? Es sind auf jeden Fall positive Dinge passiert:

Sumires Proteste finden immer mehr Gehör und es stellen sich auch Passanten dazu. Um die Demonstrationen auszuweiten, plant Sumire auch an Tagen ohne Verhandlung als Protestzug durch die Straßen zu gehen.

Auch Abduls Aktionen weiten sich aus. Letztens hatte er mir stolz ein neues Graffito gezeigt, dass weder er noch jemand, den er kennt, an eine Wand gespürt hatte. Auch hat er begonnen einen Social-Media-Account aufzubauen. Zusammen mit anderen Aktivist*innen erstellt er Erklärvideos und -beiträge. Die Zahl der Follower wächst auch nach und nach.

Das alles macht mich sehr froh und ich bin stolz beide zu kennen. Ich selbst versuche sowohl Sumire wie Abdul zu helfen. Deshalb komme ich mit auf die Proteste oder helfe Videos zu konzipieren und zu schneiden. Aber ich habe auch gemerkt, dass es für mich auch eine eigene Art gibt, um sich für unsere Sache einzusetzen: Ich werde weiter auf die Versammlung gehen und mitdiskutieren. Damit kann ich, glaube ich, meinen Teil leisten.

Natürlich verändert sich nicht alles sofort. Es ist eher ein langsamer, anstrengender Prozess und ich glaube nicht, dass wir ihn in den nächsten Jahren beenden werden. Manchmal frage ich mich, wie ich früher so naiv gewesen sein konnte, zu glauben, dass wir in ein, zwei Monaten unsere Ziele erreichen werden.

Trotzdem ist es ein gutes Gefühl sich mit den eigenen Forderungen und Ideen nicht mehr allein zu fühlen. Je mehr Menschen verstehen, was wir wollen, und auf unserer Seite sind, desto weniger funktionieren Ausflüchte. So lässt sich gemeinsam an einer positiven Veränderung arbeiten und ich frage mich oft, warum wir damals zu verbohrt gewesen sind, den Nutzen einer gleichberechtigten Teilhabe zu sehen. Wahrscheinlich war es die Angst, die uns festhielt. Angst, dass uns Privilegien abhandenkommen, obwohl es nur darum geht, dass alle die gleichen Rechte haben.

Gleichzeitig bleibt meine Sorge, ob es nicht doch noch blutigere Proteste geben wird, denn unsere Veränderungen sind langsam. Nicht selten gehen wir einen Schritt nach vorne, dann stolpern wir zwei wieder zurück. Das geht nicht allen schnell genug.

Mit diesem Eintrag hört das Dokument auf. Du ziehst die Augenbrauen zusammen und schaust es einen Moment an. Was hast du da gelesen? Das widerspricht dem, was du bisher kanntest. Wo waren die Held*innen, die den großen Umbruch bewirkt haben? Du wolltest doch herausfinden, wie sie es geschafft haben, die Menschheit davon zu überzeugen, dass Diskriminierung keinen Platz in dieser Welt hat.

Kay, der dich beobachtet hat, sagt: »Mehr habe ich leider nicht gefunden. Schade, oder? Aber wie gesagt: Dieses Dokument ändert unseren Blick auf den Aufbruch gewaltig, oder?«

Du schluckst und nickst langsam. Schließlich traust du dich zu fragen: »Meinst du, dass wir den Informationen trauen können?«

Der Datenarchivar lächelt dich an. »Dessen bin ich mir sicher. Ich verstehe deinen Zweifel, denn irgendwie haben wir uns diese Zeit anders vorgestellt, oder?«

»Ja, ich meine ... Wo sind all die Personen erwähnt, von denen wir in der Schule erzählt bekommen haben? Hier tauchen Leute auf, die ich gar nicht kenne.« Der Gedanke verunsichert dich. Was stimmt denn nun? Die bekannte Version oder das Bild, was sich jetzt abzeichnet? Beides?

Auch Kay schweigt nachdenklich, als sich Emilia zu Wort meldet: »So wie sich das gelesen hat, bedeutet das, dass wir Menschen vergessen haben. Vielleicht waren wir die ganze Zeit zu sehr konzentriert darauf bestimmte Personen zu ehren und zu verklären. Vielleicht haben wir das gemacht, weil uns das leichter fällt als anzunehmen, dass eine gesellschaftliche Veränderung nicht von wenigen Personen allein geschaffen werden kann. Es ist keine Held*innensage, sondern die Realität. Diese verläuft oft anders, als wir sie uns vorstellen.«

»Es ist kein Sprint eines Einzelnen, sondern ein Marathon einer Gruppe«, murmelst du und blickst wieder auf das Dokument vor dir. So ganz kannst du noch nicht verstehen, was während des Aufbruchs passiert ist, aber dir ist klar geworden: Veränderung und Protest sind etwas, das auf viele, verschiedene Arten stattfindet. Deshalb kann es nicht nur einige, wenige Leitfiguren geben. Es gibt viele Menschen, die daran mitwirken und nur alle zusammen können etwas verändern.

»Also sollten wir«, sagst du, »weitere Aufzeichnungen lesen und versuchen allen, die mitgeholfen haben, eine Stimme zu geben.«

Kay nickt. »Das finde ich eine gute Idee. Lasst uns versuchen zu zeigen, wie sich der Aufbruch wohl eher abgespielt hat und den Menschen, die vergessen wurden, ihren Platz zurückzugeben.«

Matthias Sebastian Biehl

Ein neuer Ansatz

Die Morgensonne wagte sich über die langgezogene Gebirgskette und wärmte das Alpenvorland mit ihren Strahlen. Nyssa stand auf der höchsten Plattform des Aquaponikturms *Apenz C* am östlichen Rand der Berghalde. Sie richtete ihren Blick auf das filigrane Konstrukt aus Spiegeln und Speichen, das mehrere Meter über ihrem Kopf das erste Tageslicht einfing. Die Spiegel regten sich und spürten den goldenen Strahlen nach. Sie wurden über eine präzise abgestimmte Mechanik ins Innere des Turmes geleitet. Dort versorgten sie die ansässigen Pflanzen und Wassertiere mit Energie. Eine effiziente Art, alle zwanzig Etagen gleichmäßig zu versorgen und ein konstantes Wachstum zu gewährleisten. Die zahlreichen Sonnenkraftanlagen auf den Hausdächern füllten gigantische Speichermodule und garantierten so die Versorgung der Bevölkerung mit Strom. Die umliegenden Gemeinden entlang des Starnberger Sees betrieben eine große Zahl an Windkraftanlagen und unterstützten die Region zusätzlich. Auf dem Gebiet der ehemaligen Bergarbeiterstadt Penzberg südöstlich der Osterseen standen insgesamt zwei Dutzend Türme. In den älteren Gebäuden des ehemaligen Nahversorgungszentrums und der Sportstätten nahe dem Friedhof befanden sich rein hydroponische Anlagen.

Die Seen und Weiher der Stadt dienten wiederum als Aquakultur der Zucht von Fischen, Muscheln und Krebsen.

Nyssa sog noch einmal die Morgenluft ein und drückte sich vom Geländer weg. Es war Zeit, mit der Arbeit zu beginnen. Nach wenigen Schritten erreichte sie die schmale Wendeltreppe, die ins Innere des Turmes führte.

Sie schritt prüfend durch die Reihen grüner Pflanzen, die in großen Aquarien schwammen. Auf den Gitterböden darüber wuchs Gemüse. Die Wasserbecken beherbergten Karpfen, Schleien und Flussbarsche. Sogar ein paar Hechte waren dabei.

Am Ende ihres Rundgangs erreichte Nyssa den Kontrollraum, das Herzstück des Turmes. Ihre Mutter Speranza saß vor einem der Bildschirme und war in Zahlenkolonnen vertieft. Sie bemerkte ihre Tochter erst, als diese direkt neben ihr stand. »Und ich dachte, ich bin heute die Erste hier.«

Speranza blickte zu ihrer Tochter auf und gähnte. »Keine Sorge. Ich bin erst vor ein paar Minuten gekommen. Das hier ist nur Arbeit, die ich gestern nicht mehr geschafft habe. Nachher kommt noch das Team von der UE bei Oma vorbei. Sie wollen heute den Augenzeugenbericht von ihr aufnehmen. Über die Zeit des großen Umbruchs.«

Nyssa nickte. »Sie spricht nicht gerne über diese Zeit. Wenn ich mir unser Leben heute ansehe, kann ich kaum glauben, wie es vor 50 Jahren war. Und Oma Valerie hat das alles selber erlebt. *Überlebt* muss man wohl besser sagen.«

»Deswegen werde ich bei ihr sein, wenn sie sie befragen. Wer kann schon sagen, welche Wunden da wieder aufgerissen werden.«

Gegen Mittag verabschiedete sich Speranza von ihrer Tochter. Sie schwang sich auf ihr Fahrrad und war zehn Minuten später an dem Mehrgenerationenhaus angekommen, in dem ihre Familie lebte. Ein Kleintransporter mit dem UE-Logo an der Seite stand in der Einfahrt.

Sie lehnte das Rad gegen die große Tanne neben dem Haus und ging zum Eingang. Die KI erkannte sie und entriegelte die schwere Eichentür. Zügig trat sie ein und ging direkt zum Wohnbereich ihrer Mutter. Sie klopfte an und trat ein.

Valerie Hartmann saß aufrecht auf ihrem roten Lieblingssofa. Ihr gegenüber eine Frau in ihren Dreißigern auf einem Holzstuhl. Die Beine waren dezent übereinandergeschlagen und jetzt suchte sie die Quelle der Unterbrechung. Ihr Blick fand Speranza. »Entschuldigen Sie, aber wir befinden uns gerade in einem sehr persönlichen Interview für das historische Archiv der UE. Würden Sie mich bitte in Ruhe mit dieser wichtigen Zeitzeugin weiterreden lassen, damit diese Bekundung unserer Vergangenheit nicht verloren geht?«

Speranza setzte sich neben ihre Mutter auf das Sofa und nahm ihre Hand. »Mein Name ist Speranza Hartmann. Meine Mutter hat mich gebeten, dass ich diesem Interview beiwohne. Warum haben Sie ohne mich begonnen?«

Die alte Frau räusperte sich. »Speranza, Liebes, wir haben noch nicht wirklich begonnen. Frau Rossi und ich haben uns gerade erst bekannt gemacht. Sie ist Journalistin und hat bereits jahrelang für die UE gearbeitet. Ich mag sie.« Sie wandte sich der Frau zu. »Nennen Sie mich Valerie.«

Ihr Gegenüber lächelte. »Dann fangen wir an. Es ist ein halbes Jahrhundert her, seit die Menschheit in einer wahren Apokalypse an den Rand ihrer Existenz geraten ist. Wie hast du diese Zeit erlebt und wie blickst du heute darauf zurück?«

Valerie atmete tief ein und sah zu ihrer Tochter hinüber.

»Es war schrecklich. Es gab einen Unfall, vermutlich in Frankreich. Dadurch überzogen Schwärme von Heuschrecken zuerst Europa und dann nacheinander alle anderen Kontinente, aber das kennst du ja aus den Geschichtsbüchern. Heute kann sich das niemand mehr vorstellen. Millionen und Abermillionen dunkler Leiber färbten den Himmel schwarz. Eine wabernde Menge, die alles fraß, was ihr im Weg war.« Sie erschauerte. »Nie wieder wird ein dunkler Himmel einfach nur ein dunkler Himmel sein. Und dann dieser ohrenbetäubende Lärm. Das Schlagen von Milliarden Flügeln, das nacktes Entsetzen in uns allen hervorrief. Heute ist der Verzehr von Heuschrecken gang und gäbe, aber damals kostete es uns große Überwindung. Sie fraßen unser Getreide und jede Pflanze, derer sie habhaft werden konnten und wir, in unserer Verzweiflung, fraßen sie. Überleben. Nur das zählte. Irgendwann wurde es mehr als das. Es wurde persönlich. Jedes Mal, wenn ich einer von ihnen den Kopf abbiss, machte sich ein Gefühl von befriedigter Rache in mir breit.«

Die Journalistin nickte und überflog ihre Gesprächsnotizen. Dann schluckte sie noch einmal und fuhr fort. »Wie sah Dein Leben aus, bevor diese Schwärme über die Kontinente zogen?

»Ich war gerade dreißig geworden und sehr erfolgreich in meiner Arbeit. Nach einem Studium in Informationstechnologie habe ich promoviert und parallel ein Unternehmen für künstliche Intelligenz gegründet.« Sie verzog das Gesicht. »*Sehr erfolgreich* ist untertrieben. Ich war außerordentlich erfolgreich und noch vor meinem dreißigsten Geburtstag war ich Selfmade-Milliardärin. Der Erfolg war berauschend. Er stieg mir zu Kopf. Auf die

Dauer war mir das einfach zu viel. Ich raste nur noch von Höhepunkt zu Höhepunkt und fürchtete die Leere dazwischen. Dieses Leben gefiel mir nicht. Ich musste raus. Ich kaufte ein Schiff und heuerte eine Crew für eine Weltreise an. Schon damals bewegte sich die Welt mehr und mehr auf eine Katastrophe zu. Die fortschreitende globale Erwärmung zeigte immer deutlichere Auswirkungen. Die Polkappen und Gletscher der Welt schmolzen in zunehmender Geschwindigkeit ab. Jahrtausendealte Ökosysteme kollabierten. Hitze- und Dürreperioden wechselten sich mit extremen Kälteeinbrüchen und Überschwemmungen ab. Fast alle Experten schrien schon seit Jahrzehnten, dass etwas geschehen müsste, dass die Menschheit zusammenstehen müsse, um sich selbst zu retten, aber das lange Schreien hatte sie heiser gemacht und ihre Warnungen waren zum Hintergrundrauschen verkümmert. Die Leugner waren lauter und hatten die liquideren Sponsoren. Täuschungskampagnen waren an der Tagesordnung. Sie hatten keine Argumente, aber sie waren sehr geschickt darin, Zweifel zu säen. Doch das war nicht der Hauptgrund für unser Zögern. Entscheidender war, dass eine Umkehr von alten Gewohnheiten für die reichen Nationen dieser Welt bedeutet hätte, dass sie auf Teile ihres Luxus hätten verzichten müssen.« Sie schüttelte den Kopf und betrachtete einen Moment lang ihre Hände. »Globale Veränderungen sind eine tückische Sache. Ihre Auswirkungen betreffen uns nicht sofort und nicht immer direkt, sondern erst unsere Kinder und dann deren Kinder. Also können wir die Problemlösung auch diesen Generationen überlassen. So dachten viele damals. Öffentlich hätten sie das nie gesagt. Es gab stets vage Versprechungen, dass die Probleme durch neue Technologien gelöst werden würden. Außerdem seien die Auswirkungen ohnehin nicht so dramatisch. Das Weltklima habe sich im Laufe der Erdgeschichte immer wieder geändert. Das sei normal.«

Rossi schüttelte den Kopf. »Es scheint wie eine Schauergeschichte aus dem Mittelalter. Haben Sie auch so gedacht?«

Valerie Hartmann schloss die Augen und blies die Luft aus ihren gespitzten Lippen. Dann richtete sie ihren Blick wieder auf die Reporterin. »Zu Beginn ja. Ich war jung, erfolgreich und mir hing, wie vielen Menschen meines Alters, immer noch der Verzicht der Jahre der Coronapandemie nach. Wir wollten leben und das Versäumte nachholen. Es gab auch viele, die anders dachten, aber sie hatten nicht die Mittel, den Wandel zu beginnen. Ich hätte das schon damals gekonnt, aber ich nutzte mein Vermögen für persönliche Bedürfnisse. Ich war eine egoistische Person zu diesem Zeitpunkt in meinem Leben. Heute schäme ich mich dafür und habe bisher nur ungern darüber geredet.« Sie blickte auf ihre Handflächen und atmete tief ein. So als wollte sie das Folgende noch einmal für sich heraufbeschwören, um es dann für immer ziehen lassen zu können. Sie hob den Kopf und ihr klarer Blick traf die Journalistin. »Ich war auf dem Schiff, als die Hölle über uns hereinbrach. Wir lagen im Hafen und die schwarzen Wolken kamen über uns. Wir liefen panisch aus, um möglichst viel Distanz zwischen uns und das Land zu bringen, aber wir hatten viele blinde Passagiere an Bord, die über unsere Vorräte herfielen. Zum Glück konnten wir das meiste retten. Verzweifelt versuchten wir, einen Hafen zu finden, der nicht betroffen war. Mal gelang es, mal waren die Heuschrecken schneller. So wurden wir zu Vagabunden der Meere. Das bewahrte uns vor den schlimmsten Folgen der Heuschreckenplage, vor den Hungersnöten und den Kriegen, denen über zwei Drittel der Weltbevölkerung zum Opfer fiel. Wir auf dem Schiff lernten nach und nach das Meer als Quelle für unser Überleben zu nutzen. Und als die Menschen dann doch erkannten, dass sie so nicht weitermachen konnten, dass es keinen Luxus mehr gab, der zu verlieren war, weil sie bereits alles verloren hatten, da machte sich das neue Bewusstsein breit. Dieser neue Ansatz, dessen Früchte wir heute ernten.« Sie lächelte und nickte zufrieden. »Ich setzte all mein verbliebenes Vermögen ein, um diesen Traum Wirklichkeit werden zu lassen und diese Stadt ist der Beweis für die Wandelbarkeit des Menschen. Ich kann es noch immer nicht glauben, dass wir so weit gekommen sind und hoffe, dass wir die Vergangenheit endlich hinter uns gelassen haben.«

Speranza lauschte weiter den Ausführungen ihrer Mutter. Sie hatte stets nicht viele Worte über diese Zeit verloren. Es schien ihr, als hätte sie all das in einen Stahlschrank gesperrt, damit es nie wieder ans Licht kommen und jemanden verletzen konnte. Aber jetzt drückte sie die Tür dieses Schrankes weit auf. Die Erinnerungen flossen nur so aus ihr heraus, schlechte wie gute. Sie erfüllten den Raum und verdichteten sich wieder in Valerie, ihrer Mutter. Speranza blickte ihr in die Augen und sah alles: Ihr Leid, ihre

Verzweiflung, Zuversicht und Hoffnung. Ihren unbändigen Lebenswillen, ihren unerschütterlichen Glauben daran, dass die Menschheit trotz all der Irrwege und Fehlleitungen letztendlich einen Weg finden würde, um nicht nur zu überleben. Sie war in der Lage, ein besseres Leben für jedes Wesen auf diesem Planeten zu schaffen. So hatte sie ihre Mutter noch nie zuvor gesehen.

Speranza und Frau Rossi blickten Valerie an. Sie hatten Tränen in den Augen. Sie würden das Vermächtnis dieser Frau nicht verkommen lassen. Sie würden weiter an der Zukunft arbeiten und die Geschichte dieser Frau, ihrer Zukunft, nie vergessen. Das stand fest.

Nachdem Frau Rossi und das UE-Team sich verabschiedet hatten, schloss Speranza ihre Mutter in die Arme und die beiden hielten sich lange fest. »Danke, Mama, dass du das alles erzählt hast. Du hast so viel durchgemacht.«

»Nicht doch, Liebes. Das ist so lange her. Sieh nach vorne. So, wie du es seit deiner Geburt getan hast. Das ist es, wofür wir alle kämpfen.«

Speranza bemerkte, dass Nyssa zur Tür hereinkam.

»Da seid ihr ja. Wie war das Interview, Oma? Konntest du die UE zufriedenstellen?«

Valerie sah sie beide an. »Ja. Es ist alles ganz wundervoll.«

Stephanie Helmel

Out of the binary

Mein Name ist K. und meine Pronomen sind dey/deren. Ich bin fünfundsechzig und soll hier von der Zeit nach der Plage und dem Krieg berichten. Ein Schulprojekt meiner Enkelin Daria.

Wo fange ich an? Das waren unruhige Zeiten, sage ich euch! Alles war im Umbruch. Anfangs die Plage und dann Krieg um jedes bisschen intakte Infrastruktur und alles Essbare. Erst als die Staaten sich zur UE zusammengeschlossen hatten, wurde es besser. Dennoch: Nahrung war knapp. Meist aßen die Leute nur Nährpaste oder Proteinriegel aus Heuschrecken, die von der Regierung ausgegeben wurden. Es war grässlich. Was hätten wir für ein bisschen frisches Obst gegeben!

Ich war damals jung und abgemagert. Meine Eltern meinten, ich würde androgyn aussehen, mit meinen kurzgeschorenen Haaren und dem sehnigen Körper. Ich war fünfzehn und wie jeder Mensch in diesem Alter, hatte ich eigentlich andere Sorgen als Politik, Arbeit und Schule. Aber wir mussten alle mit anpacken beim Wiederaufbau.

Die Regierung war gestürzt und durch eine Expert*innenregierung ersetzt worden und die Gesellschaft als solche bröckelte, und kam nach Plage und Krieg schlussendlich zu der Überzeugung, es diesmal besser zu machen. So wurden wir jungen Leute zur Arbeit eingeteilt – nach Talenten und nicht wie in grauer Vorzeit durch Geschlecht vorgegeben. Das passte mir gut! Mir war bei der Geburt das weibliche Geschlecht zugewiesen worden und ich konnte schon im Kindesalter mit typischen Frauenberufen nichts anfangen.

Mein Bruder, ein schlaksiger Kerl Anfang Zwanzig, war Chemiker. Er arbeitete an der Universität in einem Labor, das umweltfreundliche Nährlösungen für Pflanzen erforschte. Ha! Sein vormals weißer Laborkittel war fleckiger als Papas Arbeitsoverall!

Mir hatte Handwerkliches immer gelegen und so lernte ich von unserem Vater, wie man die Hydrofarm betrieb. Mein Vater, ein stoischer Eigenbrötler und Hobby-Tüftler, war Ingenieur gewesen. Als alles den Bach runter ging, baute er eine hydroponische Indoor-Anlage. Er behauptete, schon die alten Maya hätten so Landwirtschaft betrieben, aber wenn ich mir all die Schläuche und stählernen Hochregale mit den Pflanzen ansah, war ich mir da nicht so sicher. Ich ging ihm zur Hand – er hatte einen Arm im Krieg verloren und ich war motiviert. Wir haben zu Beginn alles aus Metallschrott zusammengeschustert. Wie aufregend das war! Wir Kinder fühlten uns wie Schatzsucher, während wir die ganze Umgebung nach Müll mit Potenzial durchkämmten. Ich sehe es noch heute vor mir, wie ich die Metallteile mit der Zange halte und mein Vater sie mit der guten Hand und einem Hammer zurecht klopfte. Die ersten Pflanzenwelten sahen wahrlich abenteuerlich aus. Den Zulauf aus dem nahegelegenen Fluss hatten wir unter anderem aus einem alten Panzerrohr gebaut. Die Pumpen trieben wir mit primitiven Windrädern an und das gigantische Glashaus bestand aus den Überresten alter Gewächshäuser und kilometerlangen Plastikplanen. Sogar etliche Rollen Noppenfolie hatten wir verklebt. Ich hatte die alte Fabrik, in der wir sie gefunden haben, mit meiner ersten Partnerin ausgekundschaftet. Es war aufregend gewesen, durch ein kaputtes Fenster einzusteigen und die verwaisten Hallen zu erforschen. Die vermeintliche Fabrik entpuppte sich als Logistiktransportzentrum für Ramsch aller Art eines riesigen Onlinehandels.

Oh, ich schweife ab ... Die Protoversion unserer Hydrofarm: Mein Bruder hat das Projekt an der Uni vorgestellt und Sponsor*innen aufgetan. Ein Glück, dass die Gesellschaft nun auf Wissenschaft setzte. Die Menschheit lief keinen Schwurbler*innen mehr hinterher – stellt euch vor, manche hatten behauptet, die Heuschrecken wären die Strafe Gottes, die wir widerstandslos hinnehmen sollten. Staatliche Mittel waren begrenzt, alles floss in den Wiederaufbau, aber das Volk wollte auch ernährt werden und die Erbsen und Sojabohnen, auf die wir uns spezialisiert hatten, würden genau das tun.

Die Universität schickte Forschungsgruppen zu unserem Hof. Unzählige Tage und Nächte verbrachten wir mit Debatten, um effizienter, platzsparender, wassersparender, nährstoffbewusster und so weiter produzieren zu können. Anfangs war es meine Aufgabe, diese Diskussionsrunden mit Snacks zu versorgen, aber ich habe schon damals nicht eingesehen, warum man nur die alten Leute reden lassen sollte und fleißig meinen Senf dazugegeben. Ich habe mich vor den erwachsenen Forschenden aufgebaut, die Hände in die Hüften gestemmt und gerufen: »Hört mir gefälligst zu! Es kommt nicht auf das Alter an, schließlich haben es die Alten vergeigt!«

Wieder und wieder planten wir die Anlage neu, optimierten Pflanzenbestand und Raumauslastung, Nährstoffzufuhr und mit Hilfe meines Bruders, die Nährlösung, bis unser Konzept stand und Schule machte. Im ganzen Land wurden alte Bauernhöfe zu Hydroponischen Anlagen umgerüstet. Ich galt trotz meiner jungen Jahren als Fachmensch, hielt auf Tagungen Vorträge und besuchte mit Stipendium die Universität, wo ich die Theorie zur erlernten Praxis beigebracht bekam und so sogar Verbesserungsvorschläge für unser Konzept vorlegen konnte. Ich hatte gemeinsam mit einem Botaniker andere Sorten ausgetestet, die bei gleichem Ertrag weniger Fläche einnahmen. Wir konnten damit die Produktion um acht Prozent steigern. Effizienz war die Devise dieser Tage. Nachdem Fleisch als Nahrungsquelle glücklicherweise weggefallen war, dienten die Pflanzen gänzlich der menschlichen Ernährung anstatt als Futtermittel verwendet zu werden. Die globalen CO_2-Emissionen gingen drastisch zurück. Nur noch selten schwärmten die Alten verhalten von einem Steak. Der Wildtierbestand erholte sich, vor allem auch durch gezielte Nachzucht und Auswilderungsprojekte. Das Insektenprotein eroberte den Futtermittelmarkt im Nu. Unsere Hofkatze Flores bevorzugt die Sorte *Heuschrecke in Gelee mit herzhaften Stückchen.*

Ach ja, das Upgrade der Farm. Das war kurz nach meinem Outing als nicht-binäre Person. Ihr wisst natürlich, was das ist, aber die Leute damals konnten nicht viel damit anfangen. Sich zwischen oder außerhalb der Geschlechtsbinarität zu bewegen, war als Konzept so neu wie verwirrend für die meisten. Für mich war es ganz natürlich. Ich fühlte mich weder als Mann noch als Frau. Selbstverständlich haben nicht-binäre Menschen schon immer existiert, aber als stille Randerscheinung. Erst wenige Jahre vor der Plage, als ich noch ein Kind war, begannen sich, mutig geworden durch die neue Sichtbarkeit, mehr und mehr Leute zu outen. Nach der Katastrophe drängten die Menschen umso stärker zu persönlicher Selbstbestimmung. Wie gesagt, alles war damals im Umbruch, die alte Gesellschaftsordnung wurde in Frage gestellt und die

Geschlechterrollen und deren Binarität standen oben auf der Abschussliste. Ich war unter den Ersten, die sich Diplom Ingenieury nennen durften. Mit vollwertigem Universitätszeugnis und Ausweis und allem, was dazugehört. An dem Tag fühlte ich mich, als hätte ich alleine das Patriarchat gekippt. Ich sehe mich noch heute auf den Treppen der Universität stehen und mit roten Wangen mein Diplom hochhalten. Es gibt sogar irgendwo ein Foto, wo ich stolz auf das Y in Ingenieury zeige.

Die Expert*innenregierung wurde nicht müde, neue Gesetze zu beschließen. Nicht zuletzt über geschlechtergerechte Sprache. Sie schossen so schnell aus den Gesetzbüchern wie die Wind- und Solarkraftwerke aus der Landschaft. Diese gab es aus allen möglichen Materialien und in jeglicher, erdenkbarer Größe. Ich schwöre, ich hab sogar eines gesehen, das aus alten Abfangjägerflügeln zusammengeschraubt war. Dass man von fossilen Brennstoffen dringend weg musste, war jedem klar, die Reserven waren beinahe erschöpft und die Klimaerwärmung eine Katastrophe...

Entschuldigt, es gibt so viel zu erzählen, da springen meine Gedanken. In meinem Fall bedeutete die Zerstörung des Patriarchats, dass ich meine Mastektomie, also die Entfernung meiner Brüste, problemlos mit einer einfachen informed Consenterklärung einer Peerberatungsstelle von der Krankenkasse bewilligt bekam und mir die Hausärztin Testosteron verschreiben durfte. Wo die Generation vor mir, vor der Plage, noch allerhand Gutachten benötigt und Unsummen an Eigenmitteln hinblättern musste, standen nun Gesellschaft und Staat hinter mir. Ältere trans Personen hatten mir von früher berichtet. Es ist eine Sauerei, wie die Gesellschaft die Leute damals behandelt hat! Als ob irgendjemand besser wüsste, wer man ist als man selbst! Ich bin dankbar, dass ich dieses menschenverachtende System nicht durchlaufen musste. Der Tag, an dem ich zum ersten Mal oben ohne in der Sonne arbeiten konnte, war einer der schönsten Tage meines Lebens. Endlich frei vom Gewicht meiner verhassten Brüste und ohne einen einschnürenden Binder tragen zu müssen, der Wind auf meiner Haut und die Sonnenstrahlen. Es war herrlich.

Die Leute sollten sich wohl fühlen in ihren Körpern und darüber selbst bestimmen dürfen. Auch für Kinder wurde die geschlechtliche Selbstbestimmung erleichtert. Bis zwölf Jahre durften sie sich selbst entscheiden, mit Einverständnis der Eltern, und ab zwölf Jahren gänzlich allein, mit dem Recht, ihre Selbstbestimmung auch einzuklagen.

Erstaunlich, wie die Menschheit es schaffte, aus Tod und Zerstörung diesmal offener hervorzugehen. Ich denke, wir hatten begriffen, dass das ewige Gegeneinander niemandem nutzte und wir ohne Neid und Missgunst und der alten, tief verwurzelten Angst vor dem Neuen und Unbekannten, gemeinsam mehr erreichen konnten. Wer sich einmal mit riesigen Heuschrecken prügeln musste, fürchtete sich nicht mehr vor Neopronomen oder Hautfarben. Das Bekannte, Engstirnige hatte die Menschheit kurz vor die Auslöschung gebracht, es war das Unbekannte, das uns nun retten sollte. Es hatte viel Mut dazu gehört, sich neuen Denkmustern zu öffnen. Vor allem die ältere Generation musste mit verdammt vielen Denkmustern brechen, mit denen sie sozialisiert worden waren. Wie schwer es meinen Eltern gefallen ist, meine Pronomen richtig anzuwenden. Sie gaben sich Mühe, aber es war unsagbar schwierig, etwas an der Sprache, die sie zeit ihres Lebens benutzt hatten, neu zu erlernen. Dahingehend war das Entgendern mit der Mikrosprechpause eine Kleinigkeit. Doch die älteren Leute stellten sich tapfer dem Unbekannten entgegen.

Über die Jahre gingen auch endlich die Femizide zurück: Je besser die Jungen erzogen wurden, umso sicherer konnten sich Frauen in dunklen Gassen wieder fühlen. Endlich trugen die Bemühungen der vor-plagialzeitlichen #metoo-Bewegung Früchte. Meine Mutter hatte mir davon erzählt und meine Kinder lernten es im Geschichtsunterricht. Schon spannend, was sich alles ändern kann, wenn alle den Mut finden, es zu versuchen.

Natürlich war nicht alles perfekt. Vieles musste erst ausgearbeitet werden. Etwas aufwändiger war es etwa, das Sorgerecht für die Kinder durchzuklagen. Ihr müsst wissen, ich lebe mit meinen drei Partnys zusammen auf der Farm und wir haben fünf Kinder, für die wir alle das Sorgerecht beantragen mussten. Es war eines der schwierigsten Unterfangen, die Binarität von Vater und Mutter als zwar, menschheitsgeschichtlich betrachtet, recht neumodisches, aber umso hartnäckigeres Familienkonzept, aufzubrechen. Gemeinsam mit anderen polyamoren Familien klagten wir uns bis zum obersten Gerichtshof durch und bekamen schließlich Recht. Wer die Care-Arbeit für die Kinder übernahm, sollte auch erziehungsberechtigt sein dürfen.

Es braucht ja bekanntlich ohnehin ein Dorf, um ein Kind großzuziehen, und allerorts gab es unzählige Kriegswaisen zu vermitteln. Zusammen mit anderen Patchwork-Familien jedweder Regenbogenkonstellation warteten wir auf dem Amt, direkt am Tag nach dem Gerichtsbeschluss. Ich habe noch den Geruch in der Nase: nach Druckerschwärze, dem blumigen Parfüm des Sekretärs und dem unangenehmen Aroma eines Ei-Ersatzbrotes, das einer der Wartenden dabei hatte. Auf dem Amt herrschte noch Tohuwabohu und es gab keine passenden Formulare. Unser Anliegen wurde mehrfach vertagt. Nachdem wir zum dritten Mal umsonst mit Kind und Kegel angerückt waren, versicherte uns die zuständige Sachbearbeiterin, wir würden einen Anruf bekommen. Eines Tages klingelte tatsächlich mein Telefon mit unbekannter Nummer. Ich nahm ab und hörte die freudige Stimme der Sachbearbeiterin am anderen Ende: »K? Hier Desirée vom Amt. Die Formulare sind da. Sie können sofort kommen!«

Der Aufwand hatte sich gelohnt. Kinder waren die Zukunft unserer geläuterten, aber fast ausgestorbenen Menschheit. Es war ein Privileg, sie im Schatten der Windräder und Solarpaneele gesund mit Flores spielen zu sehen. Anfangs war es schwer, einen geregelten Schulalltag für alle Kinder zu gewährleisten, und so war es umso besser, dass sie mehrere Bezugspersonen hatten, die ihnen ihr Wissen vermittelten. Lou beispielsweise kannte bereits mit sieben Jahren die optimalen Einstellungen der Schalter, Hebel und Bewässerungsventile in der Hydrofarm und Zac half mit zehn Jahren im örtlichen Krankenhaus als Laufbursche mit. Die Kinder jedenfalls gediehen prächtig, ohne zwangsvermittelte Geschlechterrollen und Rosa-Blau-Nonsense. Jetzt sind sie selbst erwachsen und wir haben Enkelkinder. Natürlich, für eines davon erzähle ich das hier ja gerade.

Wo war ich? Ach ja, die anfangs schwierige Versorgung mit Ausbildung und Kindertagesstätten. Wir mussten uns neu orientieren, die Kinder halfen zu Hause mit und wurden teilweise auch zu Hause unterrichtet, bis wieder ein ordentlicher Schulbetrieb möglich war. Aber das hat gedauert, vor allem bei uns auf dem Land. Als endlich die ersten Schulen flächendeckend öffneten, war es wie bei unseren Ururgroßeltern, wo Kinder verschiedenen Alters in einer Klasse waren und die Lehrperson ihr Möglichstes tat. Die Kinder wurden in speziellen Klassen anhand ihrer Begabungen gefördert, was Motivation und Lernerfolge entschieden verbesserte.

Natürlich gab es Stimmen, die am alten Konzept festhalten wollten, aber selbst die lautesten darunter konnten nichts gegen den akuten Personalmangel tun. Manchmal hätte ich den ewig Gestrigen wirklich gerne das Maul gestopft! Entschuldigung, aber ist doch wahr!

Wo war ich? Ach ja: Wie heißt es so schön, Not macht erfinderisch, und es ist unglaublich, was die junge Generation schon alles entwickelt hat, jetzt, wo wir sie das machen lassen, was ihren Stärken und Interessen entspricht. Zudem wird in den Schulen auch auf die Gemeinschaft geachtet. Gruppenarbeiten vor Leistungsstürmern. Einander fördern und zusammenwachsen, statt schwächere Mitschüler zu mobben. Schüler* innen mit Lernschwächen profitieren von dem neuen System, da sie sich auf ihre Stärken konzentrieren konnten, ohne zwanghaft etwas erlernen zu müssen, das für sie die Hölle auf Erden war.

Meine Enkelin Micha will Archäologin werden, weil sie mir nicht glauben will, dass die Menschen früher so engstirnig waren. Kaum zu glauben, nicht wahr?

Wir haben es weit gebracht in den letzten fünfzig Jahren und ich würde gerne Mäuschen spielen, wie die Welt in weiteren fünfzig Jahren aussehen wird. Ich hoffe inbrünstig, dass die Menschheit nicht wieder in alte Muster zurückfallen wird. Faschismus, Patriarchat und Kapitalismus gehören ins Museum.

So, ich muss jetzt los, Micha zum Blockflötenunterricht fahren. Manche Dinge ändern sich wiederum nie, aber ich denke, solang es nur um das Lernen eines Instrumentes geht, spricht ja nichts dagegen. Viel Glück mit deiner Reportage und vergiss nicht, Flores zu füttern!

Bernhard Brack

Die letzte Radtour mit Großvater

»Seit jenem Tag, als ich mit meinen Blicken die Wolkenrippen befühlte und für das flüchtig Wandelbare eine Zärtlichkeit empfand, die mich überwältigte, war nichts mehr wie vorher. Als erwachte ich aus einem Traum, in dem ich meinen Bedürfnissen nachwuselte«, las Salome.

»Woher hast du das?«, fragte der alte Mann.

»Aus deinen Tagebüchern, Großvater. Wir haben doch gesagt, wir würden deine Tagebücher auf die Radtour mitnehmen.«

»Das habe ich geschrieben? Du meine Güte, das muss vor der großen Katastrophe gewesen sein.«

Die Isar war noch ein kleiner rauschender Bach, der von den Bergen her einen kühlen Wind mit sich führte. Die großen Steine im Bachbett, von stets frischen Wellen übergossen, glänzten in der Sonne. Die beiden kauten an einem Brot, das mit Trockenfrüchten gespickt und mit einer Mischung aus Pilzfäden und Knospen belegt war.

»Wie war das nach der Katastrophe 2027, Großvater?«, fragte Salome.

»Diese Dunkelheit, mein Gott, nur Schwärze vor den Augen! Wir saßen in einem Keller, die meisten an eine Betonwand gelehnt, einige versuchten es im Schneidersitz, um in einen meditativen Zustand zu kommen. Hier und dort leuchtete die Lampe eines Mobiltelefons, in deren Schein ein Vater ein Baby wickelte oder eine junge Frau in einem Buch las. Die Babys schrien kaum, waren ganz in sich gekehrt. Sie schienen die Gefahr am deutlichsten zu spüren.«

Ein Windstoß blies Großvaters Rad um. Salome sprang auf und lehnte es an einen Baum. ›Kontrolle über die Natur ist illusorisch‹, dachte sie.

»Niemand ließ die Lampe länger brennen, denn es hieß, die Elektrizität könnte uns bald ausgehen. Die von radioaktiven Strahlen mutierten Heuschrecken hatten zuerst vom Land und später auch von den Städten Besitz ergriffen. Ich weiß noch, als ich vom Studierzimmer in die Küche ging: Der Boden, der

Tisch, die Ablage, jeder Quadratzentimeter war von Heuschrecken besetzt. Mit jedem Schritt zertrat ich drei oder vier. Das gruselige Knacken unter meinen Füßen werde ich nie mehr vergessen. Ihre Ausscheidungen weichten den Beton auf, den sie danach fraßen. Häuser, Fabriken und Atomkraftwerke drohten einzubrechen. Die Regierung rief den Notstand aus und beorderte die Bevölkerung in den Keller.«

Eine Fliege trippelte kitzelnd über Salomes Nasenflügel. Sie verscheuchte sie mit einer Handbewegung.

»Wir ernährten uns von Bohnen aus Dosen oder fermentierten Früchten, alles, was wir eingebunkert hatten, bevor der Krieg ausbrach; erst im Nahen Osten, dann zwischen Nord- und Südkorea, schließlich zwischen Russland und Europa, bis er sich über die ganze Welt ausbreitete. Wir aßen während des Krieges die Angst, die wir vor dem Krieg gehabt hatten.«

»Hattet ihr keinen Kontakt mehr zur Außenwelt?«, fragte Salome.

»Doch. Einmal pro Tag durfte jemand im Astronautenanzug nach oben gehen zur Abgabestelle der Nahrungsmittel oder in unsere Wohnungen, um Gegenstände holen, die wir benötigten: Kleider, Decken, Bücher, Schreibzeug … Es wurde immer weniger, was wir benötigten, immer weniger, was wir aßen, einige begannen freiwillig zu fasten. Durch an den Decken befestigte Lautsprecher erreichten uns Durchsagen: ›Achtung, Achtung! Wir bitten Sie, in den Luftschutzkellern zu bleiben. In wenigen Minuten wird ein biologisch abbaubares Gift über Europa versprüht, um der Heuschreckenplage Herr zu werden. Es wird Wochen, vielleicht sogar Monate dauern, bis Sie den Luftschutzkeller ohne Astronautenanzug verlassen können.‹«

Salome bemerkte, wie sie selbst in eine starre Haltung verfallen war, und streckte ihre Beine.

Großvater fuhr fort: »Es geschah etwas Eigenartiges. Indem wir weniger besaßen, kam das Gefühl auf, weniger zu brauchen. Weißt du, früher, da wollten wir alle immer mehr und mehr, das kann man sich heute gar nicht vorstellen. Unsere Begierden, die sich gegenseitig nachjagten und in denen stets neue aufploppten, setzten sich wie aufgewühlter Schlamm nach einem Sturm.«

Salome verspürt Lust auf etwas Süßes, doch ließ sie ihr Bedürfnis vergehen, um Großvater zu lauschen.

»Stille trat ein. Wir begriffen oder vielmehr wir erahnten, dass unsere

Stille auch in den andern war, in jedem Ding, in den Backsteinen des Fundamentes wie in den Ziegeln auf dem Dach. Wir glaubten, Spinnen über die Wände kriechen zu hören und das Herabrieseln von Mikroteilchen des Verputzes. Sie waren Teil von uns, sie kooperierten mit uns an einem Werk, dessen Dimension für uns nicht zu fassen war. Doch dieser Zustand hielt nicht an.«

Salome wurde von einer Brise, die ihre Haare verwirbelte und einzelne über Stirn und Wange streifen ließ, ins Jetzt zurückgeholt. Sie hörte das Rauschen der Isar, das je nach Wind anschwoll oder verebbte, in einer solchen Vielfalt an Klängen, dass sie eine Melodie von Mozart zu erkennen glaubte.

»Sollen wir wieder los?«, fragte Salome. »Du kannst mir auf dem Rad erzählen, wie es weiterging.« Er nickte. Sie räumten die Essensreste in die Radtaschen und stiegen auf das Rad.

Anfahren, langsam sich lösen von dem, was war. Zu sich kommen im Fahrtwind, jedes Steinchen auf dem Asphalt, jede Rippe spüren in der sanften Erschütterung am Gesäß.

Sie fuhren durch einen Wald der Isar entlang. Morgendlicher Regen hatte die Luft aufgefrischt. Vom sich wärmenden Asphalt stiegen feine Dunstschleier auf, es roch nach Tannennadeln und Harz. Salome holte Großvater ein und bat ihn, weiter zu erzählen.

»Vor sechzig Jahren mussten wir auf der Hauptstraße fahren. Aggressives Motorengebrüll schwappte über uns und es stank nach Benzin und verbrannter Erde. Damals vermüllte Autolärm die schönsten Täler Europas.«

»Jetzt nur noch Elektroautos, und nur ganz wenige«, sagte Salome und betrachtete, während sie in ruhigem Rhythmus dahinradelten, einen Lichtstrahl, der durch den dichten Wald auf die Rinde einer kleinen Tanne fiel und sie glutrot erstrahlen ließ. Die Schönheit dieser Ellipse, aus modriger Dunkelheit gehoben, berührte sie.

»Erzähle weiter, Großvater, wie war das im dunklen Keller?«

»Wir kamen alle aus verschiedenen Ländern. Expats und Geflüchtete hatten verschiedene ethnische und religiöse Hintergründe. Doch in der Stille lernten wir, einander zuzuhören, mit dem andern mitzugehen oder auch stehen zu bleiben und den eigenen Standpunkt zu erläutern. Die Durchsage vom Lautsprecher, es gebe wieder frische Früchte und

Gemüse, veränderte alles. Wir verwandelten uns in gierige Tiere. Alle wollten den Astronautenanzug, um an der Verteilzentrale als erste in eine Frucht oder in knackiges Gemüse zu beißen.«

Salome erinnerte sich an eine Massenpanik in einem unterirdischen Bahnhof, als plötzlich Rauch aus einer dunklen Röhre drang. Großvater bemerkte die kurze Irritation Salomes, hielt eine Weile inne und fuhr dann fort.

»Da brach ein Sonnenstrahl in die Dunkelheit unseres Kellers. Kleine Staubpartikel schwammen darin und es schien uns, als wären sie Raumschiffe, die durch das Universum schwebten. Wir saßen vor dem Strahl und sehnten uns nach Weite und Licht, als plötzlich jemand in Panik schrie: ›Ein Riss! Ein Riss! Radioaktive Strahlen können in unseren Keller eindringen!‹ Tatsächlich hatten die Heuschrecken eine Öffnung durch die Betondecke gefressen, in der ein Riss entstanden war. Doch die Regierung gab Entwarnung: Die Heuschreckenplage wäre besiegt und aus den Atomkraftwerken keine weiteren Vorfälle gemeldet. In einigen Wochen könnten wir die Erde wieder zu betreten.«

Sie radelten den Sylvensteinsee entlang, ihre Blicke auf die glitzernden Flächen gerichtet, die je nach Windböe anders schillerten, ineinander übergingen, sich auflösten; ein faszinierendes Spiel der Riffelung.

»Als wir die Keller nach Monaten wieder verlassen durften, entdeckten wir die Schönheit der Natur wie neu. Eine Erdkrume auf einem noch nicht ganz entfalteten Keimling. Eine Tautropfenreihe auf einem Blattnerv. Ein Spinnennetz, dessen Fäden im Sonnenlicht zitterten. Eine Schönheit, die so unscheinbar war und doch unverletzlich und kraftvoll. Von überallher krochen Menschen aus den Kellern, aber da wir alle Stille erfahren hatten, die wir miteinander teilten, fanden wir einen anderen Umgang miteinander, waren mitfühlender geworden, achtsamer.«

Sie pedalten einen Anstieg hoch am Fuß des Brandkopfs und kamen ins Schwitzen.

»Glaubst du, dass wir es rechtzeitig schaffen bis zur Gerichtsverhandlung in München?«, fragte Großvater.

»Ich glaube schon. Und sonst nehmen wir den Vaku.«

»Den Vaku?«

»Ein Zug, der unter der Erde durch vakuumierte Röhren gleitet. Ohne Luftwiderstand braucht er fast keine Energie.«

Salome staunte immer wieder darüber, dass sich ihr Großvater an sein mittleres Alter und weiter zurück gut erinnerte, seit seinem Unfall aber in den 2050er Jahren fast alles vergessen hatte. Damals wurde eine partielle Amnesie diagnostiziert. Erst kürzlich hatte er sie gefragt, weshalb es kaum noch Flugzeugstreifen am Himmel gebe, und sie hat ihm erklärt, das sei wegen dem Vaku.

»Weißt du was, Großvater? In Bad Tölz nehmen wir uns ein Hotelzimmer.«

»Das ist eine gute Idee, Salome.«

Im Anschwellen des Fahrtwindes rollten sie hinab zur Isar. Sie begegneten Radfahrern, die ihnen entgegenkamen: die einen nickten, andere grüßten oder hoben die Hand. Das Geheimnis des Grußes. Die unsichtbare Brücke zwischen Menschen, die weit entfernt voneinander sind, vielleicht sogar nichts miteinander zu tun haben. Grüß Gott. Welchen Gott eigentlich?

»Großvater, in deinen Tagebüchern des Aufbruchs zitierst du oft Rumi. Ein Zitat lautet: ›When a Christian longs to be forgiven, the priest disappears in that longing. Water flows out of the ground over a stone. No one calls it a stone anymore.‹ Warum gerade Rumi?«

»Die Katastrophe von 2027 verstärkte die Migrationswellen. Ländereien, die verseucht waren, unter Wasser standen oder wegen extremen Temperaturunterschieden nicht mehr bewirtschaftet werden konnten, mussten verlassen werden. Es fand eine nie dagewesene Durchmischung von Ethnien, Kulturen und Religionen statt.«

Salome war zu nahe an den Großvater gefahren, ihre Lenker berührten sich beinahe. Sie konnte mit einem Schlenker gerade noch abdrehen.

»Die Menschenrechte gewannen an Bedeutung, doch konnten sie in ihrer Tiefe nicht allein durch die Rationalität erfasst werden. Da entdeckte ich Rumi. Mit seinen mystischen Bildern, seinem Humor und seiner Spiritualität erfasst er den Kern unterschiedlicher Religionen.«

Vor ihnen tauchte ein Atomkraftwerk auf, das in den 2030er Jahren wegen Elektrizitätsmangels gebaut worden war, nun aber wieder stillstand. ›Was geschieht‹, fragte sich Salome, ›wenn die Kraftwerke unserer Gedanken stillstehen?‹

»Vielleicht war die Katastrophe notwendig, um uns die Sehnsucht nach etwas Höherem als unser Ego ins Bewusstsein zu rufen. Die gesamte

Schöpfung rückte in den Vordergrund. Entwicklungsfreundlich ist, was alle Wesen berücksichtigt ebenso wie die seelisch-geistigen Dimensionen. Auf ihren höchsten Entwicklungsstufen wird die Schöpfung und mit ihr die Menschheit sowieso verschwinden.«

Salome staunte darüber, wie rund und beinahe mühelos ihr Großvater über den Radweg pedalte. Manchmal blieb sein Blick an etwas hängen oder tauchte vielmehr darin ein. Sie folgte seiner Kopfbewegung und sah eine Wolke über einen bewaldeten Hügel streichen. Wie viele Augen vor ihnen hatten das schon gesehen? Wie viele Augen nach ihnen würden es sehen? Für einen Augenblick war ihr, als ob sie mit allen Augen gleichzeitig schaute, wie die Wolke aus der unendlichen Tiefe der Zeit hinter dem Hügel verschwand.

In Bad Tölz fuhr Salome voraus. Sie fand das Hotel schnell, das sie im Voraus gebucht hatte. Die Rezeptionistin nahm sich Zeit für ihre Gäste. Dieses Haus, erklärte sie, sei noch vor den Aufständen der Bauern, die 1525 eine frühe Fassung der Menschenrechte proklamiert hätten, erbaut und seither oft renoviert und erweitert worden, das Neue in würdevollem Zwiegespräch mit dem Alten. Gerne wollte sie ihnen die Räumlichkeiten zeigen, die ihnen neben ihren Zimmern zur Verfügung ständen. Sie führte ihre Gäste eine Wendeltreppe hinab und erklärte: Noch bis in die späten 2040er Jahre sei das Untergeschoss als Tiefgarage benutzt worden, danach sei ein Wellnessbereich eingebaut worden und seit 2069 gäbe es hier Räumlichkeiten, die dem seelisch-geistigen Wachstum dienten: Raum der Einkehr, der Begegnung und Berührung, des gemeinsamen Kerns aller Weltreligionen, des Abschieds vom Patriarchat.

Da sie hungrig waren und möglichst bald duschen und essen wollten, schauten sie nur kurz in die Räume, vor dem Raum *Abschied vom Patriarchat* blieben sie aber länger stehen.

»Hier drinnen wird Fluch und Segen des Patriarchats erläutert«, sagte die Rezeptionistin.

»Segen?«, fragte Salome.

»Die damalige Staatlichkeit ging Hand in Hand mit dem Patriarchat, doch versteckte sich darin die Unterdrückung der Frauen und die Ausbeutung der Natur. Umweltkatastrophen, Feminismus und später die LGBTQIA*-Bewegung legten deren Mängel offen. Zum Glück haben wir die Stufe des Patriarchats überwunden, indem wir der Diversität Beachtung schenkten und unseren Blick für die Innenwelten schärften.«

Nachdem sie am nächsten Morgen gepackt, die Wasserflaschen gefüllt und die Räder beladen hatten, empfand es Salome wieder, das Geheimnis des Losfahrens: den Ort bereits verlassen zu haben, aber im Fahrtwind noch nicht zu Hause. So musste sich ein Schmetterling fühlen, der dem Kokon entschlüpft war und erste Flugversuche unternahm.

Sie radelten an der Industriezone vorbei und sahen Androiden Plexiglasrohre für den Vaku zusammenschweißen. Als sie wieder in den Wald kamen und unter den Bäumen die Restkühle der Nacht spürten, sagte Salome:

»Großvater, ich bin verliebt!«

»Aber Salome, du hast doch einen Freund.«

»Das sagt Mensch heute nicht mehr«, belehrte Salome lachend, »denn erstens definiert Freund das Geschlecht, während Liebespartner*in geschlechteroffen ist. Und zweitens klingt bei *haben* Besitz an. Liebe und Besitz widersprechen sich.«

Großvater nickte.

»Nach unserem gestrigen Nachtessen war ich im Raum der Begegnung und Berührung. Da fühlte ich einen Finger, der meinen Nacken sanft berührte und über meinen Rücken streifte. Mir war, als öffnete sich in mir die Türe zu einem anderen, subtileren Körper. Ich bin immer noch ganz verwirrt.«

»Mit der Freiheit wächst die Verantwortung.«

»Ja! Soll ich ihn wieder treffen? Die Antwort wird kompliziert, wenn ich an meinen Liebespartner denke«

»Oder sie ist einfach«, sagte Großvater und lachte. »Aber lass mich das erklären. In den 2040er Jahren geschah ein tiefgreifender Wechsel in der Pädagogik. Bei allen Verhaltens-, Ausdrucks- und Denkweisen stellte mensch sich die Frage: Ist es ein Ausdruck von Liebe oder ein Ruf nach Liebe? Dies veränderte nicht nur die Erziehung, sondern alle Lebensräume. Keine intellektuellen Ideologien, keine noch so ausgeklügelten spirituellen Systeme, sondern die Liebe selbst wurde zur Grundlage der Betrachtungsweise.«

Salome schwieg. Sie ließ Großvaters Worte verklingen, im Vertrauen darauf, dass sie später einen Resonanzraum in ihr finden würden. Jetzt wollte sie den Fahrtwind genießen, als ob Küsse über ihre Wangen streiften …

»Du hast Mathematik studiert, Salome. Warum eigentlich Mathematik?«, fragte Großvater.

»Mathematik ist abstrakter als die Naturwissenschaften und logischer verknüpft als andere Geisteswissenschaften. Sie ist die unendliche Annäherung ans Unfassbare.«

»Ist das nicht frustrierend?«

»Nicht, wenn ich mich der unendlichen Annäherung ergebe.«

Je mehr sie sich München näherten, umso mehr Radfahrer waren unterwegs, doch hatten sie immer noch genügend Platz, um nebeneinander zu radeln. Die Autobahnen waren umgebaut worden, eine Fahrrichtung wurde nur von Rädern benutzt.

»Weshalb tragen so viele seidene Tücher, die im Fahrtwind flattern?«, fragte Großvater.

»Sie erinnern an die Seele, die mitfährt.«

»War das nicht schon in den 2060er Jahren so? Ich habe vieles vergessen. Was waren seit meinem Unfall die wichtigsten weltpolitischen Ereignisse?«

»Hui, Großvater! Ich will es versuchen. Einerseits geschah der Zusammenschluss von Nationen zu Verbunden. Kein Land wurde allein gelassen und die Brüche – ähnlich der japanischen Kunst des Kintsugi – mit dem Gold multiperspektivischen Verständnisses geheilt. Die Verbunde ihrerseits suchten miteinander nach Kompromissen, um die globalen Probleme zu lösen.«

Salome verspürte den Druck, den sie manchmal im Studium empfand, wenn ihr Wissen auf dem Prüfstein stand, obwohl ihr Gegenüber der wohlgesinnte Großvater war.

»Und andererseits einigten sich alle auf ein Weltgericht, dessen Gesetze auf den Menschenrechten basieren und von einem Weltparlament weiterentwickelt werden. Das Parlament wiederum setzt sich zusammen aus führenden Wissenschaftler*innen, Kulturschaffenden und spirituellen Vertreter*innen aus aller Welt, die von einer universellen Moral geleitet sind. Die Weltpolizei sorgt für die Durchsetzung der Weltordnung.«

»Funktioniert das?«

»Wir sind auf dem Weg, Großvater. Vielleicht erfahren wir an den Verhandlungen des Weltgerichthofes in München mehr darüber, wie es funktionieren könnte ... Schau, Großvater, die kuppelartigen Häuser am Flusslauf der Isar. Das sind Sterbehäuser. Du solltest sie in der Nacht sehen, wenn sie leuchten! Menschen sollen nicht in Krankenhäusern, Heimen oder dunklen Zimmern sterben. Ihr Licht soll hinaus und hinauf strahlen.«

Sie machten eine Pause, lehnten ihre Räder an den Stamm einer Linde und setzten sich ins Gras. Salome erinnerte sich an ein Haiku, das sie im Tagebuch ihres Großvaters gelesen hatte:

> Die Linde hütet
> Das Geheimnis der Winde:
> Bewegte Ruhe

»Hast du Angst vor dem Sterben, Großvater?«

»Ich hatte große Angst vor dem Sterben. Ich schmückte mich mit Büchern, schrieb Geschichten und Gedichte. Doch der Tod stoppt jedes Gerede. Da entdeckte ich die Kleinunsterblichkeiten, zum Beispiel die Lindenblätter im Wind. Ich vertraue darauf, dass ich mich in einer Stille, die in allen Dingen ist, wiederfinden werde.«

Sie schwiegen. Tranken Wasser. Schauten auf die Isar und lauschten der Klangvielfalt.

»Wann ist die Gerichtsverhandlung, Salome?«

»Morgen um zehn Uhr.«

»Sollen wir den ... Vaku nach München nehmen und dort übernachten?«

Am nächsten Morgen kamen sie gerade noch rechtzeitig in den Gerichtsaal, der einem großen Amphitheater glich, aber mit einem gläsernen Spitzdach bedeckt war. Salome las den Satz, der in großen Lettern über der Richterin stand: Was immer dein Urteil ist, vergiss nicht, dass du Teil des Urteils bist, und flüsterte dem Großvater zu: »Das letzte Mal wurde die Klage von Pflegefachpersonen gegen ein KI-Unternehmen, das Mitgefühl und Empathie für humanoide Roboter beanspruchte, gutgeheißen.«

Dann schlug die Richterin mit dem Hammer auf den Tisch und eröffnete die Sitzung: »Heute geht es um die Klage von Kindern und Jugendlichen gegen das Bildungswesen. Ich bitte die Ankläger*innen, das Wort zu ergreifen.«

Aus einer Gruppe von Kindern und Jugendlichen, die linkerhand der Richterin saßen, stand die Anklägerin auf und erhob das Wort: »Seit der Einführung des Grundlohnes für alle, hätten die Prioritäten im Bildungswesen anders gesetzt werden müssen. Es geht nicht mehr um die Ökonomisierung des Wissens, sondern um die Entwicklung der Persönlichkeit mit seinen vielfältigen Fähigkeiten.« »Genau!«, riefen einige Jugendliche dazwischen. »Wir wollen nicht auf unseren Nutzen hin reduziert werden!«

»Viele Schulen unterliegen dem Wahn der totalen Erfassung. Wie früher nur Spitzensportler*innen sind wir Schüler*innen gläsern geworden: Alles wird gemessen, für alles gibt es einen Test, überall wird eingeordnet, um uns die vermeintlich besten Entwicklungsmöglichkeiten aufzuzeigen. Dabei geht das Vertrauen in die Entwicklung verloren, das Vertrauen in das Mysterium Leben, das seinen eigenen Herzschlag hat.«

Die Augen der Richterin blieben lange auf der Anklägerin ruhen. Vom Pult der Verteidigung her war ein Räuspern zu hören. Eine Wolke zog über das gläserne Dach. Salome fühlte eine Hand auf ihrer Schulter.

»Ich freue mich«, sagte Großvater. »Ich glaube, wir sind weitergekommen.«

Quellenangaben

Diese Geschichte enthält ein Zitat aus
Coleman Barks, The soul of Rumi, HarperOne, 2001.

Johanna Brenne

Sonnengeküsst

Ihr wollt wissen, wie es damals wirklich war, in der Zeit, die ihr so wohlklingend *Zeit des Aufbruchs* nennt? Gut, ich erzähle es euch, zumindest meinen Anteil daran. Ich bin alt, ich kann ehrlich sein, die öffentliche Meinung interessiert mich nicht mehr. Aber beschwert euch nicht über mangelnde Glorie und darüber, dass ich nicht die Heldin bin, die ihr in mir seht. Die Heldenrolle gebührt anderen. Ich wollte sie nie haben, aber man gab sie mir, denn Glitzer und Rampenlicht standen mir gut.

Natürlich habe ich sie genossen, die Bewunderung, die Aufmerksamkeit, ich habe dafür und davon gelebt, und das nicht schlecht. Ich war eine Pflanze der Öffentlichkeit, ein Social Media Wesen, nicht mehr, nicht weniger. Ihr könnt das verurteilen, aber bedenkt: Genau das, was ihr heute als verachtenswert betrachtet, hat mir damals die Macht verliehen, Dinge zu ändern. Oder zumindest zu beeinflussen.

Ihr wollt wissen, wie es angefangen hat? Ihr hofft auf Prinzipien, auf Schock und Erleuchtung? Aber das kam später. Am Anfang stand ein Kuss mit Orangengeschmack. Ein Kuss in der Sonne, auf einer High Society Party.

Ja, die gab es damals noch, trotz der Not der Jahre, die vorangegangen waren. In manchen Kreisen wurde immer noch mit Geld um sich geworfen, Nachhaltigkeit war ein Witz-Wort. *Zukunft* war höchstens der Titel des nächsten Films, Songs oder Posts. Sowieso drehte sich alles nur um die eigene Person, vielleicht noch um die eigenen Follower, aber das war es auch schon. Die Plage war niedergekämpft, alles war gut. Zumindest für uns, die wir die Bubble des Reichtums als unser Zuhause betrachteten. Unser Staat war wieder aufgestanden, mit Maschinen, Technik und Pestiziden, das reichte uns. Dass Menschen Hunger litten, in unseren Städten, aber mehr noch in anderen Ländern, dass ganze Völker in Bewegung gekommen waren und nebenbei die Welt immer unbewohnbarer wurde, ignorierten wir.

Doch zurück zur Party: Eine Gartenparty mit Swimmingpool und Blick die Steilküste hinunter zum Meer. Die Sonne schien, ein leichter Wind wehte. Ich war ein bisschen überdreht, weil mir der junge Mann gefiel, der mir soeben frisch gepressten Orangensaft gebracht hatte, das Luxusgetränk der Stunde. Er hatte eine kleine Rolle in einer Serie, dazu verträumte Augen und wunderbar dichtes, wuscheliges Haar, durch das der Wind strich. Ich begann, mit meinen Fingern darin zu spielen, später küssten wir uns. Wenn ihr einen Punkt haben wollt, der alles in Rollen brachte: nehmt diesen.

Ein paar Wochen später, er war inzwischen bei mir eingezogen, kamen wir auf die Idee mit dem Gastauftritt. Es war schon fast zwei Wochen her, dass ich mein letztes Musikvideo online gestellt hatte, meine Fans warteten auf mehr. Mir aber fiel nichts Neues, Atemberaubendes ein. Also konnte ich genauso gut in der Serie meines Freundes mitspielen. Ein kurzer Auftritt nur, ein paar Worte, ich würde strahlen wie immer. Es würde mein Aktivitätenloch füllen und der Serie den Aufmerksamkeits-Boost geben, den sie so dringend brauchte. Wenn nur ein Zehntel meiner Follower in der Serie hängen blieb, war die Show gerettet und die Karriere meines Liebsten auch. Gesagt, getan.

Es war eine dieser schnellen Produktionen der damaligen Zeit: flott abgedreht, flott konsumiert und bald wieder vergessen. Um der actionreichen Handlung mehr Tiefe zu verleihen, hatte man ihr einen klimabewussten Anstrich gegeben.

Während ich auf dem Set wartete, blätterte ich in einem Zeitschriftenartikel, der als Hintergrundinformation ausgelegt worden war. Der Text handelte von fehlenden Speichermöglichkeiten für Sonnen- und Windenergie. Ich fand es aberwitzig: Strom aus Sonne und Wind wäre genug da, aber keine vernünftige Möglichkeit, ihn länger aufzuheben? Spontan, wie ich damals war, schickte ich einen Social Media Post in die Welt:

> Kaum zu glauben, wie ironisch das ist.

Ich schrieb ein paar Fakten aus dem Artikel ab, dazu ein Foto von mir mit theatralisch verdrehten Augen. Natürlich sah ich dabei umwerfend aus. Dann kam mein Auftritt, ich vergaß die Sache, bis die Reaktionen hereinströmten.

Da waren natürlich meine üblichen Follower, die es liebten, sich über Dinge aufzuregen. *Kaum zu glauben* wurde zum Meme des Tages, mit unzähligen Versionen meiner verdrehten Augen. Lustig, auch wenn die meisten natürlich nicht annähernd so gut aussahen wie ich. Ich war es gewohnt, dass jeder Schnipsel von mir viral ging, nichts Besonderes also.

Ungewöhnlich waren allerdings die anderen Reaktionen. Auf einmal hatte ich Kommentare aus der Wissenschaftsbubble in meinem Thread: Ernsthafte Leute, die versuchten, mir die Problematik zu erklären. Ich verstand kaum die Hälfte davon, aber weil es mir gefiel, eine völlig neue Gruppe zu erreichen, postete ich die Kommentare unter #KaumZuGlauben, #WohinMitDerSonnenenergie und #WasMachenWirMitDemWind. Ich war stolz auf meine neuen Tags, es war mal etwas anderes als Mode, Musik und Lifestyle. Natürlich gingen auch diese Posts viral, meine Follower hatten ein neues schickes Hobby gefunden: Klimabewusstsein.

Vermutlich wäre es dabei geblieben. Ich hätte das Thema vergessen und ein paar Tage oder Wochen später einen anderen Hype kreiert, wenn nicht diese Nachricht herein geflattert wäre: Eine kleine Firma, die im Bereich Speicherbatterien forschte, lud mich zu sich ein. Später erfuhr ich, dass ein junger Praktikant die Nachricht geschrieben hatte. Genauso spontan wie ich meinen ersten Post zu dem Thema, und ohne sich vorher mit irgendjemandem abzusprechen. Die Firmenchefs waren völlig perplex, als meine Managerin dort anrief, um einen Termin auszumachen, aber sie sagten sofort zu. Gratis Publicity abzulehnen konnten sie sich nicht leisten, auch wenn sie keine Ahnung hatten, was sie mit mir anstellen sollten.

Am Ende führte sie mich durch ihre Abteilungen. Sie erzählten eine Menge von vielversprechenden Tests, neuen Wegen und mangelnden finanziellen Ressourcen. Ich postete Selfies von mir mit drei bebrillten Forschern in weißen Arbeitskitteln und schrieb dazu:

> So kluge Kerle, aber keiner hilft ihnen! #KaumZuGlauben.

Keinen Tag später hatte meine Managerin Einladungen von weiteren Firmen erhalten, die auch in dem Gebiet tätig waren. Ich ging zu einigen hin, weil die Typen nett waren und irgendwie beeindruckend in ihrer Ernsthaftigkeit. Weitere Posts folgten, und weil ich bei meinem nächsten Pressetermin ohnehin nicht wusste, was ich Spannendes erzählen sollte, berichtete ich von diesen Treffen. Der Artikel wurde mit *#Kaum-ZuGlauben* übertitelt und erschien in einem der damals großen online Society-Magazine.

Es war eine Zeitschrift, die offenbar auch von Politikern gelesen wurde, oder zumindest von deren Public Relations Teams. Vermutlich wollten die ursprünglich nur überprüfen, ob nichts Skandalöses über ihre Schützlinge veröffentlicht wurde. Aber einer dachte wohl, ein Treffen zwischen seinem Politiker und mir würde im Wahlkampf die Schienen *Klima* und *junge Leute* gleichzeitig bedienen. Ich traf mich mit ihm, weil ich dachte, vielleicht hilft es ja den netten Forschern ein bisschen. Sie hatten sich so viel Mühe gegeben, mir ihre Projekte zu erklären, während ich nach kurzer Zeit nur noch genickt und gelächelt hatte.

Was soll ich sagen? Es half. Vermutlich weil Wahlkampf war und sich die anderen Parteien in Windeseile auch mit dem Thema schmücken wollten. Aber egal. Mein #KaumZuGlauben war von der Sparte *Society* in die der seriösen Politik gewechselt, dorthin, wo das Geld verteilt wurde. Förderungszusagen strömten herein, die großen Zeitungen berichteten, Lobbys sahen ihre Chance und sprangen auf das Thema auf. Auf einmal waren diese Technologien nicht mehr »unrentabel«, sondern »zukunftsträchtig«. Ein Wort, bei dem auch die großen Konzerne aufhorchten. Die Maschine begann zu arbeiten.

Die Weltwirtschaft war damals ein eigenartiger Mechanismus. Einerseits unglaublich träge, andererseits schnell anpassungsfähig – sobald die Motivation stark genug war. Es ging nie darum, dass die großen Bosse plötzlich ihr Gewissen entdeckt hatten, auch wenn sie das später alle behaupteten. Was sie entdeckt hatten, war schlicht ein populärer Trend, den sie sich zu Nutze machen konnten. Sie polierten damit ihr Image auf und strichen gleichzeitig öffentliche Gelder ein. Genauso wie die Damen und Herren aus der Politik – zumindest der Großteil – einfach auf die nächsten Wahlen schielten. Dass sie die Weichen für eine neue Zukunft stellen wollten, war nur eine Plattitüde. Kaum zu glauben, dass sie sich bewahrheiten sollte.

Und ich? Ich sonnte mich in der allgemeinen Aufmerksamkeit. Jung, berühmt, gutaussehend, klimabewusst. Die neue Heldin, die der Welt die Augen geöffnet hatte. Die Werbeeinnahmen meiner Kanäle explodierten, das Leben war schön wie immer.

Bis ich die Idee hatte, mich als nächsten Schritt mit einer bekannten Klimaaktivistin zu treffen. Sie war die Anführerin einer Art Kommune auf dem Land. Eine Spinnerin mit einer treuen Anzahl Follower, aber natürlich nichts im Vergleich zu mir. Sie engagierte sich schon seit Jahren für die Themen *Klimagerechtigkeit, neue Bescheidenheit* und *Nachhaltigkeit.* Ich hielt es für eine hervorragende Idee, sie zu besuchen. Es würde meinem Engagement eine neue Facette hinzufügen. Bilder von mir in der Natur, Seite an Seite mit der Aktivistin, würden meine Popularität bestimmt noch steigern, und gut für die Sache wäre es auch. Ich fuhr also hin. Ich hatte es mir als Überraschung ausgedacht, die Verblüffung auf den Gesichtern würde sich gut machen. *Der junge Star der Klimabewegung spricht mit Männern und Frauen der ersten Stunde* oder so. Ich malte mir schon die Dankbarkeit aus, die mir entgegenschlagen würde.

Tja. Sie hat mich rausgeschmissen. Oder besser, gar nicht erst reingelassen. Ich stand da, vor dem Eingang zu ihrem komischen kleinen *Paradies* und wartete. Es dauerte ewig, bis sie kam, eine Frau von Mitte 40, mit schmutzigen Händen, weil man sie irgendwo aus dem Feld geholt hatte. Ich hätte ihr trotzdem die Hand gegeben, *Glamour trifft harte Arbeit,* aber sie blieb in einigem Abstand zu mir stehen, mit vor der Brust gekreuzten Armen.

»Was willst du hier?«

Was für eine Frage! Hereinkommen wollte ich, Fotos machen, Small Talk, vielleicht einen Happen essen von ihrem tollen Gemüse oder was sie da anbauten.

Sie schüttelte den Kopf.

»Du hast hier nichts verloren. Glaub nicht, dass du eine von uns bist.«

Ich begann zu stottern. Wusste sie denn nicht, wer ich war? Was ich erreicht hatte? Alle hatten mich für mein Engagement gepriesen, aber diese Frau sah mich an, als wäre ich wertlos.

»Du spielst nur.«

Ich protestierte. Hatte ich nicht Politik und Forschung zusammengebracht? Boomten die Aktien der Speichertechnologiefirmen nicht weltweit? Begannen die Preise für Batterien nicht zu sinken? Wurde die Welt nicht besser, durch mich?

Sie lachte.

»Was hast du aufgegeben, für das, was du dein Engagement nennst? Nichts. Du profitierst sogar davon.« Nochmals dieses abfällige Kopfschütteln. »Solange du nichts dafür aufgibst, ist es nicht ernst. Solange du profitierst, ist es nicht echt. Du gehörst nicht zu uns.« Sie drehte sich um und verschwand hinter ihrem Holztor, ein Riegel fiel ins Schloss, dann Stille.

Da stand ich, in meinem neu gekauftem Outdoor-Outfit mit den coolen Sneakern. Meine Managerin ließ ihr Handy sinken. Sie hatte alles gefilmt. »Ich glaube, das posten wir nicht«, sagte sie nur. Wir fuhren nach Hause.

Natürlich posteten wir es nicht. Das Ganze hätte auch eine Überraschung auf meinem Account sein sollen. Nun, die war geplatzt. Ich postete andere Dinge, erfolgreichere, hübschere, versuchte den Blick zu vergessen, das Lachen, das Kopfschütteln.

Aber etwas nagte. »Solange du nichts dafür aufgibst, ist es nicht echt.«

Ich hätte es einfach vergessen können, stattdessen wurde ich wütend. Was dachte sich diese komische Frau in ihrem hässlichen Overall eigentlich? Was hatte sie schon erreicht, im Vergleich zu mir? Sie veröffentlichte pathetische Pamphlete im Internet, lebte da mit einer Handvoll Leute und bewirkte rein gar nichts. Vermutlich verstand sie die ganze Problematik dreimal so gut wie ich, was nicht schwer war. Wahrscheinlich war sie sogar der klügste Kopf der ganzen Klimabewegung. Aber hatte sie eine Armee von Followern? Ein Forum? Geld? Macht? Ich hingegen …

Es war mitten in der Nacht, als mir der Gedanke kam. Ich stand auf, holte das Video von unserem Zusammentreffen aus der Cloud.

»Dir zeig ich's. Du glaubst, ich spiele nur? Schau her, was ernst bedeutet«, zischte ich der Aktivistin auf meinem Bildschirm zu.

Ich lud das Video hoch, ungeschnitten. Dazu den Text:

> Nicht ernst? Wartet ab!

Dann weckte ich meine Managerin und erklärte ihr meinen Plan. Sie fragte mich, wie viel ich getrunken hatte. Ich drohte, sie zu feuern. Da tat sie, was ich verlangte.

Ich übertrug meinen ganzen Besitz an die Stiftung der Aktivistin. Alles bis auf den letzten Cent. Dann postete ich auf meinen Kanälen Screenshots der Transaktionen unter #WirMeinenEsErnst und machte mich auf den Weg zurück zum Camp.

Es war früher Morgen, als ich dort ankam. Vermutlich war sie schon auf, ließ mich aber wieder warten.

Ich zeigte ihr das Video. Die Posts. Ich lachte, betrunken von dem Moment, überdreht von der Tragweite dessen, was ich getan hatte. »Ich hab kein Haus mehr. Ihr müsst mich aufnehmen. Ich gehöre jetzt zu euch.«

Sie schwieg, den Blick auf dem Handy, das ich ihr hinhielt. Dann nickte sie. »Komm rein.«

Das war der Anfang, so wie ihr ihn kennt. Die Verbindung des Glamour Girls mit der Aktivistin. Mein Geld, mein Einfluss, meine Kanäle. Ihr Wissen, ihre Ernsthaftigkeit, ihr Idealismus. Auf einmal hatte sie ein Forum, hatte Macht. Ich hatte einen Ort zu bleiben, viel zu lernen. Was haben wir uns gestritten in den ersten Monaten, aber nie mehr vor der Kamera. Sie war zu klug, um die Chance nicht zu packen.

Meine Follower? Ein Teil beließ es bei euphorischen Kommentaren, aber eine wachsende Gruppe griff das Motto #WirMeinenEsErnst auf. Die Gelder für die Stiftung strömten herein. Es begann zum guten Ton zu gehören, dafür zu spenden. Wer es nicht tat, begab sich in Gefahr, als rückständig betrachtet zu werden. Einige versuchten, ebenfalls in der Kommune unterzukommen, aber niemand wurde hereingelassen. Die Aktivistin spürte, wer wirklich dazu gehörte, und wies alle ab.

Ich blieb das Gesicht der Aktion, weil sie das Rampenlicht scheute und Interviews nur gab, wenn es sich nicht vermeiden ließ. Es war meine Aufgabe, die Stiftung nach außen zu vertreten. Mehr und mehr tat ich es nicht nur mit meinem Gesicht und ein paar Hashtags, sondern auch mit meinem Verstand. Mit meinem Herzen.

Irgendwann haben sich unsere Wege wieder getrennt, ihre und meine. Da war die Bewegung uns längst entwachsen, wir waren nur noch Symbole. Wir sind es immer noch. Ich nehme an, die Menschheit braucht Symbole. Braucht Leute, die einen Schubs geben können, dazu das Glück, dass der Schubs im richtigen Moment kommt. Das war es, wofür ich verehrt werde. Nichts als ein Schubs, aber er hat Dinge ins Rollen gebracht, und heute leben wir in einer anderen Welt.

Die Aktivistin, meine liebe Freundin, ist längst verstorben. Ihr Begräbnis war das einzige, zu dem ich je gegangen bin. Vermutlich muss ich demnächst auf mein eigenes, aber das ist ja etwas anderes.

Warum ich das alles erzählt habe? Ihr habt gefragt. Und ich dachte, vielleicht ist es Zeit. Auch wenn es euch eine Heldin nimmt. Auch wenn ihr denkt, das ist ja alles #KaumZuGlauben.

Lilian Dexter

Die Erfindung der Heuschrecke

Liebes United Earth Team,

für den Aufruf Facetten des Aufbruchs *möchte ich einen etwas überarbeiteten Tagebucheintrag meines Onkels einreichen. Er ist zwar kurz schon nach dem Aufbruch geboren, aber daran sehen wir sehr schön, wie die bösen Geister Stress und Gier auch einen guten Menschen auf den falschen Weg bringen.*
Wenn ich erwachsen bin, würde ich gerne als Richterin arbeiten. Ich hoffe, dass mein Text aufgenommen wird.

Liebe Grüße

Lilian

München, den 23. September 2063

Das wird vermutlich der längste Eintrag, den ich je in meinem Tagebuch festhalten werde. Aber es war ja auch ein denkwürdiger Tag. Er begann damit, dass ich zu einer Verhandlung musste.

Ich eilte durch die Tür des Gerichtsgebäudes. Es war eines der neuen Bauwerke, lichtdurchflutet und komplett nachhaltig gebaut. Oberhalb des Eingangs leuchtete das Emblem der United Earth, ein bunter Kreis, der über einer schwarzen Heuschrecke thronte. Ich fand diesen Hinweis auf die Plage jedes Mal albern. Das war Geschichte und vorbei. Die Kriege waren beendet und der Rest der Menschheit hatte sich auf die grünen Inseln verteilt. Warum müssen wir so ein Gewese darum machen?

Während ich durch den langen Flur zu meinem Sitzungssaal hetzte, klingelte mein Handy. Einer meiner Lieferanten. Im ersten Moment wollte ich ihn wegdrücken, aber ich konnte auf diese Firma nicht verzichten. Sie waren die

Einzigen, die den Rohstoff in dieser Qualität liefern konnten. Mein Produkt war konkurrenzlos, doch ich wollte trotzdem keine Abstriche machen. Der Name *Dupont* stand für sich. Billigen Pfusch sollten die anderen liefern.

»Haben Sie jetzt die Bescheinigung?«

»Ihnen auch ein herzliches Grüß Gott, Herr Dupont.«

Oh, wie ich diesen arroganten Deppen hasste. Ich hatte keine Zeit für diese altmodischen Höflichkeitsfloskeln, daher antwortete ich: »Also, was ist mit den Bescheinigungen?«

»Ich werde nicht über meine verträglichen Mengen gehen, das wissen Sie selbst. Wenn wir mehr des Minerals abbauen, dann kann sich die Umwelt dort nicht schnell genug regenerieren. Also nein, keine Bescheinigung. Suchen Sie sich jemand anderen, ich werde nicht zurück in die alte Zeit gehen.«

Ich legte kommentarlos auf. Der Gang schien sich ins Unendliche zu ziehen. Zum Glück war ich durchtrainiert. Meine eiserne Disziplin war eben doch zu etwas gut. Ich wollte nicht laufen, das kam mir unprofessionell vor, aber ich fiel in einen leichten Trab, um vielleicht doch noch ein paar Minuten gut zu machen.

Ein Roboter kam auf mich zu und wollte wissen, ob ich Unterstützung benötigte. »Herrgott, sehe ich etwa aus, als bräuchte ich das?«, schnauzte ich ihn an.

Er rollte weiter. Zum Glück hatte er keines dieser sinnlosen Emotionsmodule eingebaut, bei denen ich mir immer vorkam wie im Kindergarten.

Ich war viel zu spät dran, weil die Vorstandssitzung länger gedauert hatte als geplant. Ich hatte das erste Mal Probleme gehabt, meine Mitarbeitenden zu motivieren. Irgendwie glaubten sie nicht mehr, bei einem wichtigen Projekt dabei zu sein. Es ist mühsam, sie ständig bei der Stange halten zu müssen. Früher waren die Menschen auf ihre Jobs angewiesen. Da hielten sie ihren Vorgesetzten nicht vor, was sie zu tun und zu lassen hätten. Wenn ich ein luxuriöseres Büro hätte, dann wäre den Leuten sofort klar, wen sie vor sich hatten. Aber damit bin ich ganz offensichtlich über dem Fußabdruck, der mir zusteht. Den mir diese Schlaumeier von Kalkulatoren zugestehen.

Mein Anwalt, aus einer der angesehensten Wirtschaftskanzleien natürlich, wartete schon im Vorraum auf mich. Ich hatte lange mit ihnen verhandeln müssen, bis sie einsahen, dass mein Fall zu gewinnen war.

Es gab selten Gerichtsverhandlungen, bei denen jemand gegen seine Abgaben klagte. Normalerweise gaben die Menschen im Rahmen ihrer Möglichkeiten das, was üblich war. Nur wenn jemand so wie ich über seinen Fußabdruck kam, wurde ein offizielles Verfahren eingeleitet.

Aber als ich den alten Mann sah, der mich hier vertreten sollte, rutschte mein Herz in die Hose. Seine weißen Haare standen in alle Richtungen und er hätte Albert Einstein doubeln können, wenn er nicht in diesem albernen Leinenkleid herumlaufen würde. Ich ignorierte seinen billigen Modegeschmack und grüßte kurz.

»Es tut mir leid, die Kollegin, mit der du bis jetzt zu tun hattest, ist leider erkrankt. Aber ich bin über deinen Fall bestens informiert. Wir werden ein gutes Ergebnis erzielen.«

Er hatte offenbar kein Problem mit meiner Verspätung, aber die Richterin würde verärgert sein. Warum blieb er so unbeteiligt hier draußen stehen, statt sich beim Gremium für mich zu entschuldigen?

Wir gingen in den Verhandlungssaal. Auf dem Sitzungsschild stand nur mein Name. *Ferdinand Dupont.* Kein Gegner. Ich sah das anders. Es war mein Kampf gegen die unfairen Abgaben, die ich an das Gemeinwohl zu leisten hatte. An all die faulen Säcke, die sich jeden Morgen zum Thai Chi im Park trafen. Der von meinen Steuern gepflegt wurde!

Mein Anwalt stieß mich in die Seite: »Steigere dich nicht so in deine Wut rein. Die Richterin wird die Verhandlung sofort abblasen, wenn sie sieht, wie blockiert du bist.« Ich schnaubte, versuchte dann aber, mich zu beruhigen. Er hatte ja recht. Wir mussten eine sachliche Lösung finden.

Der Saal war ein angenehm temperierter Raum mit vielen Pflanzen und einem großen Fenster im Dach. Ich nahm gegenüber des Richterinnenstuhls Platz. Langsam füllte sich das Rund. Es kamen die Sachverständigen, die unbeteiligten Beobachtenden und die Vertretung der örtlichen Gemeinde. Schließlich erschien die Richterin mit ihrem Assistenten. Sie lächelte und sagte dann: »Lieber Ferdinand.«

Mir ging schon wieder der Hut hoch. Ich war nicht der liebe Ferdinand.

Ich bin keine zwölf mehr. Mühsam versuchte ich, meine Emotionen im Griff zu behalten.

»Wir müssen heute über deinen Beitrag zum Gemeinwohl sprechen. Wie du weißt, liegst du über den allgemein verträglichen Beträgen und musst daher mehr Abgaben zahlen, als du das bis jetzt getan hast. Kannst du uns bitte erläutern, warum du das nicht getan hast und wie wir zu einer Einigung kommen können?«

Ich sah sie verächtlich an. Warum ich es nicht getan hatte? Weil ich doch nicht mein hart erarbeitetes Geld für all den Quatsch hergeben wollte. Weil mir weiß Gott ein größeres Haus zustand. Die Gedanken tobten durch meinen Kopf und mein Blutdruck stieg.

Mein Anwalt stieß mich wieder an. Ich räusperte mich und sagte: »Ich habe seit meiner Schulzeit immer mehr geleistet als alle anderen. Ich war stets Klassenbester und meine Firma macht exorbitante Gewinne, weil ich den Menschen liefere, was sie brauchen. Ich bin der festen Meinung, dass ich dafür honoriert werden muss. Schließlich habe ich mir das alles selbst erarbeitet.«

Die Richterin strich sich eine ihrer Dreadlocks aus der Stirn und sah mich mit ihren schwarzen Augen durchdringend an. Ich fühlte mich unwohl, wie ein kleines Kind, das etwas ausgefressen hat und nun merkt, dass es mit seiner Lüge nicht durchkommt. Ärgerlich schüttelte ich den Kopf. Ich ließ mich nicht einschüchtern. Wer war ich denn?

Sie sagte: »Ferdinand, wer hat dich unterrichtet?«

»Meine Lehrkräfte.«

»Und die hast du selbst bezahlt?«

»Nein, natürlich nicht.«

Mir war klar, worauf sie hinauswollte. Uns war von klein auf eingebläut worden, dass wir unseren Wohlstand der Leistung aller verdankten. Der Individualismus war in den großen Kriegen untergegangen – doch ich war kein Rädchen in dieser Maschine. Ich war Ferdinand Dupont, Erfinder der besten energiespeichernden Wandfarbe, die es je gegeben hat.

Ich streckte das Kinn vor und antwortete: »Selbstverständlich baue ich auf den Gaben des Gemeinwohls auf. Die bekommen die anderen ja auch. Und trotzdem hat keiner so etwas Hilfreiches entwickelt wie ich. Ich bin eben nicht jeden Tag zum Singen gegangen oder habe die Gedichte angehört. Ich habe hart gearbeitet.«

Die Menschen im Kreis sahen mich nachsichtig an. Offenbar waren alle hier im Raum der Ansicht, dass sie mich schon zur Vernunft bringen würden. Einer der Sachverständigen, ein junger Mann im Rollstuhl, hob die Hand. Die Richterin nickte und er sagte: »Was wolltest du erreichen mit all der harten Arbeit? Nur zum Spaß wirst du das ja wohl nicht gemacht haben.«

Er war offenbar der Psychofuzzi. Ich warf einen Blick auf meinen Anwalt, doch dieser nickte mir aufmunternd zu.

»Ich wollte ein großes Haus. Eine eigene Yacht am Meer. So wie ich es in den alten Büchern gesehen hatte. Jemand sein. Nicht nur eine Ameise im Haufen.«

Wenn ich jetzt noch Heuschrecke statt Ameise gesagt hätte, wären sie mir wohl alle vom Stuhl gefallen. Ich grinste. Es lief gut für mich.

Doch der junge Mann fuhr fort: »Ich berechne die landwirtschaftlichen Grenzwerte. Aber ich kann deinen Wunsch verstehen. Ein bisschen zumindest. Ich wollte auch immer jemand anderes sein.«

Ich sah ihn verwundert an. Er schien mir glücklich mit seinen Berechnungen. Von seinen Zahlen hing ab, wie hoch der Betrag an individuellen Leistungen ausfiel. Er bestimmte den Wert, den ich hier bezahlen sollte. Er war jemand. Der Rest der Runde schwieg. Es war seltsamerweise angenehm. Als würden sie einen Raum schaffen, in dem etwas entstehen konnte. Ich musterte die große Yuccapalme, die an der Wand gegenüberstand. Sie war ein wenig krumm gewachsen, als sie sich zum Dachfenster hingebogen hatte. Auch sie wollte sich so viel nehmen, wie sie konnte.

Noch immer sprach kein Mensch. Es gab kein Gerutsche, niemand atmete laut oder räusperte sich. Es war einfach nur ruhig. Neben der Palme hatte sich eine Brombeere die Wand hochgerankt. Davor saß eine weitere Sachverständige, eine ältere Frau in einem scharlachroten, bodenlangen Kleid. Sie war eine unglaubliche Schönheit, in sich ruhend und weise. Ein feines Lächeln umspielte ihre Lippen, als sie meinen Blick bemerkte.

Langsam nahm die Ruhe Besitz von mir. Sie saugte die Nervosität und Hektik in meinem Körper auf. Noch nie seit meiner Schulzeit hatte ich mich so wohl gefühlt. Warum nur hatte ich mich so jagen lassen? Was hatte ich alles verpasst in all den Jahren, als ich immer nur noch mehr lernen und noch mehr erreichen wollte? Wann war ich in diese Mühle geraten?

Diese Ruhe. So musste es in einem großen Haus sein. Oder wenn man auf einer Yacht einsam auf dem Meer schipperte, so wie es sich für einen erfolgreichen Unternehmer gehörte.

Die Erinnerung an einen sonnigen Tag in der Schule drängte sich in den Vordergrund. Wir waren an den Fluss gegangen, um Pflanzen für ein Projekt zu bestimmen. Ich hatte ein altes Bestimmungsbuch von vor den Kriegen dabei. Eigentlich hätte ich es gar nicht mitnehmen dürfen, aber ich war so stolz darauf, dass es die Kriege in unserer Familie überlebt hatte. Doch als wir dann am Wasser angekommen waren, habe ich es meiner Lehrerin gegeben und bin mit den anderen am Ufer entlanggerannt.

Mit meinen Freunden zu spielen war in diesem Moment so viel wichtiger als das Gefühl, aus einer besonderen Familie zu sein.

Irgendwann waren wir alle müde und sie hatte uns aus diesem Buch vorgelesen. Meine Freunde und ich amüsierten uns über die Namen der Pflanzen, die wir hörten und ich war nur glücklich, dass sich alles zu einem perfekten Tag gefügt hatte.

Die Frau in dem roten Kleid begann zu sprechen: »Du merkst es, Ferdinand, oder?«

Etwas in mir wollte aufbegehren. Wenn ich jetzt einknickte, waren all die Mühen und all die Strapazen für die Katz. Ich wollte meinen fairen Lohn.

Ich schüttelte wütend den Kopf und schrie: »Ich weiß nicht, was ihr hier für Spielchen treibt. Und kommt mir nicht mit der Donut-Theorie. Ich weiß, dass ich über den Fußabdruck komme, den ich unserer Erde zumuten kann. Aber dann sollen doch die anderen sparen. Die, die nichts erfunden haben, was uns weiterhilft.«

Fast hätte ich auf den Boden gestampft.

Mein Anwalt packte meinen Arm und wollte mich wieder auf den Stuhl ziehen. Ich schüttelte ihn wütend ab, setzte mich aber wieder hin. Mir war gar nicht aufgefallen, dass ich stand.

Kampfeslustig starrte ich in die Runde.

Die Richterin sagte: »Ferdinand, wir verstehen dein Problem. Es hat immer Menschen wie dich gegeben, die intelligenter und fleißiger waren als der Rest. Oder auch rücksichtsloser. Doch wir haben am Ende der großen Kriege beschlossen, dass wir als Menschen auf der Erde nicht überleben werden, wenn wir diesen Personen besondere Privilegien oder Macht gestatten. Wir sind schon einmal fast ausgelöscht worden, weil die Eliten sich genommen haben, was ihnen nach ihrer Meinung zusteht. Ich sitze hier, um das zu verhindern. Wenn du mehr verbrauchst, als es für das Ganze verträglich ist, müssen wir das einbremsen. Und deshalb wirst du deine Abgaben entrichten.«

Ich sah sie sprachlos an. Sie packte die große Keule aus und zitierte das Weltende. Offenbar waren ihr die Argumente ausgegangen.

»Ich bin doch kein Ausbeuter oder so was. Ich verlange nur meinen gerechten Lohn.«

Die Richterin nickte einem der Sachverständigen zu. Dieser schob seine Brille zurecht und begann, von seinem Tablett abzulesen.

»Also, da wären die Kosten für die Versorgung im Krankheitsfall. Die Ausbildungskosten. Die Nutzung öffentlichen Grundes und Güter. Die Forschungsleistungen anderer Personen, auf denen die Erfindung aufbaut. Sicherheit, das Monitoring unserer Umwelt. Die freien Angebote hat der junge Mann ja offenbar weniger genossen, das müsste ich noch rausrechnen.«

Er blickte zur Richterin: »Wollen Sie die Zahlen?«

»Vorerst nicht.«

Ich nahm mein eigenes Tablet heraus und wollte ihr meine Leistungsbilanz vortragen. Was die konnten, konnte ich schon lang. Ich war mir sicher, dass meine Beiträge zum Gemeinwohl deutlich über meinen Kosten liegen würden. Außerdem würde ich ja noch weiter leisten, während sich meine Kindheitskosten irgendwann amortisiert würden. Mein ganzes Erwachsenenleben kreiste um Zahlen und Formeln. Mir konnte keiner etwas vormachen. Ich wusste, wie die Welt funktionierte.

Ein Geräusch auf der Seite ließ mich aufblicken. Der junge Sachverständige im Rollstuhl hatte seine Bremse gelöst und wollte offenbar zu mir fahren.

Etwas in seinem Blick traf mich ins Mark. Ich hatte es in der Kindergruppe gelernt. Als Fünfjähriger, als ich noch Spaß daran hatte, mit den anderen zu spielen und zu singen. Und es dann vergessen, als ich all die spannenden Dinge entdeckt hatte, zu denen mein Geist fähig war.

Ich war fleißig gewesen, hatte Großes geleistet. Aber ich war nur so weit gekommen, weil ich Glück gehabt hatte. Weil sich für mich immer die richtigen Türen öffneten. Statt dankbar zu sein, war ich in den Strudel von Stress und erbittertem Ehrgeiz geraten, der mich weiter und weiter weg von meinen menschlichen Wurzeln brachte.

Es gab noch etwas jenseits von Zahlen und Formeln. Alles hatte einen Wert, aber ich hatte irgendwann nur noch den Preis gesehen.

Ich hatte meinen gerechten Lohn erhalten. Zu meinem Glück durfte ich etwas erschaffen, dass mich vielleicht überdauern würde. Etwas, wovon diese Welt profitieren würde.

Mein Anwalt reichte mir ein Taschentuch. Ich schnäuzte mich und sah dann zu dem jungen Mann.

Als ich mich wieder beruhigt hatte, sagte ich: »Ich ziehe meinen Einwand zurück.«

Die Richterin nickte nur freundlich.

Der junge Mann strahlte mich an und meinte: »Wir singen immer montags im Erdbeerhaus. Willst du mitkommen?«

Der Kreis hatte mich aufgenommen. Ich war der Heuschrecke noch einmal entkommen. Doch ich konnte ihr sanftes Zupfen an meinem Bein spüren.

Artemis Wind

Was ich nicht kenne

Geschichte ist kein Datenpinnbrett. Jedenfalls sollte sie das nicht sein, wenn wir sie verstehen wollen. Und ihr wollt verstehen, wie die Menschen damals vor der Wende 33 gedacht haben.

Wie lässt sich das erklären? Vielleicht müsste ich es dafür selbst verstehen. Ihr denkt wahrscheinlich, das würde ich. Immerhin habe ich die Zeit damals erlebt. Aber es ist nun einmal so: Gehirne sind etwas Sonderbares. Wir halten die Prozesse darin für vernünftig. Sind sie das nicht? Begegnen wir nicht täglich anderen Menschen, die zumindest ähnlich denken wie wir? Unsere Werte sind richtig, selbstverständlich richtig. Immerhin basieren sie auf Erfahrungen, Überlegungen, Abwägungen. Und dann stolpern wir in einem Geschichtsbuch über Menschen, die selbstverständlich angenommen haben, dass zwei Personen mit verschiedener Hautfarbe nicht auf derselben Bank sitzen dürfen. Wir lesen von Leuten, die glaubten, Frauen könnten nicht Auto fahren, obwohl Frauen zur selben Zeit längst hinterm Steuer von Bussen und Zügen gesessen haben.

Versteht ihr, was ich meine? Gedanken sind alles andere als vernünftig. Sie haben bloß die bemerkenswerte Eigenschaft, sich stets dafür zu halten. Nicht einmal jetzt können wir sicher beurteilen, ob wir wirklich eine bessere Gesellschaft sind als damals. Genauso wenig können wir verstehen, wie sich die damalige Gesellschaft für gut halten konnte.

Was will ich damit sagen? Ich kann heute unmöglich nachvollziehen, was meine Großeltern oder Eltern geglaubt haben. Nicht einmal, was ich als Kind für normal hielt.

Mindestens so schwer ist es, zu begreifen, wie sich ein *Normal* verändert. Ich bin alt. Blicke ich zurück, dann kommt es mir vor, als seien die Menschen zur Vernunft gekommen. Ja, es scheint, als hätten sie einfach die Augen geöffnet und begriffen, wie absurd ihr Verhalten einmal gewesen ist. Denn war es das nicht?

Ich will euch ein Beispiel geben, ein ganz alltägliches. Möglicherweise kann es veranschaulichen, was ich meine:

Nehmen wir an, ich hätte mich mit meiner Schwester gestritten. Ich bin wütend, fertig, kann die ganze Nacht nicht schlafen. Am nächsten Morgen stehe ich völlig erledigt auf, gehe in die Küche und rufe sie an. Warum? Warum entschuldige ich mich? Damit sie sich besser fühlt? Nein, wahrscheinlich, damit ich mich besser fühle. Es ist purer Eigennutz. Denn es liegt auf der Hand: Allgemeinwohl hilft allen, auch mir. Wenn ich beides zu Ende denke, sind Egoismus und Altruismus genau dasselbe. Eine glückliche Nachbarschaft, macht mich glücklicher. Ein sauberer Wald hält mich gesünder. Wenn ich mir den eigenen Abfall vor die Tür kippe, trete ich selber hinein.

Nehmen wir an, ich rufe die Schwester nicht an. Nein. Ich setze mich schlecht gelaunt an den Küchentisch und sage mir: Ich hatte ja recht. Sie ist schuld. Ich fühle mich den ganzen Tag lang mies. Aber im Recht.

Wie kann ein Mensch darauf kommen, so zu handeln und es für normal zu halten?

Ich sagte es: widersinnig. Deshalb nehme ich an, dass es uns niemals möglich sein wird, eine Vergangenheit wirklich zu verstehen. Sie ist uns zum fremden Gesicht geworden. Wir betrachten es auf einem Foto und fragen uns: Bin das einmal ich gewesen?

Das Bewusstsein dahinter ist längst nicht mehr unseres. Einen Moment lang hat es uns eine Innensicht erlaubt, schon sind wir verschieden.

Die Erlebnisse, die mir am lebhaftesten in Erinnerung geblieben sind, sind darum die, über die ich heute den Kopf schüttle. Zum Beispiel erinnere ich mich an die Einführung des Klonfleisches – nun schaut nicht so! Natürlich waren die Jahre nach der Wende eine aufregende Zeit. Revolutionen, Innovationen, Aufbruch, Reformen! Aber als Kind beschäftigt dich deine eigene Welt und Kleinigkeiten geben ihr manchmal einen heftigeren Stoß als die Kriege und Siege da draußen.

Klonfleisch also. Das Zeug war mir suspekt. Dabei hatte ich keine Wahl. Nahrung war knapp. Obwohl die Heuschreckenplage die Weltbevölkerung mehr als gedrittelt hatte, reichten die Erträge der Landwirtschaft nicht aus. Wir – meine Mutter und drei Kinder – lebten am Rand von Berlin. Die Vororte hatten schwer unter den Aufständen in der Hauptstadt gelitten. Die letzten Bewohnenden waren Widerstandstruppen gegen die Notregierung gewesen und das war den Gebäuden anzusehen. Die Straßen waren verdreckt, die Wände beschmiert. Hier und da hatten Brände die Dächer bis aufs Gerüst abgenagt. Das Haus teilten wir uns mit einer anderen Familie. Nein, einfach war die Zeit nicht. Obwohl es vermutlich genau diesem Elend zu verdanken war, dass wir uns zusammengerissen und die Zukunft gemeinsam in die Hand genommen haben.

Meine Mutter war Ratsmitglied, was uns nicht mehr Geld einbrachte. Ironischerweise gehörte sie sogar zu der Fraktion, die einen noch niedrigeren Lohn in der Politik forderte. »Für Geld darf man den Job nicht machen«, pflegte sie zu sagen. Sie war Idealistin. Na ja, vor allen Dingen war sie überzeugt, dass wir ein Vorbild sein müssen. »Wir sind von Schmetterlingseffekten umgeben«, sagte sie ebenfalls oft. »Jede Handlung hat ihre Wirkung. Allein schon jedes Wort gibt das andere. Und ehe man sich versieht, führen Worte in einen Krieg. Vorhersehen können wir solche Folgen nicht. Bloß nach bestem Gewissen auf die beste spekulieren. Dazu allerdings sind wir verpflichtet.«

Oder habe ich diese Worte später in einem ihrer Briefe gelesen? Es klingt ehrlich gesagt nicht so, als würde es jemand sagen. Andererseits war sie ein außerordentlich weiser Mensch. Jedenfalls war ihre Haltung der Grund, aus dem wir stets zu den ersten gehörten, die Innovationen verwirklichen mussten. Ich drücke es absichtlich so aus: verwirklichen *mussten*. Denn meinen Geschwistern und mir kam es oft so vor. Die freie Vornamenswahl ab achtzehn fanden wir ziemlich cool. Was wir hingegen von dem Heizboykott hielten, könnt ihr euch vorstellen. Heute wird Wärme wie unser Strom über Fusionsanlagen erzeugt oder je nach Vertrag durch Wind- oder Solarenergie. Damals allerdings stammte ein beträchtlicher Teil noch aus Kernkraftwerken. Meine Mutter wollte da nicht mitspielen. Kein Wunder, immerhin hatten wir einem solchen Kraftwerk die Heuschreckenmutation und die schrecklichen, darauffolgenden Jahre zu verdanken. Lieber frieren, meinten viele, als sich selbst ausrotten. Und wir konnten uns dem Streik kaum widersetzen. Ich sage euch: In diesen zwei Wintern habe ich warme Duschen zu schätzen gelernt. Aber ich will nicht abschweifen.

Irgendwann kam dieses Klonfleisch auf. Das exakte Datum findet ihr sicher im Internet. Ich weiß nicht einmal genau, wie alt ich war. Acht? Neun? Zehn? – Nein, zehn bestimmt noch nicht.

Nach der lebensbedrohlichen Krise spielten Tierrechte nicht die größte Rolle in den Debatten. Zumindest in Europa nicht. Ihr müsst euch klar machen, dass Tiere in der europäischen Philosophie bis dahin so gut wie gar keine Rolle spielten. Rechtlich galten sie als Gegenstände. Nun mag uns der dürftige Wissensstand ein wenig entschuldigen. Die Gehirn- und Bewusstseinsforschung war noch nicht weit genug, um verschiedene Wahrnehmungsarten bei verschiedenen Gattungen differenziert zu betrachten. Tiere waren einfach Tiere, Nicht-Menschen. Trotzdem: Immerhin wurde in Teilen Asiens und Südamerika bereits über allgemeine Lebensrechte verhandelt, die jede Art einschlossen. Ob es nun Untersuchungen über diese Arten gab oder nicht. Es lässt sich darum kaum schön reden: Wir in Europa hinkten hinterher.

Für meine Mutter jedoch war es das Thema. Ihre Ratsfraktion hatte sich dafür ausgesprochen, sogenanntes *natürliches* Fleisch nach und nach durch die Nachbildungen aus den Zuchtlaboren zu ersetzen, wie sie inzwischen üblich sind. Selbstverständlich ist das Klonfleisch bei näherer Betrachtung genauso natürlich wie das von lebendigen Tieren. Irgendwie ist es sogar lebendig: organische Materie. Obendrein schmeckt es besser ohne Sehnen, Knochen oder Gräten. Doch es war für mich einfach … Es war eben ungewohnt. Ich wusste bloß, dass es aus einem Labor stammt, und das machte mir dieses Zeug suspekt. In meiner Fantasie war es ein chemisch synthetisierter Klumpen. Ich stellte mir vor, wie es in einem Glaskolben vor sich hin brodelte, wie Pinzetten darin herumstocherten und schlimmere Unappetitlichkeiten. Purer Unsinn. Als wäre eine Schlachterei nur halb so sauber wie ein Zuchtlabor.

Meinen Geschwistern ging es wenig anders. Wir aßen, was wir vorgesetzt bekamen. Allerdings müssen wir gehörig genug das Gesicht verzogen haben, denn unsere Mutter bemerkte den Widerwillen. Nachdem sich alle Überredungsversuche als zwecklos erwiesen hatten, griff sie zu einer altbewährten List: Sie verbat uns das Klonfleisch.

Jetzt schaut nicht so! Ich weiß, es klingt seltsam. Hört einfach zu, was als nächstes passierte. Vielleicht versteht ihr dann.

Meine Mutter war ein lebensfroher und kontaktfreudiger Mensch.

Besuch hatte sie ständig: Verwandte, Bekannte oder befreundete Rats-
mitglieder. Daran waren wir Kinder gewöhnt. Wir zogen uns währenddessen in unser Zimmer zurück und ließen die Erwachsenen in Ruhe
erwachsen sein. Neu war allerdings, dass diesem Besuch feierlich Klonfleisch serviert wurde.

»Immerhin wollen wir einen guten Eindruck hinterlassen«, sagte
unsere Mutter. »Deswegen kommt ausschließlich das Beste auf den
Tisch.«

Das Beste? Diese befremdliche Substanz aus hundert genauso be-
fremdlichen Inhaltsstoffen, die wir kaum entziffern, geschweige denn
aussprechen konnten? Erst schüttelten wir den Kopf. Eltern waren eben
merkwürdig.

Als es jedoch dämmerte und das Buffet hergerichtet wurde, wandel-
te sich unsere Meinung allmählich. Dort lag das Fleisch: auf unserer
einzigen Silberplatte, dekoriert mit Rosmarin und Schnittlauchblüten.
Meine Mutter hatte es in Scheiben geschnitten. Dreieckig, quadratisch,
rauten- und kreisförmig. Nicht, dass sie sich sonst solche Mühe mit
Gerichten machte. Für so dekadent dürft ihr uns nicht halten, ganz im
Gegenteil. Deswegen beeindruckte uns der Aufwand umso mehr. Die
Scheiben glichen fast kleinen Kuchen, so sorgfältig waren sie verziert.

Hatten wir in den folgenden Tagen Gäste, wurden stets Speisen aufge-
tischt, wie wir ihnen in unserem dürftigen Alltag sonst bloß in Filmen
begegneten. Eine Etagere mit bunten Fleisch-Gemüsespießen, Klonfisch-
aufläufe und Klonwürste.

Wir Kinder bekamen nichts davon. Nicht einmal Reste. Als mein
Bruder nachzufragen wagte – ganz vorsichtig, denn vergessen hatten wir
unsere Vorbehalte nicht –, schüttelte meine Mutter den Kopf.

»Wenn du alt genug bist«, sagte sie.

Ich muss kaum erklären, was so ein Satz bei Kindern auslöst. Einige
Monate lang trieb sie ihr Spiel mit uns. Schließlich ließen wir uns diesen
geheimnisvollen Erwachsenen-Kult nicht länger gefallen. Wir stellten
unsere Mutter gemeinsam zur Rede: Was das solle, warum sie dürfe, was
wir nicht durften, was es da für einen Grund gäbe.

Ich erinnere mich bildlich: Mit bittersten Mienen standen wir in
einem Halbkreis um sie herum. In diesem Wohnzimmer mit den kahlen

Wänden, von denen der Putz bröckelte, gegenüber eines Fensters zum Gemüsegarten. Wir hatten sie nach der Arbeit an einem Freitagabend gestellt – warum weiß ich das alles noch so genau?

Im ersten Augenblick wirkte sie überrascht. Wer wäre das nicht gewesen? Unseren Gesichtern nach planten wir einen Tyrannenmord.

Sie stellte ihre Tasse ab. Stille breitete sich aus. Jedes Kind, das den Eltern schon einmal eine wichtige Frage gestellt oder eine Wahrheit gebeichtet hat, wird diese Stille kennen: Die Zeit bewegt sich wie durch Honig. Die Sekunden fallen ins Nichts.

Plötzlich brach meine Mutter in Gelächter aus. Wir waren irritiert, verständnislos, womöglich sogar beleidigt. Immerhin war uns die Angelegenheit ernst. Wir hatten all unseren Mut zusammengenommen, jedes Wort zurechtgelegt. Und unsere Mutter lachte?

Am Ende umarmte sie uns und wuschelte meiner Schwester versöhnlich durchs Haar.

»Ich bin stolz auf euch«, sagte sie.

War das zu fassen? Stolz? Auf uns? Hätte uns irgendetwas noch mehr verblüffen können, dann dieser Satz.

»Natürlich bin ich stolz«, bestätigte unsere Mutter. »Habe ich euch nicht immer beigebracht, die Großen zu hinterfragen?«

Die Großen. Bis heute weiß ich nicht, ob sie damit Erwachsene meinte oder mehr sagen wollte. Jedenfalls handelte es sich in der Tat um ein Gebot, das sie uns regelmäßig in Erinnerung rief. Die einzige Lektion, die ihr noch wichtiger war, brachte sie uns an diesem Tag bei. »Noch wichtiger, als die Großen zu hinterfragen«, sagte sie, »ist es, sich selbst zu hinterfragen. Und das habt ihr wunderbar getan.«

Hatten wir? Wir schauten einander an. Mein Bruder, der Jüngste von uns dreien, blickte in die Gesichter der beiden älteren, in der Hoffnung, wir würden ihm die Frage beantworten. Tatsächlich war meine große Schwester die Erste, die allmählich begriff: Unsere Mutter hatte uns hinters Licht geführt. Die Silberplatten, die Etagere, die sorgfältigen Arrangements, der ganze Zirkus diente nur dem Zweck, uns das Fleisch schmackhaft zu machen. Was für ein gemeiner Trick!

Ich gebe zu: Nicht sofort konnten wir genauso stolz auf unsere Tat sein. Erst waren wir gekränkt. Nein, nicht nur gekränkt. Wir waren stocksauer. So sauer, wie nur Menschen sein können, die sich völlig veräppelt vorkommen.

Heute bin ich froh, dass ich die Lehre so früh ziehen durfte. Wer sie sein Leben lang niemals machen musste, kann am Ende nicht besonders klug sein.

Lange böse sein, konnten wir unserer Mutter sowieso nicht. Immerhin hatte sie recht. Es war Unsinn, sich vor etwas zu ekeln, weil es neu, anders oder künstlich war. In seinen Bestandteilen unterschied sich das Klonfleisch nicht vom gefischten Hering oder den essbaren Teilen einer Hühnerkeule. Es kostete kein Leben, weniger Platz, weniger Geld und weniger Schadstoffe, sogar weniger Ressourcen als vegetarische Pflanzenbuletten.

Ein Jahr später habe ich ein Zuchtlabor selbst besucht. Mit dem modernen Standard war es nicht zu vergleichen, dafür ein Pionierwerk. Es muss eines der ersten in Europa gewesen sein: eine lange Halle mit weißen Wänden. Dass es einladend wirkte, kann ich nicht behaupten. Dafür ... Wie soll ich sagen? Professionell? Viel sauberer als eine Schlachtfabrik jedenfalls. Ein Wischroboter reinigte die Fliesen und Fensterscheiben, die Geräte wurden regelmäßig in einem kochenden Becken sterilisiert. Deckenstrahler machten es trotz des trüben Februarwetters taghell. Mit dem finsteren Kellerlabor meiner Fantasie hatte diese Umgebung nicht das Geringste gemeinsam.

Auf einem Rundgang wurden uns die Arbeitsabläufe erklärt. Kein Hexenwerk, keine böse Chemie oder Reagenzglas-Gepansche. Alles plausibel, rational nachvollziehbar. Ein Mitarbeiter zeigte uns Paletten mit Rohmasse und Maschinen, die sie in feine Würfel schnitten. Die raffiniertesten Apparate, die ich je gesehen hatte. Beeindruckend schnell und präzise griffen die Bauteile ineinander.

In Glasschränken lagerten die Würste, Schinkenstreifen und Forellenfilets, die ich aus dem Supermarkt kannte.

Seither habe ich mich nie wieder gegen Dinge gewehrt, die ich nicht kenne. Ich habe begriffen, dass es selten klug und noch seltener sinnvoll ist.

Es ist nur eine kleine unbedeutende Anekdote aus meinem Leben. Die Umwälzungen jener Zeit waren selbstverständlich weitreichender.

Wir hatten eine ganze Welt wieder aufzubauen. Staatsgrenzen wurden aufgelöst oder neu gezogen, das bedingungslose Grundeinkommen eingeführt, das ganze Finanzsystem überholt. Die steuerfinanzierten Rechenzentren für ein unabhängiges Internet entstanden. Von den zahllosen Sozialreformen ganz zu schweigen. Wenn ich höre oder lese, was in meiner Jugend geschehen ist, bin ich sprachlos. Ich habe davon wenig mitbekommen. Wie ich bereits sagte: Unsere Geschichte spielt sich in Schulwechseln, Abschlüssen, ersten Arbeitsstellen, Reisen und runden Geburtstagen ab. Historie wird in Nachrichten und Zeitungsartikeln geschrieben. Hin und wieder dringt sie in unser Leben ein, um sich wieder davonzustehlen und uns eine Weile in Frieden zu lassen. Oder um es uns wenigstens eine Weile glauben zu lassen. Denn was lässt uns schon entscheiden, was gut und was schlecht ist? Wir?

Wir schreiben Geschichte, wie uns die Geschichte schreibt. Wir prägen sie, sie prägt uns. Das mag nach einem typischen Schlaumeierspruch klingen, aber so ist es nun einmal.

Haben wir uns geändert, weil es logisch war? Weil unser Leben heute richtiger ist? Keine Ahnung.

Heinrich Maschewski

Sonnenwende

Ich hatte gerade eines meiner Bücher über die römische Geschichte gelesen, als die Nachricht im Fernseher ausgestrahlt wurde. »Das Katastrophenzentrum der UE erklärt die Heuschreckenplage für offiziell beendet«, verkündete der Nachrichtensprecher mit einem leichten Lächeln. Trotz dieser Botschaft blieb der Pausenraum ruhig. Es war nicht so, dass wir uns über das Ende der Plage nicht freuten. Jedoch war es eben nur eine kleine Freude in einem vielbeschäftigten Leben. Für viele war die Plage schon seit einiger Zeit vorbei. Wir waren in unsere alten Muster zurückgekehrt und die Heuschrecken nur noch eine Art Mythos. Es lief gerade ein Interview eines Katastrophenmanagers der UE als die Glocke die zweite Arbeitsschicht einleitete.

Die meiste Zeit war die Arbeit im Verteilzentrum eintönig. Wir waren umringt von Paletten, Kisten und riesigen Regalen. Tausende Gegenstände wurden jeden Tag angeliefert, um im Verteilungslager abgepackt zu werden. Sie kamen in Plastiktüten an. Wir entpackten sie und steckten sie in neue Plastiktüten. Obendrein waren die Gegenstände aus diesen Tüten auch meist nur Plastikklötze. Die Regierung hatte Deals mit mehreren Herstellern abgeschlossen, damit sie ihre Mangelware für einen reduzierten Preis an das Verteilzentrum verkaufen konnten.

In den Pausen ging es auch meistens nur in den Pausenraum. Dort gab es Tische mit Stühlen, einen kleinen Fernseher an der Wand und eine Küche. Die meiste Zeit dort verbrachte ich mit Lesen. Ich wollte mein Lehramtsstudium im nächsten Semester wieder aufnehmen, und dafür las ich ein paar Geschichtsbücher durch, um nicht komplett aufgeschmissen zu sein. Ich redete nie richtig mit den anderen auf der Arbeit. Die meisten waren nur Fremde für mich und ich mochte es, meinen Abstand von ihnen zu halten. Über Menschen aus der Geschichte zu lesen, fiel mir leichter, als mit meinen Mitmenschen zu interagieren.

Viele hatten durch die Plage ihre Jobs verloren und konnten sich durch die

Arbeit im Verteilzentrum ihren Lebensunterhalt verdienen. Es war jedoch nicht viel Geld. Man bekam genug, um über die Runden zu kommen, aber es war nicht der Standard wie vor der Plage. Im Nachhinein war es schon paradox. Dort im Lager waren wir umgeben von Lebensmitteln, Haushaltsgeräten und allerlei anderem Kram, der zum Leben gebraucht werden konnte, jedoch wurden wir mit Kleingeld bezahlt und mussten stets um unsere Finanzen bangen. Aber es ging ja nicht anders, erzählten sie uns damals. Eher das Ende der Welt als das Ende des Konsums, wie es so schön hieß.

Die beste Möglichkeit, um dieser Maschinerie zu entkommen, boten die Auslieferungsfahrten. Wir waren nicht nur dafür zuständig, die Waren neu zu verpacken und zu sortieren, sondern auch dafür, dass sie an die Menschen ausgeliefert und verteilt wurden. Einige mochten diese Fahrten nicht, aber ich freute mich immer sehr darauf. Sie erinnerten einen daran, dass es noch eine lebendige Welt außerhalb der Metallhütte gab.

Wir fuhren wie immer unsere gewohnte Route. Sie führte uns zum Rande der Stadt. Dort wurden zu Beginn der Heuschreckenplage neue Unterkünfte gebaut, damit die Flüchtlinge aus anderen Regionen ein Dach über den Kopf hatten. Anfangs befanden sich dort nur Zelte und Container aber mit der Zeit wurden auch richtige Häuser gebaut. Kaum ein Tag verging, an dem nicht eine neue Baustelle entdeckt werden konnte. Es war ein warmer Sommertag. Überall sah man Menschen unter Bäumen liegen, um sich im Schatten etwas abzukühlen. Sobald sie aber unseren Laster erblickten, sprangen einige auf und rannten in Richtung Gemeindehalle.

Die Gemeindehalle war eigentlich nur ein großes Bierzelt. So, wie sie auf Jahrmärkten aufgestellt werden. Es erfüllte jedoch seinen Zweck und bot genug Platz für große Veranstaltungen. Auf einer Seite besaß das Zelt eine große Öffnung, durch die unser Lastwagen direkt in die Mitte des Zelts fahren konnte. Es wurden wie immer Tische aufgestellt, auf denen wir die zahlreichen Hilfspakete auslegen konnten.

Dieser Tag war jedoch anders. An diesem Tag lernte ich Natascha kennen. Nachdem wir unsere Lieferung entladen und alles sorgfältig an die vorhergesehenen Plätze geräumt hatten, öffneten wir die Türen. Die erste

Überraschung an diesem Tag war wie wenig Menschen vor dem Zelt warteten. Die zweite Überraschung war der Ablauf der Verteilung an diesem Tag. Als die Türen geöffnet wurden, stand allen voran eine Frau mit lila gefärbten Haaren und einer grünen Latzhose, die schon mehr als einmal geflickt wurde. Sie betrat das Zelt als erste, dicht gefolgt von einer kleineren Gruppe von Menschen. Der Rest der Leute folgte ihnen mit etwas Abstand. Zu meiner Überraschung gingen die Leute nicht sofort an die Tische. Natascha, die Frau mit den lila Haaren, stellte sich an die linke Wand des Zelts. Von dort aus hatte sie einen guten Überblick über die Tische und die Gruppe. Was dann geschah, verwirrte mich komplett. Meistens ging es bei der Verteilung hektisch zu und die Leute schubsten und drängelten sich. Nichts davon war an diesem Tag zu beobachten. Es schien vorher festgelegte Annehmer zu geben. Sie empfingen die Lebensmittel und Verbrauchsgüter von uns und gaben diese in die Gruppe weiter. Dabei riefen sie die Namen bestimmter Personen. Diese traten vor und nahmen sich ihre Pakete, woraufhin sie das Zelt verließen.

»Dieses Affentheater ist mir zu blöd!«, brüllte ein Mann. Ein Gemurmel ging durch die Menschentraube und an lautem Rascheln erkannte ich, dass sich ein paar Menschen einen Weg durch die Menge bahnten. Einer der Annehmer stellte sich den Störenfrieden entgegen.

»Bis hierhin und nicht weiter«, sagte der Mann und breitete seine Arme aus.

»Tristan, das ist doch nicht dein Ernst? Hat dich die kleine Hexe so sehr um ihren Finger gewickelt?«

»Besser als deine Hand um den Hals zu haben.«

»Was willst du denn damit sagen? Unterstellst du mir etwa ...«

Weiter kam der Mann nicht, da sich Natascha zu Wort meldete. »Schaut euch um. Die Gemeinschaft hat sich dafür entschieden, die Verteilung auf diese Weise zu handhaben, und außer eurer Gruppe wehrt sich niemand dagegen. Ihr startet hier nicht den Aufstand, den ihr gerne hättet. Ihr stellt euch nun gegen die Entscheidung der Gruppe. Eurer Gruppe. Gerade Sie als Anwalt sollten doch eine rechtmäßige Abstimmung akzeptieren.«

»Natascha, meine Liebe, von einer Göre wie dir lasse ich mir gar nichts sagen. Als Anwalt weiß ich, dass du und deine Gruppe gegen ziemlich viele Gesetze verstoßen. Ein Haufen Krimineller seid ihr.« Der Mann wurde rot im Gesicht und schwang seine Hand heftig durch die Luft. Meine Brust zog sich zusammen und mein Körper spannte sich mehr an bei jedem weiteren Wort, das aus dem Mund dieses Anwalts gespuckt wurde.

»Ich denke, ihr hängt in der Vergangenheit fest. Wir haben eine lange Heuschreckenplage hinter uns, die Menschen mussten sich neu organisieren und vielleicht ist es auch an der Zeit für neue Gesetze«, entgegnete Natascha.

Das Gesicht des Anwalts war angespannt und er tat einen Schritt auf Natascha zu. Ich wollte mich auch bewegen und trat einen kleinen Schritt nach vorne. Als ich jedoch sah, dass keiner meiner Kollegen und keine meiner Kolleginnen sich rührte, traute ich mich nicht, mein anderes Bein auch zu bewegen. Jemand rief aus der Menge: »Halt die Schnauze Richard! Keiner mag dich!«

Der Anwalt fuhr ruckartig herum und wollte soeben losbrüllen aber die Menge von Menschen fing an, laut zu lachen und zu klatschen. Er schien etwas zu sagen, aber im Toben der Menge konnte ich es nicht hören. Daraufhin machte er sich mit seiner kleinen Truppe auf den Weg zu einem Seitenausgang des Zelts.

Die restliche Verteilung der Lebensmittel erfolgte ohne Probleme und nach einer Stunde wurde uns auch die letzte Box abgenommen. Ich sah mich noch einmal nach Natascha um, doch die Menge schien sie hinfort geschwemmt zu haben. Wir packten unsere leeren Körbe zusammen und verstauten alles im Lastwagen.

Auf dem Weg zurück ins Lager dachte ich die ganze Fahrt über an Natascha und was an diesem Tag geschehen war. Mir fiel auf, dass ich die ganze Zeit über eine Anspannung in mir spürte. Erst am Abend in meiner Wohnung fand ich die Zeit, einmal tief durchzuatmen und stellte etwas fest: Ich hätte gerne etwas gesagt. Ich bereute es, nur da gestanden und geschwiegen zu haben. Die Worte des Anwalts hatten mein Herz zum Rasen gebracht, dennoch war ich unfähig gewesen, selbst etwas zu sagen. Wie immer hatte ich mich in der Hoffnung versteckt, dass sich das Problem schon von selbst lösen würde. Dass jemand anderes schon eingreifen würde.

In dieser Nacht konnte ich lange nicht einschlafen und nahm eines meiner Geschichtsbücher zur Hand. Ich las, bis mir die Augen zufielen.

Ein paar Tage später fand eine Versammlung in der Stadthalle statt. Um die Organisation der Städte nach der Heuschreckenplage zu verbessern, wurden Bürgerräte eingeführt. Es waren öffentliche Versammlungen, an denen jeder teilnehmen konnte. Normalerweise ging ich dort nicht hin. Ich dachte mir oftmals, dass ich sowieso nichts Nennenswertes zu sagen hätte. An diesem Tag wurde ich jedoch durch etwas angetrieben. Ich musste an Natascha denken und fasste den Mut, zu der Versammlung zu gehen.

Als ich den Seminarraum in der Stadthalle betrat, war ich erleichtert, dass nicht so viele Menschen anwesend waren. Ungefähr zwanzig Leute befanden sich in dem Raum. Die meisten saßen in kleinen Gruppen nebeneinander. Ich setzte mich direkt in die Mitte einer leeren Stuhlreihe und wartete auf den offiziellen Beginn des Treffens.

Eine Gruppe von Menschen in Anzügen betrat den Raum, begrüßte alle Anwesenden und setzte sich an einen langen Tisch am vorderen Ende des Seminarraums. Sie gehörten zum Bürgermeisterbüro und führten die Diskussionen an. An diesem Abend wurden viele Themen angesprochen und teilweise ging es in den Diskussionen um Dinge, von denen ich gar keinen Plan hatte. Bei einer Diskussion um die Müllentsorgung fiel mir eine bekannte Stimme auf. Ich drehte mich zur Sprecherin und entdeckte Natascha in der vordersten Reihe. Sie war zum Sprechen aufgestanden, weshalb ich sie erst jetzt bemerkte.

»Ich würde vorschlagen, dass wir eine bessere Müllentsorgung zusammenstellen. In dem Auffanglager türmt sich der Müll. Meine Partei hat sich schon des Öfteren diesbezüglich gemeldet. Wir bräuchten nur ein paar Transporter und Material wie Müllsäcke, Eimer und Zangen, um das Müllproblem besser in den Griff zu bekommen.« Ein älterer Mann mit leicht grauem Haar und feinem Designeranzug stand auf und meldete sich zu Wort.

»Mit allem Respekt, aber wir sollten nicht noch mehr Geld in diese Müllhalde stecken. Es ist an der Zeit, dass wir das Problem mit dem Auffanglager an der Wurzel packen. Diese Leute müssen weg. Dadurch wird die Stadt schon sauberer und hoffentlich sinkt auch endlich mal die Kriminalität.« Beim letzten Wort sah er zu Natascha rüber. Meine Hände ballten sich zu Fäusten.

»Entschuldigen Sie, aber das Zeltlager ist keine Müllhalde.« Natascha erhob merklich ihre Stimme. »Es kümmert sich nur niemand um die Menschen, die dort leben. In den letzten Monaten ist es uns jedoch gelungen eine bessere Organisation auf die Beine zu stellen. Dabei waren viele Menschen glücklich darüber ...«

Wieder unterbrach sie der Mann. »Glücklich? An so einem Ort? Diese Menschen sollten sich anständige Arbeit suchen und dann wären sie vielleicht glücklich. Stattdessen gibt es nur Beschwerden, wobei sie doch froh sein sollten, hier aufgenommen worden zu sein.«

Mein Herzschlag wurde immer schneller. Wie oft war er schon in den Zeltlagern gewesen? Woher sollte dieser Schnösel schon wissen, was den Menschen helfen würde. Ich konnte es nicht mehr ertragen, ihm weiter zuzuhören, und sprang auf.

»Hey!« Als mich alle ansahen, bemerkte ich, dass ich etwas zu laut gerufen hatte, und versuchte in gemäßigtem Ton weiterzusprechen.

»Ich bin jeden Tag im Auffanglager. Ich arbeite beim Verteilungszentrum und transportiere Hilfsgüter. Immer wenn ich dort bin, kann ich die Gesichter der Menschen sehen. Sie sehnen sich nach Arbeit und Beschäftigung. Sie sind nicht faul. Es ist nur so wie die Frau gesagt hat. Es kümmert sich niemand um sie.« Ich wünschte mir, ich hätte in diesem Augenblick mehr gesagt. Hätte eine Art Rede gehalten, wie die revolutionären Männer und Frauen aus meinen Geschichtsbüchern es getan haben, aber dies musste fürs erste reichen.

Bevor der ältere Mann etwas sagen konnte, meldete sich Natascha wieder zu Wort.

»Wie Sie sehen bin ich nicht die Einzige, die das so sieht. Ich habe hier einen ausführlichen Bericht vorbereitet, wie wir die Situation des Lagers verbessern können. Ich denke dies wäre eine Bereicherung für alle.«

Der alte Kapitalist wollte sich nochmal zu Wort melden. Er fing mit einem »Aber« an, jedoch unterbrach ihn ein Vorsitzender. Sie hätten genug gehört wollten sich Nataschas Bericht später anschauen.

Beim Verlassen des Seminarraums wollte ich nochmal mit Natascha reden, aber sie schien es eilig zu haben. Sie bedankte sich kurz bei mir. Ihr Kollege Tristan nickte mir lächelnd zu und schon waren die beiden verschwunden.

Am nächsten Tag war ich wieder mit einer Mitarbeiterin auf dem Weg zum Auffanglager. Unser Job bestand nämlich nicht nur darin, Lebensmittel zu verteilen, sondern wir mussten auch alte Boxen, Kanister und Kartons einsammeln, um sie mit neuen Lebensmitteln zu befüllen. Als wir gerade dabei waren, ein paar Boxen zu verstauen, erblickte ich Natascha.

»Hallo, wird das heute noch was?«, hörte ich meine Kollegin von der Seite rufen. »Verstau die Box und lass uns weiterfahren.«

Ich musste kurz geistig abwesend gewesen sein, denn die letzten Tage schossen mir blitzartig durch den Geist. Ich kam zu dem Entschluss, auf Natascha zuzugehen. Meiner Kollegin erzählte ich, dass wir eine frühe Mittagspause machen sollten, weil ich noch was zu erledigen hätte. Sie fluchte etwas, aber fragte nicht weiter nach und stimmte zu.

Ich atmete dreimal tief durch und marschierte auf sie zu. Sie hatte gerade mit einem Mann geredet. Ich wartete kurz und nachdem ihr Gesprächspartner sich auf den Weg gemacht hatte, berührte ich sie an der Schulter.

»Hey, entschuldige die Störung. Wir haben uns letztens auf der Bürgerratsversammlung gesehen. Wie du diesem Sesselfurzer standgehalten hast, hat mich sehr inspiriert.«

»Danke für die lieben Worte. Ja ich erinnere mich an dich. Aber du siehst so aus, als ob dir noch mehr auf dem Herzen liegen würde«, entgegnete sie mit einem leichten Lächeln.

»Ah, ich hatte gehofft, ich würde nicht ganz so verzweifelt aussehen.«

»Verzweifelt hätte ich jetzt nicht gesagt. Eher hoffnungsvoll?«

»Naja, ich hatte schon gehofft, du könntest mir mehr davon erzählen, wie du es geschafft hast, die Leute hier so gut zu organisieren. So etwas wie bei der letzten Verteilung hatte ich noch nie gesehen.«

»Klar, kann ich machen. Warum kommst du nicht ein Stück mit mir mit?«

»Liebend gern.«

Und so spazierten wir durch das Lager. Sie erzählte mir davon, wie sie und ihre Freunde sich zusammengeschlossen hatten, um die Lage in dem Auffanglager zu verbessern. Anfangs waren sie auf Widerstand gestoßen. Die Menschen hatten Angst, von ihren gewohnten Pfaden abzuweichen. Aber als sie von der Regierung immer häufiger im Stich gelassen wurden und bemerkten, dass sich nichts veränderte, schlossen sich immer mehr Nataschas Gruppe an. Sie bildeten eine Partei und schafften es, direkte Abkommen mit örtlichen Bauern und Handwerkern zu schließen, anstatt auf die Regierung zu warten. Ihr nächstes Ziel war es, groß genug zu werden, um zur nächsten Bundestagswahl auf dem Wahlzettel zu erscheinen. Es fiel mir schwer dies alles zu glauben. Und angesichts ihrer Ziele hatte ich Bedenken, wie die Umsetzung funktionieren könnte.

Nach ungefähr zwanzig Minuten kamen wir an einem Holzhaus an. Um das Haus war ein großer Garten angelegt, in dem sich mehrere Gewächshäuser und Hochbeete wiederfanden. Alles schien aus alten Sachen gebaut worden zu sein. Sogar selbstgemachte Windräder und Solaranlagen sah ich in diesem Idyll. Mehrere Menschen waren fleißig am Arbeiten und hier und dort konnte ich ein paar Gesprächsfetzen über Rezepte und das Wetter aufschnappen. Die Atmosphäre war kein Vergleich zu der sterilen Umgebung des Verteilzentrums. Hier schienen alle miteinander befreundet zu sein. Mir fiel auf, dass ich schon lange nicht mehr Menschen in der Öffentlichkeit lachen gehört hatte.

Wir betraten das Haus und zu meiner Überraschung sah ich ein Zimmer mit ungefähr dreißig Kindern. An den Zahlen auf der Tafel erkannte ich, dass sie gerade ihren Matheunterricht hatten.

»Hier unterrichten wir die Kinder, die keinen Platz in den Schulen gefunden haben«, erklärte mir Natascha.

»Ich wollte auch Lehrer werden. Also, vor der Plage.«

»Das ist großartiges Ziel. Wir brauchen Lehrer, damit die nächste Generation von unseren Fehlern lernen kann.«

Natascha deutete auf die Treppe und wir gingen nach oben. Es war ein dreistöckiges Haus, aber wir betraten ein Zimmer am Ende des Flures im zweiten Stock. Das Zimmer war voll von Büchern, Plakaten und auf den beiden Schreibtischen waren viele Dokumente verteilt.

Wir hatten den ganzen Weg über geredet und ich hatte Natascha mit einer Lawine von Fragen überrollt. Erst als wir das Zimmer betraten, gab es einen Augenblick Ruhe. Ich trat an das Fenster, das einen Blick auf den

Vorgarten und die Container und Zelte des Lagers lieferte, und sprach zu Natascha: »Es war alles schon hier. Die Menschen. Die Materialien. Die Ideen. Man konnte sie nur nie richtig nutzen. Immer war irgendetwas im Weg. Meistens ging es nur um jemandes Geld und Macht. Wie der Anwalt oder dieser Schnösel bei der Sitzung, wollten sie uns immer einreden, dass man die Welt beim Alten belassen sollte. Aber heute erkenne ich, dass das alles nur Ausreden sind. Ich erkenne, dass es möglich ist, auch anders zu leben.«

»Genau so sehe ich es auch. Manchmal habe ich sogar den Gedanken, dass die Heuschreckenplage eine Art Segen war. Durch diese Monster bekamen wir die Möglichkeit, unsere Menschlichkeit neu zu entdecken.«

Ich drehte mich vom Fenster zu Natascha um und musste ihr zunicken. Daraufhin stellte ich ihr die wichtigste Frage meines Lebens. »Wie kann ich helfen?«

Sie lächelte mich an und reichte mir ihre Hand. »Schließ dich uns an und gemeinsam machen wir das Unmögliche möglich.«

Ich schlug sofort ein und der Rest ist Geschichte. Natascha wurde oberste Ministerin bei der UE und ich war für viele Jahre der Vorsitzende der Partei.

Ich glaube nicht, dass Natascha mir damals eine vollkommen neue Welt gezeigt hat. Im Grunde habe ich an all diese Dinge schon immer geglaubt. Mein Studium der Geschichte hatte mir schon oft gezeigt, wie sich Gesellschaften verändern konnten. Jedoch hatte ich erst durch Natascha gesehen, wie man dies auch in der Praxis umsetzen konnte. Hier in ihrer kleinen Gemeinde verspürte ich eine Idylle und eine Harmonie, nach der ich mich schon immer gesehnt hatte. Einen Sinn, den ich bei meiner Arbeit im Verteilzentrum schmerzlich vermisst hatte.

Von diesem Tag an wurde mir klar, dass ich auch etwas ändern wollte. Ich wollte nicht nur helfen, um den Status Quo aufrechtzuerhalten. Ich wollte unsere Gesellschaft dazu bringen, neue Wege zu gehen. Ich wollte, dass die Menschheit endlich aufhört, die Geschichte zu wiederholen. Es heißt immer »die Geschichte lehrt den Menschen, dass der Mensch nichts aus der Geschichte lernt« und diesen Satz wollte ich widerlegen.

Martina Windvogel

Das Forum

Schon von Weitem sah Jule ihren Enkel mit seinem Fahrrad den Moosbacher Weg entlangrasen, als ob der Teufel hinter ihm her wäre. In der sonntäglichen Mittagszeit war außer Friedrich kaum jemand unterwegs. Die Fahrradspeichen schepperten anklagend, als er über den Bordstein in die Einfahrt des Hauses schlitterte, in dem Jules Wohnung war. Jule winkte ihm vom Balkon aus zu, als er vom Fahrrad stieg. Friedrich winkte zurück und zeigte dabei sein schiefes Grinsen, das sie so an ihm mochte.

»Mein Schatz«, begrüßte sie ihn, als sie ihn an der Wohnungstür umarmte.

Sie hatte ihn heute zum Mittagessen eingeladen, weil er sie um einen Gefallen gebeten hatte. Friedrich hatte sich in der Schule freiwillig gemeldet, eine Präsentation über das *Forum* zu halten. »Freiwillig?« hatte Jule erstaunt gefragt. »Naja«, Friedrich schien die Frage unangenehm zu sein. »Frau Yilmaz meinte, ich sollte mal was für meinen Notendurchschnitt tun.« Er hatte sie ein wenig schüchtern gebeten, ob er ihr dazu ein paar Fragen stellen dürfte. Dafür war Jule genau die Richtige. Sie hatte das Forum in Moosbach, dem Zukunftsquartier im Münchner Nord-Osten, vom ersten Tag an unterstützt und viele Jahre mitorganisiert.

Jedes Jahr wurden alle Menschen in das öffentliche Forum in ihrem Viertel oder ihrer Gemeinde eingeladen. Dort diskutierten sie gemeinsam aktuelle gesellschaftliche Probleme und entwickelten Ideen und Empfehlungen, von denen viele in Gesetze und internationale Vereinbarungen einflossen.

Es war allgemein bekannt, dass die neunten Klassen die Foren jedes Jahr mitorganisierten. Sie waren zu einem gesellschaftlichen Initiierungsritus geworden. Ein ganzes Schuljahr lang beschäftigten sich die Jugendlichen mit dem Thema, das am Ende im Juli das große öffentliche Forum prägte.

Das Forum wurde dann jedes Jahr mit dem *Langen Buffet* abgeschlossen – ein großes Fest für alle. Die Menschen gedachten zusammen der großen Hungersnot, die der Heuschrecken-Plage gefolgt war, und der Menschen, die sie verloren hatten. Es war aber auch ein fröhliches Fest, bei dem sie feierten, dass sie die schlimmen Jahre überstanden hatten.

Kurzum, es war das größte Ereignis des Jahres.

Jule konnte kaum glauben, dass Friedrich dieses Jahr schon in die neunte Klasse gekommen war und damit zu den Jugendlichen zählte, die es mitgestalteten. Sie lächelte, als sie ihm dabei zusah, wie er seine Jacke an die Garderobe hing. Er war die letzten Monate in die Höhe geschossen. »Du wirst auf dem nächsten Forum dein eigenes Konto der United Earth bekommen. Freust du dich darauf? «

Friedrichs Augen leuchteten. »Na klar! Ich weiß jetzt schon, was ich mir von meinen ersten Punkten kaufen will.« Auf dem Weg zum Balkon berichtete er ihr von einer neuen Spielerei für sein Mountainbike, auf die er ein Auge geworfen hatte.

Wenig später plumpste Friedrich auf einen ihrer niedrigen Balkonstühle. Jule schenkte ihm aus einer Karaffe ein Glas Wasser ein und schob ihm einen Teller über den Tisch. Wie ein Verhungernder stopfte er sich die ersten Bissen in den Mund und schien sie fast ohne zu kauen herunterzuschlucken. Sie war dankbar dafür, mit welcher Selbstverständlichkeit Friedrich sich einen weiteren großen Löffel Reis auf seinen Teller schaufeln konnte. Jule erinnerte sich an die schlimmen Jahre, an denen sie am Morgen nicht gewusst hatte, wann sie an dem Tag etwas zu essen bekommen würde. Den nächsten Bissen kaute Friedrich langsamer und genüsslich.

»Na, besser?« Jules Auges glitzerten schelmisch.

»Danke, Oma«, seufzte Friedrich und klopfte sich zufrieden auf den Magen. Jule schmunzelte und griff zu ihrer Gabel. Sie genoss jeden Bissen.

Friedrich hatte kaum seinen letzten Happen heruntergeschluckt, als er einen reichlich mitgenommenen Schreibblock aus seinem Rucksack kramte.

Jule lachte gutmütig auf, die gemütliche Mittagsstunde war offensichtlich vorbei. »Was möchtest du denn von mir wissen?« Sie ging ins Wohnzimmer und zog aus dem Schrank einen vergilbten Schuhkarton hervor. Sie trug ihn zurück auf den Balkon und stellte ihn zwischen beide auf den Tisch.

»Naja«, Friedrich kratze sich am Kopf. »Ich möchte was dazu sagen, warum das Forum so besonders ist. Aber ich weiß nicht, was.«

Jule grinste. »Beschreib mir doch mal, was dort normalerweise passiert. Du warst doch auch schon oft dabei.« Abwartend lehnte sie sich zurück.

Friedrich kratze sich am Kinn. »Hm, hier in München ist der Forentag ein Feiertag, damit viele Leute kommen können. Alle, die wollen, können Workshops organisieren zu einem Thema, das ihnen wichtig ist. Alle anderen können kommen und gehen, wie sie wollen, und mitdiskutieren oder zuhören.

Am Abend gibt es dann eine Ausstellung, auf der man sich alle Ergebnisse aus den Workshops anschauen kann. Sie werden symbolisch an den Stadtrat übergeben und der Stadtrat überreicht den neunten Klassen, die den Tag mitorganisiert haben, ihr UE-Konto. Zum Schluss gibt's das Lange Buffet für alle mit viel Essen und Musik.«

Jule nickte. »Was ist dir denn das Wichtigste daran?«

Friedrich grinste das schiefe Lächeln, das Jule so mochte. »Na, ich kriege meine Kontokarte.«

Jule zog den Schuhkarton heran, der zwischen den beiden auf dem Tisch stand, öffnete den Deckel und kramte darin. Sie ließ Flyer, Broschüren und kleine Gegenstände achtlos auf den Tisch fallen. Dann lachte sie triumphierend auf. Sie hatte eine kleine Scheckkarte in der Hand. Die reichte ihn Friedrich herüber.

Friedrich drehte die Karte in den Fingern und las. »Das ist deine Kontokarte«, stellte er fest.

»Friedrich, sag mal: Was weißt du eigentlich schon darüber, was ein UE-Konto ist und warum alle Menschen eins haben?« fragte Jule.

Friedrich blickte sie mit großen Augen an. Er wendete noch immer Jules Karte in den Händen hin und her.

»Auf dem UE-Konto liegt ein Lebensguthaben«, erklärte Jule, als ihr Enkel unsicher die Schultern hob. Sie bedeutete Friedrich mit einer Handbewegung mitzuschreiben. Hastig griff er zu seinem Schreibblock und Kugelschreiber. »Die United Earth – kurz UE – ist die Nachfolgerin der UNO, in der heute alle Länder der Welt vertreten sind. Sie verwaltet ein soziales Weltguthaben, in das alle Staaten einen bestimmten Geldbetrag einzahlen – gewichtet nach ihrem Bruttoinlandsprodukt, ihrer sozioökonomischen Lage und ihrer Geburtenrate.«

»Nach was?« Friedrichs Kugelschreiber blieb in der Luft hängen.

Jule sah die Verwirrung in seinem Blick und winkte ab. »Das musst du eigentlich noch gar nicht wissen. Jedenfalls eröffnet der Staat, in dem ein Kind geboren wird, bei dessen Geburt ein Konto bei der UE. Jedes Jahr zahlt der Staat in das Konto ein, sodass der Betrag weiterwächst. Wenn ein Mensch stirbt, wird sein noch übriges Guthaben in den großen Pool zurückgegeben. Sobald Jugendliche in der neunten Klasse das Forum mitorganisiert haben, bekommen sie ihre Kontonummer und dürfen das erste Mal Geld abheben.«

Friedrich schrieb fleißig mit.

Jule nickte anerkennend. »So wie ich dich kenne, weißt du bestimmt schon, wie es weitergeht, sobald du dein UE-Konto hast.«

Friedrich nickte. »Jeder Mensch darf von seinem Konto am Ende des Jahres Geld abheben. Wie viel, hängt davon ab, wie viele UE-Punkte man sammelt. Umso mehr man für die Allgemeinheit tut, desto mehr Punkte werden dem Konto gutgeschrieben.«

Jule griff zur Wasserkaraffe und schenkte Friedrich und sich noch ein Glas ein. »Nach der Plage mussten wir vieles ändern«, fuhr sie fort. Ihr Hals wurde langsam trocken und sie trank einen Schluck Wasser. »Es gibt internationale Gesetze, die dafür sorgen sollen, dass die knappen Ressourcen auf der Welt gerecht verteilt werden. Gerade bei uns in den Industriestaaten hat es bei vielen Menschen das Gefühl ausgelöst, dass wir uns zu stark einschränken müssen. Das war nicht allen recht.«

Friedrich beobachtete seine Oma mit offenem Mund. Sein Kugelschreiber hing ihm wie vergessen zwischen den Fingern. Offensichtlich sprach sie von einer Zeit, die er nicht erlebt und nicht mehr nachvollziehen konnte. »Aber uns geht es doch gut. Wir haben doch alles, was wir brauchen.«

Auch für Jule war die Zeit des Schreckens nur noch eine Erinnerung. Die meisten Menschen hatten sich an den neuen Alltag gewöhnt. Die Lebensmittelknappheit war vorüber, doch die Zeit des Überflusses war vorbei. Die Menschen kauften bewusster, niemand konnte es sich noch leisten, Lebensmittel wegzuwerfen. Die Kreislaufwirtschaft in der

Stadt funktionierte größtenteils gut, die Menschen kamen meist ohne Auto aus.

»Die UE hat das Punktekonto eingeführt, um Anreize für die Menschen zu schaffen, damit sie die weitreichenden staatlichen Maßnahmen mittragen. Wer sich für die Gesellschaft engagiert, bekommt mehr Punkte auf dem eigenen Konto gutgeschrieben. Das heißt auch, dass Menschen, die sich auf dem Forum engagieren, Punkte bekommen«, beschrieb Jule.

Friedrich runzelte die Stirn. »Willst du damit sagen, dass die Foren nur funktionieren, weil die Menschen, die sich dort engagieren, Punkte für Ihr UE-Konto bekommen?« Er schien enttäuscht zu sein.

Jule wiegte den Kopf. »Nein, das ist nicht das Einzige, was uns motiviert. Ich möchte damit sagen, dass wir die grundlegende Natur des Menschen verstehen müssen. Wir wollen von etwas persönlich profitieren – deswegen funktioniert das UE-Konto so gut. Aber wir wollen auch zu etwas dazugehören.«

»Ok«, Friedrich war anscheinend nicht ganz so überzeugt wie Jule. »Erklär's mir.«

Sie wies auf den Schuhkarton. »Zieh mal was. Irgendwas«, ermutigte Jule ihn und Friedrich griff blind hinein. Er stieß auf etwas und zog es heraus. Er strich mit seinen Fingern über die zerkratzte Oberfläche und drehte den runden Anstecker in den Händen. »Zusammen können wir es schaffen!« stand darauf.

Jule klatschte triumphierend in die Hände. »Besser hättest du es nicht treffen können. Den Anstecker haben wir auf dem ersten Forum an alle ausgeteilt, die dabei waren. Das war unser Motto, unsere Botschaft an alle.«

Sie sah Friedrich an, dass der Anstecker ihn nicht überzeugte. »Das war alles?«

»Der Anstecker war nur ein Symbol für etwas Anderes«, Jule streckte ihre Arme nach beiden Seiten aus. »Etwas viel Größeres. Nicht allein zu sein und für eine gemeinsame Sache einzustehen hat uns Hoffnung gegeben. Die ersten Foren haben sich weltweit zu einer Zeit gegründet, als die UNO an ihren vielen Herausforderungen zerbrochen war. Die UE gab es noch nicht. Und dann auch noch die Plage mit allen ihren Folgen:

Hungersnöte, Kriege um knappe Ressourcen, sich ständig verändernde Machtverhältnisse.« Jules schien sichtlich aufgewühlt, als sie sich an die Vergangenheit erinnerte, in der sich alles verändert hatte. Friedrichs Kugelschreiber flog über das Papier.

Sie fuhr fort: »Wer kann noch die Menschenrechte aufrechterhalten, wenn die internationalen Vereinbarungen keine Gültigkeit mehr haben und die Politik im eigenen Land nicht an einem Strang zieht, sondern sich an ihren Eigeninteressen zerreibt?«

Eine Pause entstand. Friedrich blickte fragend von seinem Schreibblock auf. Jule blickte ihn direkt an. »Fragst du mich das?« er tippte sich mit dem Kugelschreiber auf die Brust. Jule lächelte und nickte.

Friedrich blickte sie mit großen Augen an. Dann streckte Jule den Zeigefinger aus. Sie deutete zuerst auf ihren Enkel, dann auf sich selbst. Aufmunternd hob sie ihre Augenbrauen.

»Wir?« fragte Friedrich, mehr als dass er antwortete.

Jule nickte begeistert mit dem Kopf. »Wir – die Menschen, die wir in diesem Viertel zusammenleben. Wir wussten, dass es nun in unseren Händen lag, den Wandel zu gestalten, den wir uns wünschten. Wenn es diese Form der Basisdemokratie und gesellschaftlichen Mitbestimmung nicht gegeben hätte, wären unsere Demokratie und die UE in ihrer heutigen Form niemals entstanden. Die Politik hat das Vertrauen in uns Menschen zurückgewonnen und wir in sie. Dieses Vertrauen ist auch heute noch die wichtigste Grundlage, damit wir die hohen Ziele einer nachhaltigen und gerechten Welt überhaupt erreichen können.«

Friedrich nagte nachdenklich an seiner Unterlippe. »Hier in München war das doch bestimmt einfacher als anderswo. So etwas wie das Zukunftsquartier Moosbach gab es doch sicher nicht an vielen Orten der Welt.« Er wies mit der Hand über die Balkonbrüstung auf das Viertel, in dem Jule lebte.

Vor ihrem Haus breitete sich ein bunter Flickenteppich aus Häusern aus – ab und an unterbrochen von grünen und blauen Flecken. Breite Straßen luden zum Spazieren und Radfahren ein. Bäume breiteten ihre Blätter über den schattigen Gehwegen aus. Wiesen und kleine Parks wechselten sich mit kleinen Wohnblocks ab. In der Mitte des Viertels glitzerte der Badesee.

Jule nickte. »Stimmt. Dass München die Baupläne für das Zukunftsquartier Moosbach schon vor der Plage in der Schublade liegen hatte, war wirklich eine besondere Chance für uns. Ob es deswegen bei uns besser gelaufen ist als woanders, möchte ich nicht beurteilen.«

Als die Plage München erreicht hatte, war der erste Spatenstich für das Zukunftsquartier schon geplant gewesen. Es sollte ein neues Stadtviertel entstehen, in dem die Menschen gerne wohnten, arbeiteten und ihre Freizeit verbrachten. Die Stadt hatte große Pläne: ein klimaneutrales Viertel mit bezahlbaren Wohnungen, in dem niemand mehr auf ein Auto angewiesen sein musste. Als die Plage kam, musste die Stadt den Bau des Viertels aussetzen. In der Krise wurden alle kommunalen Kräfte dazu eingesetzt, die Münchner*innen vor Hunger zu schützen und den gesellschaftlichen Frieden zu wahren.

Zum Glück war München eine der reichsten Städte Deutschlands. Zwar nutzt alles Geld der Welt nichts, wenn es keine Lebensmittel mehr zu kaufen gibt. Aber München ging es trotzdem besser als vielen anderen. Anfang der 2030er Jahre hatte sich die Stadt schon so weit erholt, dass sie mit dem Bau des Zukunftsviertels begonnen hatte. Jule war eine der ersten gewesen, die nach Moosbach gezogen waren.

Sie griff wieder in den Schuhkarton und kramte zwischen Broschüren, Zeitungsartikeln und Andenken. Ihre Wangen waren rot vor Begeisterung. Sie zog ein mehrfach zusammengefaltetes Blatt Papier heraus. Sie breitete es auf dem Tisch aus und strich es glatt.

Friedrich versuchte, die Schrift kopfüber zu lesen. »Gemeinsam den gesellschaftlichen Wandel gestalten« stand da. »1. Forum in Moosbach am Samstag, dem 4. August 2035«. Darunter ein Foto.

»Ein Gruppenfoto«, sagte Friedrich. »Oh, Oma Jule, da bist du!« rief Friedrich aus und deutete auf eine etwas skeptisch dreinblickende junge Frau, die hinter der Schulter eines Mannes hervorlugte.

Jule schmunzelte und strich mit den Fingern über das Bild. »Das ist jetzt fast 40 Jahre her. Um ehrlich zu sein, war ich mehr als einmal kurz davor, alles hinzuschmeißen.«

Friedrich blickte auf. »Warum bist du denn dann dabeigeblieben? Was war dir so wichtig daran?«

Jule legte ihre Unterarme auf den Tisch und verschlang ihre Finger ineinander. Ihr Blick hob sich und wanderte in die Ferne. Sie erinnerte sich an eine Vergangenheit, die Friedrich nur aus Erzählungen kannte.

»Ich bin in einer Zeit groß geworden, die von immensen gesellschaftlichen Krisen geprägt war«, setzte sie an. Jule seufzte einmal tief. Sie erinnerte sich an den drückenden Spätsommertag, der ihr Leben verändert hatte. »Aber es war auch eine Zeit des gesellschaftlichen Aufbruchs. Wir jungen Menschen wollten etwas verändern. Auch aus egoistischen Gründen – unsere Welt schlitterte von einer globalen Krise in die nächste. Wir sahen kaum Chancen auf ein gesundes und friedliches Leben, wenn es so weiterginge. Ich habe meinen 27. Geburtstag an dem Tag gefeiert, als die ersten Fälle der Heuschrecken-Plage im Münchner Großraum gemeldet wurden. So früh hatten wir damit nicht gerechnet. Aber eine Woche nach den ersten Presseberichten aus Frankreich waren Heuschrecken-Schwärme in Freiburg im Breisgau aufgetaucht. Zwei Tage später waren sie in Augsburg, am Nachmittag desselben Tages in München.«

Sie stand auf. Nach längerem Sitzen wurden die Balkonstühle und die Erinnerungen an den schlimmsten Tag in ihrem Leben unbequem. Jule trat nachdenklich an die Brüstung. Sie ließ den Blick über das Viertel wandern und war noch immer überwältigt, wenn sie daran dachte, wie viel sie in den Jahren seit der Plage zusammen erreicht hatten. Die Entbehrungen und die harte Arbeit hatten sich gelohnt.

Der Badesee glitzerte in der Sonne. Auch wenn sie es von hier nicht sehen konnte, wusste sie, dass im Schilf Enten im Wasser schaukelten und ihre Schnäbel für einen Mittagsschlaf unter einen Flügel gesteckt hatten. Wahrscheinlich saßen Kormorane mit zum Trocknen ausgebreiteten Flügeln auf dem Totholz am Ufer. Sie waren häufig am Badesee – das war ein gutes Zeichen, dass es im See einen reichen Fischbestand gab. Nachts konnte Jule bei offenem Fenster die Kröten quaken hören. Sie liebte diesen Frieden.

Hinter dem Wohnblock, in dem sie lebte, breitete sich der geschützte Moosgrund an, der dem Viertel seinen Namen gegeben hatte. Seltene Amphibien, Kiebitze und Rebhühner faden dort ihren Lebensraum. Jule hatte viele Nachmittage mit langen Spaziergängen dort verbracht.

Sie nahm die leere Wasserkaraffe und ging damit in die Küche, mehr um ihre steifen Gelenke zu bewegen als um Wasser aufzufüllen. Auf dem Weg zurück griff sie eine Packung Kekse und zwei Äpfel. Einen davon gab sie Friedrich, der an die Brüstung getreten war und gedankenverloren hineinbiss.

Jule legte die Hände auf die Brüstung und fühlte die Wärme in ihren Fingern. Die Wärme stieg ihre Arme hoch, in die Schultern und in den Brustkorb, bis sie ihr Herz erreicht hatte. Sie fühlte eine stille Zuversicht, dass die Krise überwunden war und eine neue Zukunft am Horizont stand. Die Sonne versprach, dass es ein wunderbarer Nachmittag werden würde.

»Und?« Jule drehte sich zu ihrem Enkel um, der abwesend in die Ferne starrte. »Meinst du, Frau Yilmaz wird mit deinem Vortrag zufrieden sein?«

»Wer?« Friedrichs malmende Kiefer standen kurz still. »Oh, ach ja, mein Vortrag ... ja, bestimmt. Danke, Oma Jule.«

Jassi Etter

Die Wanderpoetin und der Zaunkönig

Die Sonne stand gleißend am Himmel und trieb den zwei Reisenden den Schweiß ins Gesicht. Sie setzten aber tapfer einen Fuß vor den anderen. Sie wollten noch vor Einbruch der Dunkelheit einen Ort erreichen, an dem sie übernachten konnten.

Die Wanderpoetin blieb plötzlich stehen und setzte den alten Handwagen mit einem knarrenden Geräusch ab. Wenn sie es nicht besser gewusst hätte, wäre sie davon überzeugt gewesen, dass ihre alten, müden Knochen diese Melodie der Erschöpfung spielten.

Das Kind war nun ebenfalls stehen geblieben und sah zu ihr auf. »Alles in Ordnung, Rose?«

Die Wanderpoetin, die auch auf den Namen Rose hörte – denn was war schon ein Name? – sah das Kind an. Sie studierte die Sommersprossen im rotfleckigen Gesicht, ehe sie sich zu einer Antwort durchringen konnte.

»Mein kleiner Zaunkönig, ich fürchte, wir müssen nochmal eine Pause machen. Meine Beine tragen mich nicht mehr. Es fühlt sich an, als trüge ich Sandsäcke unterhalb meiner Hüfte.«

»Aber Rose, wir müssen vor der Nacht eine Stadt finden!« Das kleine Stimmchen klang dringlich.

»Za, ich weiß. Aber ich ... «

Die Wanderpoetin hielt inne, erspähte in weiter Ferne ein paar Zelte. Sie fielen kaum auf und da die Luft in der Hitze der Sonne flimmerte, war Rose sich nicht einmal sicher, ob es sich dabei nur um ein Trugbild handelte.

Sie zeigte nach vorne und Za folgte ihrem Blick. Za hüpfte von einem Bein auf der andere. »Rose, da sind Zelte. Das schaffen wir doch noch. Press deine Popobacken zusammen und los gehts.«

Bei Zas Worten konnte sie ein Lachen nicht unterdrücken. Das »Hahahu!« entfloh ihren rissigen Lippen und wurde von einem leichten Wind weggetragen.

Stöhnend nahm sie die Deichsel wieder zur Hand, spannte die brennenden Muskeln in ihren Oberarmen an und nahm alle Kraft in sich zusammen, um die letzten Kilometer zu machen.

Während Za ein leises Liedchen vor sich hinsang, versuchte die Wanderpoetin beim Ziehen des Wagens ihren Rhythmus zu finden und den Gedanken Raum zu lassen, die sich mit einem aufdringlichen Pochen ihren Weg ins Bewusstsein erkämpften.

Ein kleiner Film begann in ihrem Kopf zu laufen, wie eine Collage aus den Erinnerungen der letzten drei Jahre: wie sie ihre sichere Heimat in Rhystadt verlassen hatte aus Trauer und Wut. Wie sie durch die Gegend gereist war. Wüste über Wüste, Zeltdörfer und Ruinenstädte, in denen Menschen oft ums Überleben kämpften. Wie sie versucht hatte, mit Poesie Hoffnung zu schaffen. Am Anfang hatte es sich schwierig gestaltet, aber dann hatte sie begonnen, an sich selbst zu glauben und für die Zuversicht in Form von Versen Essen als Gegenleistung zu fordern.

Wenn es an einem Ort nichts mehr gegeben hatte, war sie weitergezogen. Meistens hatte sie Glück gehabt. Nicht immer. Körperliche und seelische Wunden waren geblieben und mit den Jahren ganz selbstverständlich zu Narben verblasst. Aber nichts, was ihr bisher zugestoßen war, war so schlimm, dass sie es gewagt hätte, zurückzukehren. Nach Rhystadt, zu der Leerstelle, die Kleo hinterlassen hatte. Zu tief saß der Schmerz. Vielleicht würde sie es eines Tages schaffen, das schwarze Loch zu füllen und sich dorthin zu wagen, wo ihre geliebten Erinnerungen lagen. Wo Kleo begraben war. Wo die Wanderpoetin ihr Herz gelassen hatte.

Das Loch, das in ihrer Brust klaffte, war nicht mehr ganz so groß wie noch vor einem halben Jahr, denn da war ihr der Zaunkönig über den Weg gelaufen. Za war vor einer Sekte geflohen, die das Kind einer grausamen, längst vergessenen Wintergottheit opfern wollte. Neben Albträumen war Za nur die verblasste Narbe auf der Stirn geblieben. Eine rosa Schneeflocke, eingebrannt in die zarte, beinahe durchscheinende Haut.

Das Symbol kannte sie nur aus Gedichten, selbst gesehen hatte sie noch keine Schneeflocke. Ein spontaner Satz aus einem alten Lied über eine Eiskönigin war ihr bei Zas Anblick damals eingefallen.

Noch heute sang sie dem Kind hin und wieder diese Zeilen vor:

Einst gebor'n aus kalter Luft und Regen aus den Bergen.
Die Macht, die eiskalt vor uns liegt, trägt ein kaltes Herz verborgen.

Za hatte den alten Namen abgelegt und sich von da an schlicht Za genannt. Seit sechs Monaten war die Wanderpoetin nun nicht mehr alleine und sie mochte es, wenn das Kind die kleine, klebrige Hand in ihre legte und kurz drückte. Mit der Geste ein bisschen unschuldige Hoffnung auf sie überspringen ließ.

»Wir sind da. Wir haben es geschafft«. Zas Worte rissen sie aus ihren süßtraurigen Gedanken. Vor ihnen ragte eine Stadt aus Zelten und Lehmhäusern auf. Die Infrastruktur schien hier besser zu sein als an den letzten Orten, die sie besucht hatten. Solarpaneele standen überall herum und in der Entfernung meinte Rose sogar ein kleines, selbstgebautes Windrad zu erkennen.

Rund um die Stadt war eine Mauer aus Plastikmüll und Metalldrähten gezogen worden, an denen ein paar halbverdorrte Ranken emporkletterten. Rose erkannte ein breites Tor, das verschlossen schien. Draußen stand niemand. Sie ließ Za und den Wagen stehen und ging Richtung Eingang. Gerade als sie nach einer Möglichkeit suchte, um auf sich aufmerksam zu machen, öffnete sich das Tor und zwei hochgewachsenen Personen mit Schusswaffen bauten sich vor ihr auf. Die Waffen waren allerdings nicht auf sie gerichtet, sie befanden sich noch in Hüftholstern, aber beide hatten die Hände darauf gelegt, womöglich, um schnell reagieren zu können. Sie streckte reflexartig die Hände in die Höhe, um ihnen zu zeigen, dass sie nicht zum Angriff gekommen war.

»Bitte verzeihen Sie unseren unangekündigten Besuch. Dürften wir wohl um eine Nacht bei Ihnen in der Stadt bitten?«

Die beiden sahen sich kurz an, nickten dann und einer meinte: »Wie viele seid ihr?«

»Nur ich und ein Kind.«

»Wie gedenkt ihr euch bei uns einzubringen?«

›Wie schön‹, dachte die Wanderpoetin, ›dass auch hier kein Geld verwendet wurde. Eine wertlos gewordene Tauschwährung.‹ Sie überlegte einen Moment, ehe sie antwortete. »Ich bin eine wandernde Poetin. Wenn ich etwas Wasser und Essen bekommen könnte, würde ich Ihnen Lieder und Gedichte der Hoffnung als Bezahlung anbieten.«

»Das klingt sehr schön. Wir bitten um einen Augenblick Geduld, um uns kurz zu beraten.«

»Natürlich.«

Die beiden standen nun dich nebeneinander und flüsterten leise. Ihre Gesichter sahen erfreut aus, so als hätten sie gerade eine gute Idee gehabt.

Der Größere trat nun wieder auf sie zu und räusperte sich. »Wir haben ein etwas spezielles Anliegen. Ich hoffe, ich trete Ihnen nicht zu nahe mit der Frage, aber haben sie zur Zeit des Aufbruchs schon gelebt?«

Die Wanderpoetin konnte nicht anders, als all die Bilder vor ihrem inneren Auge zu sehen. Sie sah das Grauen, die Heuschreckenplage von vor 50 Jahren, die beinahe die ganze Menschheit ausgerottet hätte. Sie war damals in Zas Alter gewesen. Ein zartes kleines Ding, das schnell gelernt hatte, erwachsen zu werden in einer Welt, die am Abgrund stand.

Ihre Gedanken verschlangen sich miteinander und sie war nicht imstande, etwas zu sagen, also nickte sie nur.

Die beiden sahen erleichtert aus. »Sehr gut. Wir feiern nämlich das Erdfest dieses Wochenende. Wir gedenken der Toten, die gegen die Heuschrecken gekämpfte haben und jener, die in Hungersnöten und auf der Flucht zu Tode gekommen sind. Ebenso der armen Teufel, die für aussichtslose Kriege instrumentalisiert worden sind. Wir möchten Geschichten des Aufbruchs hören. United Earth hat weltweit dazu aufgefordert, Geschichten zu teilen. Ein paar aus unserer Gemeinschaft haben unterwegs davon gehört und vor drei Tagen wurde uns das Projekt per Funk bestätigt. Wir haben hier zwar kein Internet, aber ein paar alte Kameras. Damit würden wir das ganze filmen und ein paar von uns fahren dann nach Rhystadt, um alles online zu stellen. Wir wollen Teil des großen Projekts sein, aber wir haben nicht so viele ältere Menschen. Die meisten sind nach Rhystadt oder München gegangen, weil dort die gesundheitliche Situation durch mehr Technologie besser ist.«

Dann schlug er sich mit der offenen Hand gegen den Mund. »Fakke, jetzt habe ich so viele Infos rausgelassen, ohne Sie zu Wort kommen zu lassen. Aber was sagen Sie dazu?«

Rose war unsicher, ob sie an die Vergangenheit denken wollte, geschweige denn davon berichten. Aber es war nun mal ihre Aufgabe und sie tat es auch für das Kind. So würden sie einen sicheren Platz zum Schlafen haben. Und sie musste es auch als Zeitzeugin tun, damit die Menschen in Zukunft hoffentlich nicht die gleichen Fehler begehen würden.

»Na gut, ich mache es. Aber dafür müsst ihr mich endlich duzen, ich fühle mich ja noch viel älter als ich bin.«

Alle drei lachten erleichtert. Dann folgten ihr die Wachen. Die beiden würden den Wagen in die Stadt bringen und ihnen den Schlafplatz zeigen. Za war ganz aufgeregt und konnte sich gar nicht sattsehen, als sie am bunt beschmückten Marktplatz vorbeigingen. Girlanden aus Origamiblumen und Tieren – Rose konnte zum Glück keine Heuschrecken erkennen – zierten den Himmel. Zumindest sah es aus, als würden die Papierkunstwerke frei fliegen. Bei genauerem Betrachten konnte Rose den Zauber enttarnen. Dünne Fäden spannten sich von einem Dach zum nächsten und hielten den Schmuck in der Luft. Auf den Straßen wurde köstliches Essen an bunten Ständen angeboten.

Sie konnte nicht anders, als kurz innezuhalten und ein Gedicht zum Besten zu geben. So ging es ihr ständig, Worte flogen ihr wie Blütenstaub zu, setzten sich in ihrer Nase fest und wanderten in ihr Gehirn, wo sie darauf warteten, in einem geeigneten Moment wieder hervorzutreten. Ein Elfchen musste es sein.

Blaubeertörtchen
himmlisch duftend
einmal kurz hineinbeißen
Zunge färbt sich rot
Hoffnungsexplosion

Als sie geendet hatte, klatschten ein paar Menschen, die sich um die Wanderpoetin gesammelt hatten. Sie errötete. Hoffte, dass es nicht auffiel bei ihrem tiefbraunen Hautton. Nach all der Zeit war die Aufmerksamkeit immer noch ein unangenehm kribbelndes Gefühl unter der Oberfläche.

Sie verbeugte sich kurz und folgte den beiden Wachen, die ihren Wagen kurz abgesetzt hatten. Sie versicherten der Wanderpoetin, dass sie gleich bei ihrer Unterkunft sein würden und so war es dann auch.

Draußen dämmerte es bereits, als Rose und Za ihre Sachen vom Wagen in das geräumige, menschhohe Zelt gebracht und sich eingerichtet hatten. Es war Zeit, das Fest zu besuchen. Der Zaunkönig freute sich seines Namens würdig wie ein Schneekönig. Rose hatte Za erklärt, dass der Zaunkönig auch Schneekönig hieß, weil er im Winter nicht nach Süden zog und früher einer der wenigen Vögel war, die auch im Winter mit ihrem Gesang die Gemüter erfreuten. Heute gab es kaum mehr Vögel, wobei Rose letztens in einem Dorf gehört hatte, dass ein Braunkehlchen gesichtet worden war. Aber ob das nur ein leises Flüstern nach Hoffnung gewesen war oder den Tatsachen entsprach, vermochte sie nicht zu beurteilen.

Rose strich ihr etwas in die Jahre gekommenes braunes Kleid glatt, das mit zahlreichen leuchtend bunten Blumen bestickt war. Das lange graue Haar hatte sie zu einem dicken Zopf geflochten. Za war ebenfalls herausgeputzt. Den blonden Schopf gekämmt und in einen hellblauen Einteiler gekleidet, der Za heute Nachmittag von einem Kind aus der Stadt geschenkt worden war, sah Za aus wie eine der Süßigkeiten, die heute auf dem Markplatz angepriesen wurden.

Der Ortskern war voller Menschen, Hunderte drängten sich näher an die Wanderpoetin, als sie ihren Platz auf einem hölzernen Podest einnahm. Zum Glück – wie sie feststellte – gab es einen Stuhl, auf dem sie sitzen konnte. Ein Mikrofon stand vor ihr auf einem schiefen Ständer. Das Raunen und Murmeln verstummte augenblicklich, als sie zu sprechen begann.

»Der großen Sonne und euch allen danke ich für das herzliche Willkommen in eurer Stadt Sol. Za und ich sind sehr froh, dass wir ein bisschen Zeit bei euch verbringen dürfen, so lange sind wir bereits rastlos unterwegs. Und gerade heute zum Erdfest – was für eine glückliche Fügung – darf ich hier vor euch sprechen.«

Sie schwieg einen Augenblick und ließ den Blick wandern. Viele Kinder und Jugendliche standen in den Reihen und tatsächlich, die meisten Erwachsenen hatten auch kein ergrautes Haar oder andere Alterserscheinungen. Eine sehr junge Stadt war das. Umso wichtiger würden ihre Worte sein.

»Ich weiß gar nicht, wo ich anfangen soll. Vielleicht in der Dunkelheit. Denn bereits vor der eigentlichen Katastrophe war die Zeit für manche keine gute. In den 2020er Jahren war der Faschismus auf dem Vormarsch. In Gestalt anzugtragender besorgter Bürger*innen kam er daher und verbreitete Hass unter den Menschen. Machte Identitäten unsichtbar und wollte Menschen zurück in Länder schicken, die deren sicheren Tod bedeutet hätten. Als die Heuschrecken kamen, war nicht nur ich insgeheim erleichtert. Ich hatte das Gefühl, dass wir nichts anderes verdient hatten. Eine biblische Plage, um uns zu strafen. Wir hatten ein Jahrhundert zuvor schon einmal eine dunkle Zeit in der Geschichtsschreibung. Und genau das drohte sich zu wiederholen. Als nun die Heuschrecken kamen und Ernten zerstörten, war das Leid groß, aber wir waren seltsam gelassen. Viele von uns dachten, dass wir uns auf diesem Weg läutern könnten. Mit offenen Armen ließen wir der Katastrophe ihren Lauf. Wir, die Menschen, würden zu einem Ende kommen. Würden dem Planeten nicht mehr als ein Seufzen entlocken, ehe er sich unserer toten Körper entledigen und weitermachen würde. Ohne uns.«

Die Wanderpoetin musste schlucken. Wischte sich ein paar Tränen von den Wangen, die heiß glühten vor Trauer und Dankbarkeit und anderen Gefühlen, die sie nur schwer greifen konnte.

Aus dem Publikum kam eine Frage, die sie nicht verstand. Sie bat um Wiederholung. Eine jugendliche Person mit kurzen, braunen Stachelhaaren trat näher, einen Stock vor sich herpendelnd, um den Weg zu finden. Die Menge teilte sich und vor der Bühne wurde die Frage nochmal gestellt.

»Wie kam es zu dem Umdenken? Warum habt ihr nicht weiter alles um euch herum zerstört?«

Rose schmunzelte. »Das ist eine sehr gute Frage. Zuerst hat es nicht funktioniert. Die reichen Menschen haben sich in ihren Bunkern verschanzt und ihr gutes Leben gelebt. Für ein paar Monate oder sogar Jahre. Das Problem war, dass wir uns verändert haben. Eine Solidarität, die noch nie dagewesen war, hatte sich in unseren Herzen festgesetzt. Als die Heuschrecken endlich besiegt waren, lag die Welt in Trümmern. Wir haben in kleineren Kommunen angefangen, uns zu organisieren und die Politik hat erst im Anschluss nachgezogen. Wir haben Ressourcen plötzlich so verteilt, wie es nötig war und nicht nach Kaufkraft unterschieden. Das funktionierte im Kleinen gut, im Großen dann anfangs weniger. Aber als sich die Politik einschaltete, wurden Informationskampagnen verbreitet und ein langsames Umstrukturieren hat begonnen. Interessant war auch, dass aus den kleinen Bewegungen Wellen entstanden, die immer weitere Kreise zogen und schlussendlich gab es einen globalen Konsens. Das, meine Lieben, ist ein Wunder, das wir uns auf logischem Weg nicht erklären können. Eine Theorie besteht darin, dass wir am selben Punkt wie ein Jahrhundert zuvor standen, aber den Menschen im einflussreichen Westen ging es besser. Maschinen und neue Technologie hatten ihren Teil dazu beigetragen, dass genug für alle produziert werden konnte. Es hat nur vor der Katastrophe niemand geregelt, dass die Zugänge zu allem fairer verteilt werden.«

»Darf ich noch was fragen?«, kam es erneut von der Person mit den Stachelhaaren.

»Aber natürlich.«

»Wie hat die Politik plötzlich funktioniert, wenn da so viele Faschist*innen an der Macht waren?«

»Noch eine sehr gute Frage. Die meisten waren nur so halb an der Macht und haben davon profitiert, dass konservative Stimmen mit ihrem Programm in die gleiche Kerbe schlugen, um bei den rechten Wähler*innen Stimmen abzugreifen. Nur funktionierte das plötzlich nicht mehr. Also mussten sie sich neue Strategien überlegen. Und dass es mittlerweile kaum mehr Nationalstaaten gibt, war der Sache mit Sicherheit auch dienlich. Natürlich haben wir jetzt sehr viel kleinere Einheiten zu organisieren und das funktioniert besser. So können die Dörfer, Städte und Kommunen miteinander arbeiten, die ähnliche Ideen haben und andere werkeln anders vor sich hin. In der Anfangszeit des Wandels gab es ein paar autoritär organisierte Orte – sowohl linke als auch rechte – aber denen liefen recht schnell die Menschen davon, denn ganz allein kriegt man eben auch nicht viel auf die Reihe. Mussten die sehr schmerzlich erfahren. Ich finde, es hat uns gutgetan, dass die Politik sich vielerorts in Räten organisiert, deren Mitglieder schneller ausgetauscht werden können, wenn die Macht einzelner zu groß zu werden droht. Auch das funktioniert sowohl in kleineren Einheiten als auch im Weltrat, der United Earth. Von unten nach oben und nicht umgekehrt wie früher. Habe ich deine Fragen damit beantwortet?«

Die Person bejahte, bedankte sich und Rose ließ den Blick nach weiteren Fragenden schweifen. Als sich niemand mehr meldetet – wahrscheinlich war es für alle viel zu verarbeiten – sammelte sie sich für ein Schlusswort.

»Ich denke, meine Arbeit hier ist getan. Ich möchte, dass der restliche Abend und die Nacht im Zeichen der Dankbarkeit und des Schönen steht. Abschließend darf ich euch ein Gedicht von Emily Dickinson mit auf den Weg geben.

> *Die Hoffnung ist ein Federding*
> *Das in der Seele hockt*
> *Und Lieder ohne Worte singt*
> *Sich niemals unterbricht*
>
> *Im Sturm – klingt es am lieblichsten*
> *Und der muss heftig wehn*
> *Den kleinen Vogel zu beschämen*
> *So viele hielt er warm*
>
> *Ich hörte ihm im Eisland zu*
> *Und auf dem fernsten Meer*
> *Doch wollt er selbst im Notfall, nie*
> *Ein Krümelchen – von mir.*

Das Gedicht habe ich gewählt, um euch zu zeigen, dass die Hoffnung immer da ist, auch wenn die Zeiten dunkel sind. Und dass Hoffnung ein Federding ist, aber ein Phönix, der sich aus der Asche erhebt. Ich weiß, das alles klingt vermutlich etwas pathetisch, aber wenn ihr zu der Zeit des Wandels gelebt hättet, wüsstet ihr, was ich meine. Als scheinbar alles verloren war, drehte sich der Wind und Hoffnung drang in unsere Poren. Danke fürs Zuhören, Bürger*innen von Sol.«

Mit diesen Worten schloss die Wanderpoetin für einen Augenblick ihre Augen. Rundherum kam Leben in die Menschen. Der Lärm stieg an. Aus Murmeln wurde das erleichterte Lachen all derer, die die Zeiten des Wandels nicht miterleben hatten müssen. Rose saß einfach weiter da, die

Tränen wollten nicht versiegen. Da drang der Duft von Zuckerwatte und Blaubeertörtchen in ihre Nase und sie atmete tief ein. Rose öffnete die Augen und vor ihr stand der Zaunkönig. Ein hoffnungsvoller, kleiner Singvogel mit einem Törtchen, das Za ihr hinhielt. Zas Zunge hatte sich indessen schon in dem rosaroten, klebrigen Zucker-Luft-Gebilde verstrickt. Zwischen den Fäden sah sie Za lächeln. Und tat es Za gleich.

Quellenangaben

Diese Geschichte zitiert ein Gedicht aus
   Dickinson, Emily: Sämtliche Gedichte. Zweisprachig (G. Kübler übers.),
   München: Carl Hanser Verlag, 2015. Gedicht Nr. 314.

Danksagung

Wie es bei Schreibprojekten so ist, entstand auch die Anthologie *Sonnen-Erwachen* nicht im Alleingang der Herausgebenden Karl-Heinz und Saskia. Stattdessen konnten wir auf ganz viel Expertise zugreifen, die uns hilfreiche Menschen zukommen ließen. Damit wurde unser gemeinsamer Ausflug in die Solarpunk-Welt eine sonnige Angelegenheit.

Für das schöne Cover danken wir herzlich Giuseppa Lo Coco.

Unser Dank geht auch an Alex Rump, der mit seinem spannenden Essay an den Vorgängeressay von Alessandra Reß anschließt, uns einen Einblick in den Punk-Aspekt von Solarpunk gibt und zum Nachdenken anregt.

Im Lektorat hatten wir wieder wichtige und tolle freiwillige Unterstützung einiger Mitglieder des Vereins. Der Dank hier gilt Kornelia Schmid, Bernhard Schmid, LiSa Fantasy und Marina Wolf.

Neben seiner Tätigkeit als Mitherausgeber hat sich Karl-Heinz Zimmer mit seinem Programm *SPBuchsatz* um den Buchsatz gekümmert. Danke für diese sorgfältige und aufmerksame Arbeit!

Weiter möchten wir Katherina Ushachov, Victoria Linnea und Saskia Dreßler für das Sensitivity Reading und eure gute und gewissenhafte Arbeit, die unsere Texte besser gemacht hat, danken.

Ebenso großer Dank gebührt Roxane Bicker, Sarah Malhus und Marina Wolf, die uns mit ihrer Anthologie-Expertise jederzeit zur Seite standen. Danke für die vielen E-Mails, die ihr uns beantwortet habt.

Danke an euch allen dafür, dass unsere Idee zu einem Buch geworden ist, dass wir nun in den Händen halten können.

Schließlich möchten wir euch danken, liebe Leser*innen. Für euch hat es sich gelohnt dieses Buch herauszubringen und wenn es euch gefallen hat, dann unterstützt uns gerne. Freuen werden wir uns, wenn ihr Sonnen-Erwachen weiterempfehlt oder eine Rezension verfasst. Und seid euch sicher: Der Verein hat noch viel vor und dies wird nicht die letzte Anthologie von uns sein!

Vitae der Autor*innen

Alex Rump (er/ihm) macht im realen Leben irgendwas mit Computern und Landkarten, das laut Freund*innen auch irgendeine Form von Magie sein könnte. Entsprechend ist es auch passend, dass er nach wie vor eine starke Faszination mit den Genren der Fantastik hat. Neben Urban Fantasy ist er auch begeistert von Science-Fiction und spezifisch Solarpunk und den positiven Visionen der Zukunft, die es bietet. Davon abgesehen hat er einen ganzen Käfig voller Ratten – und viel zu viele Ideen für Fanprojekte.

Niklas von Rhein (er/ihn), geboren 1998, denkt sich Geschichten aus, seit er denken kann, und schreibt sie nieder, seit er schreiben kann. Während seines Chemiestudiums fasste er den Entschluss, diese Geschichten auch zu veröffentlichen. Und so begann zwischen Labor, Hörsaal, Protokollen und Klausuren die Arbeit an diversen Romanen und Kurzgeschichten, ein kreativer Ausgleich zum wissenschaftlichen Alltag. Heute lebt er in Darmstadt, wo er an der Veröffentlichung seines ersten Romans arbeitet, an Ausschreibungen für Kurzgeschichten teilnimmt und in Quantenchemie promoviert.

Kristina Schreiber (sie/ihr), Jahrgang 1988, arbeitet als Fremdsprachenassistentin an einer Berliner Universität. Schon als Kind war sie eine Träumerin, vor allem Pferdebücher beflügelten ihre Fantasie. In ihrer Jugend schrieb sie Fortsetzungsgeschichten, Gedichte, Briefe und Songtexte gemeinsam mit ihren Freundinnen. Heute schlägt ihr Herz insbesondere für Psychothriller mit überraschenden Wendungen und Kurzgeschichten, die sie zu verschiedenen Ausschreibungen einreicht. Drei ihrer Storys wurden bereits in folgenden Anthologien veröffentlicht: *Dunkle Pfade, scharfe Zähne, Boo & Books* und *Lichtfunken und Schattenmärchen*.

Instagram: @kristina_schreiber_autorin

Andrea Rohmert (sie/ihr), Jahrgang 1978, stammt aus Gladbeck und lebt aktuell in Gelsenkirchen. Sie schreibt Kurzgeschichten und Erzählungen, die mehrere regionale Preise gewonnen haben (u. a. die Vestische Literatureule und den Preis der Ruhrpoeten). Ihre Texte sind in verschiedenen Anthologien erschienen sowie in ihrem 2018 erschienenen Buch *Kopfkino. Geschichten von hier und da und irgendwo dazwischen.*

Denise Kalter (sie/ihr). Die studierte Literatur-, Kultur- und Medienwissenschaftlerin fühlt sich der Tradition des Utopischen verpflichtet. In ihrer Abschlussthesis beleuchtete sie die vorbildhafte Funktion nachhaltiger Technologien im utopischen Roman. Da ist es nur logisch, nun auch selbst etwas Literarisches zum CliFi Genre beizutragen. 2009 erhielt sie den Scheffel-Preis der Literarischen Gesellschaft Karlsruhe und sammelt seit Jahren fleißig Fragmente, aus denen eines Tages mal etwas Größeres schlüpfen könnte. Als freie Rednerin kreierte sie seit 2020 Hochzeitsreden im Storytelling-Stil, die Hochzeitspaare auf fantastische Weise zu den Hauptfiguren magisch-realistischer Abenteuerreisen werden lässt. Ihr liebstes Buchgenre ist allerdings das Kochbuch. Die Sammlung wächst und wächst. Mehr als sie je Kochen könnte.

Rebecca Reiter (she/her). Ich arbeite im Buchhandel, und lese und schreibe gerne.

Mein Wohlfühl-Lese-Genre ist Fantasy. Am liebsten schreibe ich Gedichte und Kurzgeschichten im Bereich Fantasy, Grusel, Spannung und Slice of Life. Wenn ich mal nicht zwischen Papier und Tinte/Grafit verschwinde, häkle ich gerne Amigurumis. *12 Stimmen, 12 Länder* ist meine zweite Veröffentlichung.

Kiàn KoWananga (em/ems) lebt seit langen Jahren am Rande einer Familie in einem kleinen Dorf in Norddeutschland, irgendwo zwischen Harz und Heide. Kián ist nichtbinär. Die diversen Wesen in ems erdachten flauschigen Fantasiewelten dürfen ebenfalls Neopronomen ausprobieren. Em mag positiven Eskapismus. Kián schreibt gerne Bandwurmsätze in viel zu langen Kurzgeschichten, queere Charaktere, zuweilen Drabbles und Gedichte, beginnt bewusst Sätze mit Und, lauert Plotbunny-Fluffles auf, ignoriert Komma-Regeln (sic!), und träumt vom Meer.

Mastodon: @Kian@norden.social

Saskia Dreßler (they/them) hat sich dem Geschichtenschreiben und -entdecken schon seit their zwölften Lebensjahr gewidmet. Am liebsten schreibt they Geschichten über außergewöhnliche Figuren und setzt diese in nicht ganz alltägliche Situationen. Dies möchte they auch in ihrem ersten Silkpunk-Romanprojekt umsetzen. Besonderen Wert legt they auf diverse Figuren, die oftmals non-binary und/oder neurodivergent sind. Verschiedene Punkgerne sind them Leidenschaft und so freut they sich, in *Sonnen-Erwachen* eine Fortsetzungskurzgeschichte zu der Geschichte in *Sonnenseiten* präsentieren zu können.

Instagram: @dresslersaskia   Mastodon: @seitenweiser@literatur.social
Bluesky: @seitenweiser.bsky.social   Webseite: http://saskiadressler.com

Matthias Sebastian Biehl (er/ihm) kam 1978 in München zur Welt. Seit er einen Stift halten konnte, versucht er, die unzähligen Geschichten zu Papier zu bringen, die ihm täglich durch den Kopf schwirren. Auch wenn er sich gerne in ferne Welten träumt, so bleibt er seiner oberbayerischen Heimat doch treu verbunden. Zurzeit arbeitet er in Penzberg an seinem Debütroman.

Stephanie Helmel (hän/they) lebt seit ihrem Ur- und Frühgeschichte Studium in Wien. Von klein auf verschlang sie alles an Fantasyliteratur und Science-Fiction, dass ihr in die Finger kam. Bereits mit fünfzehn veröffentlichte sie ihre ersten Gedichte auf einer deutschsprachigen online Plattform, nebenbei spielte sie Theater und schrieb für die Schülerzeitung. Neben dem Studium feilte sie stets im Rollenspiel weiter an ihren Fähigkeiten als Autorin, erlernte den Schwertkampf und betrieb Mittelalter-Reenactment. Nachdem sie ihren Beruf wegen einer schweren Augenerkrankung aufgeben musste, widmete sie sich vollumfänglich, als queere own voice Autorin, der Aneinanderreihung von Wörtern zu fantastischen Gemälden des Geistes.

Instagram: @stefshepardrox   Facebook: stefshepardrox
Bluesky: @stefshepardrox.bsky.social   Twitch: stefshepardrox

Bernhard Brack (they/them) experimentiert als dichtender Kellner, Traumsammler und TrouvAmour. Sein nächstes Werk *unten durch*, das im Herbst 2024 im ILV-Verlag erscheinen wird, handelt von einem Bankraub, den ein Sozialarbeiter gemeinsam mit Randständigen plant und durchführt. Weitere Veröffentlichungen sind: *Liebe, Lust und lange Zeit, Gedichte* (2021) und *Krieg, Krankheit und Vergebung, erzählte Geschichte* (2022).

Webseite: www.untendurch.jimdofree.com

Johanna Brenne (sie/ihr), 1974 als Kind österreichischer Eltern in Heilbronn geboren, studierte in Salzburg Germanistik und Geschichte und promovierte 2000 in Siegen im Fach Sprach- und Literaturwissenschaften. Nachdem sie in ihrer Kindheit und Jugend durchschnittlich alle vier Jahre umgezogen ist, lebt sie nun schon seit über 20 Jahren mit ihrer Familie in den Niederlanden. Seit sie denken kann, erfindet und schreibt sie Geschichten und kümmert sich dabei wenig um klassische Genre-Grenzen. Sie hat ihren ersten Roman, *Der Mond von Yazahaan*, abgeschlossen und arbeitet inzwischen an ihrem nächsten Projekt, einem Jugendroman. Ihre ersten Veröffentlichungen sind Kurzgeschichten: *Das Geburtstagsgeschenk* (Anthologie *Mensch 3.0*, muc Verlag 2023), *Ein Weihnachtsgeschenk für den Teufel* (Anthologie *Teufelsgarn,* Leseratten Verlag 2023), *Die Randständigen* (Anthologie *Dunkle Gestalten – Geschichten aus dem Dorf,* muc Verlag Herbst 2024).

Instagram: @johannabrenne   Webseite: johannabrenne.net

Lilian Dexter (sie/ihr) schreibt Fantasy und bloggt. Aber immer mit einem gesellschaftskritischen Ansatz. Sie möchte nicht nur unterhalten, sondern auch ihre Erfahrungen weitergeben, die sie in Jahrzehnten des ehrenamtlichen Engagements und der politischen Arbeit gesammelt hat.

Sie lebt mit ihrer Familie in München und versucht, zwischen all ihren Tätigkeiten noch genug Zeit für viele schöne Lesestunden zu finden.

Instagram: @daswappentier   Webseite: www.daswappentier.de

Artemis Wind (alle) wurde 1998 in Hannover geboren und lebt noch immer dort. Die jüngste Veröffentlichung erschien 2023 Im Rahmen eines Wettbewerbs der Initiative 3. Oktober *Deutschland singt und klingt,* wo der Text den ersten Platz erhielt. Zu finden ist er auf der Website unter dem Titel *Ich glaube nicht mehr an die Demokratie.* Jüngst wurde er auch in einem Kurzgeschichtenpodcast von Klaus Neubauer (Klausgesprochen) vertont.

Privat interessiert sich Artemis für Philosophie und Neuroethik, spielt Theater und schreibt selbstverständlich. Am liebsten über die Gegenwart, auch wenn die Texte oft in der Zukunft spielen.

Heinrich Maschewski (er/ihn) ist ein 28-jähriger Student mit einer regen Fantasie. Er studiert Philosophie und Physik an der Universität Bielefeld. Die Fantasy und Science-Fiction Geschichten, mit denen er aufgewachsen ist, haben ihn dazu inspiriert die Schreibfeder selbst in die Hand zu nehmen. Aus der Teilnahme an einem Schreibwettbewerb erhofft er sich, seine Fähigkeiten zu testen und zu verbessern.

Instagram: @hein_rich95

Martina Windvogel (sie/ihr) wurde 1983 an der Nordsee geboren und hat Soziologie, Philosophie und Geschichte studiert. Sie arbeitet in Projekten der Öffentlichen Gesundheit und Förderung der gesundheitlichen Chancengleichheit. Nach mehreren Jahren im südlichen Afrika lebt sie heute mit ihrem Mann wieder an der deutschen Nordseeküste. Sie schreibt Gegenwarts-Krimis und Kurzgeschichten. Ihre erste Veröffentlichung war die Kurzgeschichte *Im Viertel,* die 2006 in der Anthologie *Die Macht des gedruckten Wortes* der Druckerei Suhr erschienen ist.

Instagram: @martina.windvogel   Tiktok: @martina.windvogel
Facebook: Martina Windvogel

Jassi Etter (geb. 1987), lebt in Vorarlberg zwischen Bodensee und Rhein, steht mit den Füßen fest im Wasser und schwebt mit dem Kopf hoch in den Wolken. Jassi schreibt Gedichte und Kurzgeschichten zu queer-feministischen und politischen Themen, fühlt sich aber auch in der progressiven Phantastik Zuhause. Neben dem Schreiben hat Jassi einen wunderschönen Kuchenjob in einer Bibliothek, spielt Pen&Paper Rollenspiele und verbringt die freie Zeit zwischen Buchseiten oder in der Natur.

Webseite: wildhexxe.com   Instagram: @wildhexxe

Positive Tags

Niklas von Rhein: Das Feuer der Vergangenheit
    Queerness, diverse Figuren, Sprachentwicklung, positive Veränderung, Plädoyer für Erinnerungskultur

Kristina Schreiber: Leinwand des Lebens
    Queerness, Kunst, Beginn Familienprobleme zu überwinden

Andrea Rohmert: Die Mobilisten
    alternative Lebensmodelle, Mobilität

Denise Kalter: Doula des Neuanfangs
    Freundschaft, Hilfsbereitschaft, Gemeinschaft

Rebecca Reiter: 12 Stimmen, 12 Länder
    multiple POVs – diverse Cast; Change of Mind (zum Besseren), Poly-Beziehung, Diversity, Gemeinschaft, Zusammenhalt, neues Schulsystem, gründe Städte, grüne Energiequellen, Natur

Kiàn KoWananga: Mar-G-Ritta
    Neopronomen, dekonstruierte Geschlechterrollen, diverse Beziehungsformen, Neurodivergenz

Saskia Dreßler: Aufzeichnungen und Aufmerksamkeit
    Neurodivergente Figuren (Autismus, ADHS), genderfluide Figuren

Matthias Sebastian Biehl: Ein neuer Ansatz
    Vergangenheitsaufarbeitung, Mutter-Tochter-Beziehung

Stephanie Helmel: Out of the binary
    queere Charaktere, Polyamorie, Patchworkfamilie, Transidentität, Genderrevolution

Bernhard Brack: Die letzte Radtour mit Großvater
    Entschleunigung, Bewusstseinstiefe, Emergenz neuer Fühl- und Denkmuster, neue Politikformen (Weltpolitik)

Johanna Brenne: Sonnengeküsst
    Verständnis, Sinneswandel, Freundschaft

Inhaltshinweise / Content Notes

Dieses Buch enthält fiktive Schilderungen von Erlebnissen,
die ggfs. Auslösereiz bei Betroffenen sein können.

Folgende Liste wurde gewissenhaft erstellt, dennoch kann
keine Garantie für Vollständigkeit übernommen werden:

Niklas von Rhein: Das Feuer der Vergangenheit
  teilweise nicht genderneutrale Sprache, Antisemitismus (erwähnt), Queerfeindlichkeit (erwähnt), Bezug auf Nationalsozialismus, Waffengewalt

Kristina Schreiber: Leinwand des Lebens
  Mutter-Tochter-Konflikt, psychische Erkrankungen (erwähnt): Depressionen, Borderline, Traumata, Essstörungen, Alkoholabhängigkeit
  (erwähnt), Alkoholkonsum (erwähnt)

Andrea Rohmert: Die Mobilisten
  Krieg, Verlust eines Familienmitglieds, Verzehr von Insekten, Ableismus
  (erwähnt), binäres Geschlechtssystem

Denise Kalter: Doula des Neuanfangs
  politischer Umsturz, Schwangerschaft, Geburt, Plünderung, Renaturierung

Rebecca Reiter: 12 Stimmen, 12 Länder
  (erwähnt): Hunger, Waffen, Überfall, Insektenplage, Insekten als Lebensmittel

Kiàn Ko Wananga: Mar-G-Ritta
  Angst vor Gewalt (impliziert), Verstümmelung erwähnt (Finger), Mastek (indirekt erwähnt), Essen, Insekten (nicht explizit)

Saskia Dreßler: Aufzeichnungen und Aufmerksamkeit
  Insektenplage, Insektensterben, Klimakatastrophe

Matthias Sebastian Biehl: Ein neuer Ansatz
  Tod, Verlust

Fortsetzung der Content Notes:

Stephanie Helmel: Out of the binary
    Verlust von Körperteilen (erwähnt), queerfeindliches Verhalten, religiöser
    Fanatismus (erwähnt), Insekten als Nahrungsmittel, Mastek (erwähnt),
    Body dysphoria, Rassismus (indirekt erwähnt), Femizid (erwähnt)

Bernhard Brack: Die letzte Radtour mit Großvater
    (keine Content Notes)

Johanna Brenne: Sonnengeküsst
    evtl. nicht genderneutrale Sprache, evtl. Ableismus, Social Media

Lilian Dexter: Die Erfindung der Heuschrecke
    Ableismus, Gerichtsverhandlung, Schimpfwörter/Beschimpfungen

Artemis Wind: Was ich nicht kenne
    Rassismus (erwähnt), Essen, Fleisch

Heinrich Maschewski: Sonnenwende
    Schimpfwörter, Streit, Flucht, Armut

Martina Windvogel: Das Forum
    Hunger (erwähnt), Insektenplage (erwähnt), Katastrophen (erwähnt)

Jassi Etter: Die Wanderpoetin und der Zaunkönig
    Tod einer geliebten Person (erwähnt), Sekte, physische und psychische
    Gewalt (erwähnt), Narben (Branding), Schusswaffen, drohende Apo-
    kalypse, Heuschreckenplage, Kriege, Hungersnöte, Flucht, Faschismus